25 CONTOS DE MACHADO DE ASSIS

SELEÇÃO E ORGANIZAÇÃO DE
Nádia Battella Gotlib

25 CONTOS DE MACHADO DE ASSIS

3ª reimpressão

autêntica

Copyright © 2019 Autêntica Editora

Todos os direitos reservados pela Autêntica Editora. Nenhuma parte desta publicação poderá ser reproduzida, seja por meios mecânicos, eletrônicos, seja via cópia xerográfica, sem a autorização prévia da Editora.

Agradecemos à Editora Global, que gentilmente nos cedeu os arquivos desses contos.

EDIÇÃO GERAL
Sonia Junqueira

REVISÃO
Carla Neves
Mariana Faria
Luanna Luchesi

DIAGRAMAÇÃO
Guilherme Fagundes

ILUSTRAÇÃO DE CAPA
Vito Quintans

PROJETO GRÁFICO
Arthur Carrião

Dados Internacionais de Catalogação na Publicação (CIP)
(Câmara Brasileira do Livro, SP, Brasil)

Assis, Machado de
   25 contos de Machado de Assis / organização de Nádia Battella Gotlib. -- 1. ed.; 3. reimp. -- Belo Horizonte : Autêntica Editora, 2025.

   ISBN 978-85-513-0459-4

   1. Contos brasileiros I. Gotlib, Nádia Battella. II. Título.

18-22663   CDD-869.3

Índices para catálogo sistemático:
1. Contos : Literatura brasileira 869.3

Cibele Maria Dias - Bibliotecária - CRB-8/9427

Belo Horizonte
Rua Carlos Turner, 420
Silveira . 31140-520
Belo Horizonte . MG
Tel.: (55 31) 3465 4500

São Paulo
Av. Paulista, 2.073, Conjunto Nacional
Horsa I . Salas 404-406 . Bela Vista
01311-940 . São Paulo . SP
Tel.: (55 11) 3034 4468

www.grupoautentica.com.br
SAC: atendimentoleitor@grupoautentica.com.br

SUMÁRIO

7   Introdução: Quem conta um conto...
Nádia Battella Gotlib

11   Confissões de uma Viúva Moça

34   Aurora sem Dia

52   O Relógio de Ouro

59   O Alienista

101   Teoria do Medalhão

109   A Sereníssima República

116   O Espelho

124   A Igreja do Diabo

131   Cantiga de Esponsais

135   Noite de Almirante

142   As Academias de Sião

150   A Cartomante

158   Uns Braços

166   A Causa Secreta

175   Trio em Lá Menor

182   Conto de Escola

189   Um Apólogo

191   O caso da vara

198   Eterno!

208   Missa do galo

215   Pai contra Mãe

225   Umas Férias

232   Três Tesouros Perdidos

235   Curta História

238   Quem Conta um Conto

QUEM CONTA UM CONTO...

Nádia Battella Gotlib[*]

Na "Advertência" que Machado de Assis faz a seus leitores, ao introduzir o seu quinto volume de contos, intitulado *Várias Histórias* (1896), o escritor reconhece "uma qualidade nos contos, que os torna superiores aos grandes romances, se uns e outros são medíocres: é serem curtos." De fato, ler conto ruim tem essa vantagem: a leitura acaba logo.

Os contos aqui selecionados não oferecem tal perigo a nós, leitores. São de excelente qualidade e por várias razões.

Se variam de tamanho – há conto de duas páginas e há conto de treze capítulos, ainda que brevíssimos –, estão dentro da extensão que se espera de narrativas pertencentes ao gênero: podem ser lidas de uma assentada só. Não é preciso interromper a leitura, como acontece quando se lê um romance, deixando o que falta para depois.

Além disso, o conto cumpre uma outra tradicional exigência, segundo o célebre contista Edgar Allan Poe: tem um só foco de interesse, está centrado num só fio de acontecimento, o que ele chama de "efeito único", diferentemente do romance, em que vários núcleos de acontecimentos se misturam, num enredo mais complexo.

Mas nem só de 'brevidade' e de 'efeito único' se faz um conto. Principalmente um excelente conto. Há que ter qualidades especiais. E quais seriam essas qualidades, no caso dos contos de Machado de Assis?

O narrador inventado pelo esperto escritor Machado de Assis procura estabelecer um laço de intimidade com seu leitor, aproximando-o

---

[*] Professora (livre-docente) de Literatura Brasileira da Universidade de São Paulo.

do relato que ele conta. Talvez por isso uma das situações desses contos seja justamente a de alguém contando uma história para alguém: uma personagem expõe uma história a outras personagens. Essa narrativa ora aparece em forma de carta entre amigas, ora sob forma de diálogo, ora como uma história enxertada no conto, ou seja, uma história dentro da história. Seja como for, a tentativa de contato direto com o leitor, alertando-o para o caráter de verdade da história, cria a impressão de que aquilo que se conta aconteceu mesmo.

No entanto, sabemos que não é bem assim... Estamos no campo da ficção.

Eis aí o segredo da boa ficção: constrói-se uma coerente aparência de veracidade que, em ficção, se chama verossimilhança. E é justamente para incrementar essa aparência de verdade que o narrador por vezes se dirige a nós, fazendo comentários, perguntas, conclusões, ou mesmo apenas não afirmando, mas sugerindo fatos.

Aliás, Machado foi mestre no uso desse recurso da sugestão, em dizer certas coisas não dizendo... Deixa o leitor nas margens da dúvida e do mistério. E tenta, marotamente, até enganar seu leitor. Ou então, num outro jogo, comprova o velho ditado popular do 'quem conta um conto aumenta um ponto', mas de modo inusitado, com surpresa final.

A relação afetiva, sentimental, sexual, numa sociedade em que vigora o patriarcado, é o principal eixo de ação desses contos, tal como acontece nos romances do mesmo escritor. E varia de tom e de enredo: desde os de índole romântica, até os mais agudamente críticos, ao denunciar os efeitos maléficos de um cientificismo mórbido e de um sadismo perverso, mediante uso do corpo animal e humano. Ou ainda, ao observar o contexto sociocultural de sua época, desmascarar um esquema político corrompido pela corrupção, alimentado por relações de favor e de interesses pessoais de poder e de riqueza, patentes, por exemplo, em casamentos negociados pelas famílias e em nomeação de protegidos políticos para o serviço público.

O repertório de situações construídas é um espelho do Brasil da segunda metade do século XIX: personagens circulam pelas ruas da Corte – a cidade do Rio de Janeiro – em pleno período do segundo Reinado, sob império de D. Pedro II. Acompanhamos os personagens por tais espaços – ruas, casas, lojas, igrejas, teatros – em sequências de movimento com grande apelo visual, como se fosse um filme.

Mas se o foco da câmera cinematográfica de Machado de Assis apresenta perspectivas amplas, também realiza, sugestivamente, *closes* ao se aproximar dos personagens: realça pequenos detalhes que traduzem traços de caráter. Um nariz, um olhar, um gesto, uma palavra que seria dita mas não o é, acabam por denunciar sentimentos, interesses, intenções e, na maioria das vezes, com ironia fina, sarcástica.

Machado, intelectual respeitado, um dos fundadores da Academia Brasileira de Letras, e afrodescendente, deixa também patente um registro do que era ser escravo e negro na sociedade de seu tempo.

O regime cruel, revelador das atrocidades cometidas contra os escravos – castigos, perseguições aos fugidos -, aparece perfeitamente integrado a um cotidiano, e, por vezes, sem mostras de indignação diante desse fato absurdo de exploração humana, o que, de certa forma, realça o absurdo de tais situações.

O sistema autoritário de dominação do outro inclui também a manipulação das mulheres em troca de compensações espúrias, como a do dinheiro, que alimenta a futilidade. E, por outro lado, expõe a esperteza das mulheres ao enganar os homens, em benefício próprio, para satisfazer ambições egoístas, de vaidade pessoal.

Nesse universo de vícios, as virtudes aparecem, claro, mas numa mistura que evidencia a complexidade da condição humana, que pode tender ora para um lado, ora para outro, ao sabor das conveniências.

E Machado testa tais limites da alma humana, que desliza não só entre o honestidade e corrupção, generosidade e egoísmo, mas também entre sanidade e insanidade.

A literatura faz aqui seu papel, ao mapear caminhos possíveis.

E é o próprio personagem de Machado quem, no conto "Eterno!", fala do livro e de seu poder, na trilha do tempo.

"... Mas deixai pingar os anos na cuba de um século. Cheio o século, passa o livro a documento histórico, psicológico, anedótico. Hão de lê-lo a frio; estudar-se-á nele a vida íntima do nosso tempo, a maneira de amar, a de compor os ministérios e deitá-los abaixo, se as mulheres eram mais animosas que dissimuladas, como é que se faziam eleições e galanteios, se eram usados xales ou capas, que veículos tínhamos, se os relógios eram trazidos à direita ou à esquerda, e multidão de coisas interessantes para a nossa história pública e íntima. Daí a esperança que me fica, de não ser condenado absolutamente pela consciência dos que me leem."

Desde a publicação de tais contos, a partir de 1870, já lá vão quase cento e cinquenta anos, caro leitor! E essas histórias de Machado de Assis continuam atuais. Se os detalhes são construídos tendo por modelo a cidade e os habitantes do Rio de Janeiro do século dezenove, ou pequenos povoados da província, os comportamentos, posturas, conflitos, emoções, paixões, egoísmos e outros vícios são os nossos de cada dia: os da nossa sociedade, que ainda carrega a carga do patriarcado, do machismo, do escravismo disfarçado e da desigualdade entre gêneros.

A literatura tem o dom de oferecer ao leitor uma porta aberta para as comparações com o seu próprio tempo.

Cabe então a vocês, leitor e leitora, aí se encontrarem, na pele de uma alma apaixonada, na crítica às veleidades e aos preconceitos, no questionamento de doutrinas sobre a sexualidade – a alma seria sexual ou neutra? – na crítica aguda ao político vaidoso e corrupto.

Em qual situação ou contexto você se encaixaria, por adesão ou rejeição? Qual dentre essas histórias você preferiria, em função das qualidades narrativas que pôde constatar?

Aproveite! Deleite-se com o prazer dessas histórias bem contadas!

E aceite o risco de, ao adentrar estes enredos, tal como Machado, e por ele estimulado, aguçar seu olhar crítico e, por vezes, impiedoso, diante das mazelas da condição humana, de modo a distinguir elementos que efetivamente possam colaborar na construção mais sólida da dignidade humana.

BELO HORIZONTE, JANEIRO DE 2019

CONFISSÕES DE
UMA VIÚVA MOÇA

I

Há dois anos tomei uma resolução singular: fui residir em Petrópolis em pleno mês de junho. Esta resolução abriu largo campo às conjecturas. Tu mesma nas cartas que me escreveste para aqui, deitaste o espírito a adivinhar e figuraste mil razões, cada qual mais absurda.

A estas cartas, em que a tua solicitude traía a um tempo dois sentimentos, a afeição da amiga e a curiosidade de mulher, a essas cartas não respondi e nem podia responder. Não era oportuno abrir-te o meu coração nem desfiar-te a série de motivos que me arredou da corte, onde as óperas do teatro Lírico, as tuas partidas e os serões familiares do primo Barros deviam distrair-me da recente viuvez.

Esta circunstância de viuvez recente acreditavam muitos que fosse o único motivo da minha fuga. Era a versão menos equívoca. Deixei-a passar como todas as outras e conservei-me em Petrópolis.

Logo no verão seguinte vieste com teu marido para cá, disposta a não voltar para a corte sem levar o segredo que eu teimava em não revelar. A palavra não fez mais do que a carta. Fui discreta como um túmulo, indecifrável como a esfinge. Depuseste as armas e partiste.

Desde então não me trataste senão por tua esfinge.

Era esfinge, era. E se, como Édipo, tivesses respondido ao meu enigma a palavra "homem", descobririas o meu segredo, e desfarias o meu encanto.

Mas não antecipemos os acontecimentos, como se diz nos romances.

É tempo de contar-te este episódio da minha vida.

Quero fazê-lo por cartas e não por boca. Talvez corasse de ti. Deste modo o coração abre-se melhor e a vergonha não vem tolher a palavra nos lábios. Repara que eu não falo em lágrimas, o que é um sintoma de que a paz voltou ao meu espírito.

As minhas cartas irão de oito em oito dias, de maneira que a narrativa pode fazer-te o efeito de um folhetim de periódico semanal. Dou-te a minha palavra de que hás de gostar e aprender.

E oito dias depois da minha última carta irei abraçar-te, beijar-te, agradecer-te. Tenho necessidade de viver. Estes dois anos são nulos na conta de minha vida: foram dois anos de tédio, de desespero íntimo, de orgulho abatido, de amor abafado.

Lia, é verdade. Mas só o tempo, a ausência, a ideia do meu coração enganado, da minha dignidade ofendida, puderam trazer-me a calma necessária, a calma de hoje.

E sabe que não ganhei só isto. Ganhei conhecer um homem cujo retrato trago no espírito e que me parece singularmente parecido com outros muitos. Já não é pouco; e a lição há de servir-me, como a ti, como às nossas amigas inexperientes. Mostra-lhes estas cartas; são folhas de um roteiro que se eu tivera antes, talvez não houvesse perdido uma ilusão e dois anos de vida.

Devo terminar esta. É o prefácio do meu romance, estudo, conto, o que quiseres. Não questiono sobre a designação, nem consulto para isso os mestres da arte.

Estudo ou romance, isto é simplesmente um livro de verdades, um episódio singelamente contado, na confabulação íntima dos espíritos, na plena confiança de dois corações que se estimam e se merecem.

Adeus.

II

Era no tempo de meu marido.

A corte estava então animada e não tinha esta cruel monotonia que eu sinto aqui através das tuas cartas e dos jornais de que sou assinante.

Minha casa era um ponto de reunião de alguns rapazes conversados e algumas moças elegantes. Eu, rainha eleita pelo voto universal... de minha casa, presidia aos serões familiares. Fora de casa, tínhamos os teatros animados, as partidas das amigas, mil outras distrações que davam à minha vida certas alegrias exteriores em falta das íntimas, que são as únicas verdadeiras e fecundas.

Se eu não era feliz, vivia alegre.

E aqui vai o começo do meu romance.

Um dia meu marido pediu-me como obséquio especial que eu não fosse à noite ao teatro Lírico. Dizia ele que não podia acompanhar-me por ser véspera de saída de paquete.

Era razoável o pedido.

Não sei, porém, que espírito mau sussurrou-me ao ouvido e eu respondi peremptoriamente que havia de ir ao teatro, e com ele. Insistiu no pedido, insisti na recusa. Pouco bastou para que eu julgasse a minha honra empenhada naquilo. Hoje vejo que era a minha vaidade ou o meu destino.

Eu tinha certa superioridade sobre o espírito de meu marido. O meu tom imperioso não admitia recusa; meu marido cedeu a despeito de tudo, e à noite fomos ao teatro Lírico.

Havia pouca gente e os cantores estavam endefluxados. No fim do primeiro ato meu marido, com um sorriso vingativo, disse-me estas palavras rindo-se:

— Estimei isto.

— Isto? – perguntei eu franzindo a testa.

— Este espetáculo deplorável. Fizeste da vinda hoje ao teatro um capítulo de honra; estimo ver que o espetáculo não correspondeu à tua expectativa.

— Pelo contrário, acho magnífico.

— Está bom.

Deves compreender que eu tinha interesse em me não dar por vencida; mas acreditas facilmente que no fundo eu estava perfeitamente aborrecida do espetáculo e da noite.

Meu marido, que não ousava retorquir, calou-se com ar de vencido, e adiantando-se um pouco à frente do camarote percorreu com o binóculo as linhas dos poucos camarotes fronteiros em que havia gente.

Eu recuei a minha cadeira, e, encostada à divisão do camarote, olhava para o corredor vendo a gente que passava.

No corredor, exatamente em frente à porta do nosso camarote, estava um sujeito encostado, fumando e com os olhos fitos em mim. Não reparei ao princípio, mas a insistência obrigou-me a isso. Olhei para ele a ver se era algum conhecido nosso que esperava ser descoberto a fim de vir então cumprimentar-nos. A intimidade podia explicar este brinco. Mas não conheci.

Depois de alguns segundos, vendo que ele não tirava os olhos de mim, desviei os meus e cravei-os no pano da boca e na plateia.

Meu marido, tendo acabado o exame dos camarotes, deu-me o binóculo e sentou-se ao fundo diante de mim.

Trocamos algumas palavras.

No fim de um quarto de hora a orquestra começou os prelúdios para o segundo ato. Levantei-me, meu marido aproximou a cadeira para a frente, e nesse ínterim lancei um olhar furtivo para o corredor.

O homem estava lá.

Disse a meu marido que fechasse a porta.

Começou o segundo ato.

Então, por um espírito de curiosidade, procurei ver se o meu observador entrava para as cadeiras. Queria conhecê-lo melhor no meio da multidão.

Mas, ou porque não entrasse, ou porque eu não tivesse reparado bem, o que é certo é que o não vi.

Correu o segundo ato mais aborrecido do que o primeiro.

No intervalo recuei de novo a cadeira, e meu marido, a pretexto de que fazia calor, abriu a porta do camarote.

Lancei um olhar para o corredor.

Não vi ninguém; mas daí a poucos minutos chegou o mesmo indivíduo, colocando-se no mesmo lugar, e fitou em mim os mesmos olhos impertinentes.

Somos todas vaidosas da nossa beleza e desejamos que o mundo inteiro nos admire. É por isso que muitas vezes temos a indiscrição de admirar a corte mais ou menos arriscada de um homem. Há, porém, uma maneira de fazê-la que nos irrita e nos assusta; irrita-nos por impertinente, assusta-nos por perigosa. É o que se dava naquele caso.

O meu admirador insistia de modo tal que me levava a um dilema: ou ele era vítima de uma paixão louca, ou possuía a audácia mais desfaçada. Em qualquer dos casos não era conveniente que eu animasse as suas adorações.

Fiz estas reflexões enquanto decorria o tempo do intervalo. Ia começar o terceiro ato. Esperei que o mudo perseguidor se retirasse e disse a meu marido:

– Vamos?

– Ah!

– Tenho sono simplesmente; mas o espetáculo está magnífico.

Meu marido ousou exprimir um sofisma.

– Se está magnífico como te faz sono?

Não lhe dei resposta.

Saímos.

No corredor encontramos a família do Azevedo que voltava de uma visita a um camarote conhecido. Demorei-me um pouco para abraçar as senhoras. Disse-lhes que tinha uma dor de cabeça e que me retirava por isso.

Chegamos à porta da rua dos Ciganos.

Aí esperei o carro por alguns minutos.

Quem me havia de aparecer ali, encostado ao portal fronteiro?

O misterioso.

Enraiveci.

Cobri o rosto o mais que pude com o meu capuz e esperei o carro, que chegou logo.

O misterioso lá ficou tão insensível e tão mudo como o portal a que estava encostado.

Durante a viagem a ideia daquele incidente não me saiu da cabeça. Fui despertada na minha distração quando o carro parou à porta da casa, em Matacavalos.

Fiquei envergonhada de mim mesma e decidi não pensar mais no que se havia passado.

Mas acreditarás tu, Carlota? Dormi meia hora mais tarde do que supunha, tanto a minha imaginação teimava em reproduzir o corredor, o portal, e o meu admirador platônico.

No dia seguinte pensei menos. No fim de oito dias tinha-me varrido do espírito aquela cena, e eu dava graças a Deus por haver-me salvo de uma preocupação que podia ser-me fatal.

Quis acompanhar o auxílio divino, resolvendo não ir ao teatro durante algum tempo.

Sujeitei-me à vida íntima e limitei-me à distração das reuniões à noite.

Entretanto estava próximo o dia dos anos da tua filhinha. Lembrei-me que para tomar parte na tua festa de família, tinha começado um mês antes um trabalhozinho. Cumpria rematá-lo.

Uma quinta-feira de manhã mandei vir os preparos da obra e ia continuá-la, quando descobri dentre uma meada de lã um invólucro azul fechando uma carta.

Estranhei aquilo. A carta não tinha indicação. Estava colada e parecia esperar que a abrisse a pessoa a quem era endereçada. Quem seria? Seria meu marido? Acostumada a abrir todas as cartas que lhe eram dirigidas, não hesitei. Rompi o invólucro e descobri o papel cor-de-rosa que vinha dentro.

Dizia a carta:

"Não se surpreenda, Eugênia; este meio é o do desespero, este desespero é o do amor. Amo-a e muito. Até certo tempo procurei fugir-lhe e abafar este sentimento; não posso mais. Não me viu no teatro Lírico? Era uma força oculta e interior que me levava ali. Desde então não a vi mais. Quando a verei? Não a veja embora, paciência; mas que o seu coração palpite por mim um minuto em cada dia, é quanto basta a um amor que não busca nem as venturas do gozo, nem as galas da publicidade. Se a ofendo, perdoe um pecador; se pode amar-me, faça-me um deus."

Li esta carta com a mão trêmula e os olhos anuviados; e ainda durante alguns minutos depois não sabia o que era de mim.

Cruzavam-se e confundiam-se mil ideias na minha cabeça, como estes pássaros negros que perpassam em bandos no céu nas horas próximas da tempestade.

Seria o amor que movera a mão daquele incógnito? Seria simplesmente aquilo um meio do sedutor calculado? Eu lançava um olhar vago em derredor e temia ver entrar meu marido.

Tinha o papel diante de mim e aquelas letras misteriosas pareciam-me outros tantos olhos de uma serpente infernal. Com um movimento nervoso e involuntário amarrotei a carta nas mãos.

Se Eva tivesse feito outro tanto à cabeça da serpente que a tentava não houvera pecado. Eu não podia estar certa do mesmo resultado, porque esta que me aparecia ali e cuja cabeça eu esmagava, podia, como a hidra de Lerna, brotar muitas outras cabeças.

Não cuides que eu fazia então esta dupla evocação bíblica e pagã. Naquele momento, não refletia, desvairava; só muito depois pude ligar duas ideias.

Dois sentimentos atuavam em mim: primeiramente, uma espécie de terror que infundia o abismo, abismo profundo que eu pressentia atrás daquela carta; depois uma vergonha amarga de ver que eu não estava tão alta na consideração daquele desconhecido, que pudesse demovê-lo do meio que empregou.

Quando o meu espírito se acalmou é que eu pude fazer a reflexão que devia acudir-me desde o princípio. Quem poria ali aquela carta? Meu primeiro movimento foi para chamar todos os meus fâmulos. Mas deteve-me logo a ideia de que por uma simples interrogação nada poderia colher e ficava divulgado o achado da carta. De que valia isto?

Não chamei ninguém.

Entretanto, dizia eu comigo, a empresa foi audaz; podia falhar a cada trâmite; que móvel impeliu aquele homem a dar este passo? Seria amor ou sedução?

Voltando a este dilema, meu espírito, apesar dos perigos, comprazia-se em aceitar a primeira hipótese: era a que respeitava a minha consideração de mulher casada e a minha vaidade de mulher formosa.

Quis adivinhar lendo a carta de novo: li-a, não uma, mas duas, três, cinco vezes.

Uma curiosidade indiscreta prendia-me àquele papel. Fiz um esforço e resolvi aniquilá-lo, protestando que ao segundo caso nenhum escravo ou criado me ficaria em casa.

Atravessei a sala com o papel na mão, dirigi-me para o meu gabinete, onde acendi uma vela e queimei aquela carta que me queimava as mãos e a cabeça.

Quando a última faísca do papel enegreceu e voou, senti passos atrás de mim. Era meu marido.

Tive um movimento espontâneo: atirei-me em seus braços. Ele abraçou-me com certo espanto.

E quando o meu abraço se prolongava senti que ele me repelia com brandura dizendo-me:

– Está bom, olha que me afogas!

Recuei.

Entristeceu-me ver aquele homem, que podia e devia salvar-me, não compreender, por instinto ao menos, que se eu o abraçava tão estreitamente era como se me agarrasse à ideia do dever.

Mas este sentimento que me apertava o coração passou um momento para dar lugar a um sentimento de medo. As cinzas da carta ainda estavam no chão, a vela conservava-se acesa em pleno dia; era bastante para que ele me interrogasse.

Nem por curiosidade o fez!

Deu dois passos no gabinete e saiu.

Senti uma lágrima rolar-me pela face. Não era a primeira lágrima de amargura. Seria a primeira advertência do pecado?

III

Decorreu um mês.

Não houve durante esse tempo mudança alguma em casa. Nenhuma carta apareceu mais, e a minha vigilância, que era extrema, tornou-se de todo inútil.

Não me podia esquecer o incidente da carta. Se fosse só isto! As primeiras palavras voltavam-me incessantemente à memória; depois, as outras, as outras, todas. Eu tinha a carta de cor!

Lembras-te? Uma das minhas vaidades era ter a memória feliz. Até neste dote era castigada. Aquelas palavras atordoavam-me, faziam-me arder a cabeça. Por quê? Ah! Carlota! é que eu achava nelas um encanto indefinível, encanto doloroso, porque era acompanhado de um remorso, mas encanto de que eu me não podia libertar.

Não era o coração que se empenhava, era a imaginação. A imaginação perdia-me; a luta do dever e da imaginação é cruel e perigosa para os espíritos fracos. Eu era fraca. O mistério fascinava a minha fantasia.

Enfim os dias e as diversões puderam desviar o meu espírito daquele pensamento único. No fim de um mês, se eu não tinha esquecido inteiramente o misterioso e a carta dele, estava, todavia, bastante calma para rir de mim e dos meus temores.

Na noite de uma quinta-feira, achavam-se algumas pessoas em minha casa, e muitas das minhas amigas, menos tu. Meu marido não tinha voltado, e a ausência dele não era notada nem sentida, visto que, apesar de franco cavalheiro como era, não tinha o dom particular de um conviva para tais reuniões.

Tinha-se cantado, tocado, conversado; reinava em todos a mais franca e expansiva alegria; o tio da Amélia Azevedo fazia rir a todos com as suas excentricidades; a Amélia arrebatava bravos a todos com as notas da sua garganta celeste; estávamos em um intervalo, esperando a hora do chá.

Anunciou-se meu marido.

Não vinha só. Vinha ao lado dele um homem alto, magro, elegante. Não pude conhecê-lo. Meu marido adiantou-se, e no meio do silêncio geral veio apresentar-mo.

Ouvi de meu marido que o nosso conviva chamava-se Emílio***.

Fixei nele um olhar e retive um grito.

Era *ele*!

O meu grito foi substituído por um gesto de surpresa. Ninguém percebeu. Ele pareceu perceber menos que ninguém. Tinha os olhos fixos em mim, e com um gesto gracioso dirigiu-me algumas palavras de lisonjeira cortesia.

Respondi como pude.

Seguiram-se as apresentações, e durante dez minutos houve um silêncio de acanhamento em todos.

Os olhos voltavam-se todos para o recém-chegado. Eu também voltei os meus e pude reparar naquela figura em que tudo estava disposto para atrair as atenções: cabeça formosa e altiva, olhar profundo e magnético, maneiras elegantes e delicadas, certo ar distinto e próprio que fazia contraste com o ar afetado e prosaicamente medido dos outros rapazes.

Este exame de minha parte foi rápido. Eu não podia, nem me convinha encontrar o olhar de Emílio. Tornei a abaixar os olhos e esperei ansiosa que a conversação voltasse de novo ao seu curso.

Meu marido encarregou-se de dar o tom. Infelizmente era ainda o novo conviva o motivo da conversa geral.

Soubemos então que Emílio era um provinciano filho de pais opulentos, que recebera uma esmerada educação na Europa, onde não houve um só recanto que não visitasse.

Voltara há pouco tempo ao Brasil, e antes de ir para a província tinha determinado passar algum tempo no Rio de Janeiro.

Foi tudo quanto soubemos. Vieram as mil perguntas sobre as viagens de Emílio, e este com a mais amável solicitude, satisfazia a curiosidade geral.

Só eu não era curiosa. É que não podia articular palavra. Pedia interiormente a explicação deste romance misterioso, começado em um corredor do teatro, continuado em uma carta anônima e na apresentação em minha casa por intermédio de meu próprio marido.

De quando em quando levantava os olhos para Emílio e achava-o calmo e frio, respondendo polidamente às interrogações dos outros narrando ele próprio, com uma graça modesta e natural, alguma das suas aventuras de viagem.

Ocorreu-me uma ideia. Seria realmente ele o misterioso do teatro e da carta? Pareceu-me ao princípio que sim, mas eu podia ter-me enganado; eu não tinha as feições do outro bem presentes à memória; parecia-me que as duas criaturas eram uma e a mesma; mas não podia explicar-se o engano por uma semelhança miraculosa?

De reflexão em reflexão, foi-me correndo o tempo, e eu assistia à conversa de todos como se não estivesse presente. Veio a hora do chá. Depois cantou-se e tocou-se ainda. Emílio ouvia tudo com atenção religiosa e mostrava-se tão apreciador do gosto como era conversador discreto e pertinente.

No fim da noite tinha cativado a todos. Meu marido, sobretudo, estava radiante. Via-se que ele se considerava feliz por ter feito a descoberta de mais um amigo para si e um companheiro para as nossas reuniões de família.

Emílio saiu prometendo voltar algumas vezes.

Quando eu me achei a sós com meu marido, perguntei-lhe:

– Donde conheces este homem?

– É uma pérola, não é? Foi-me apresentado no escritório há dias; simpatizei logo; parece ser dotado de boa alma, é vivo de espírito e discreto como o bom senso. Não há ninguém que não goste dele...

E como eu o ouvisse séria e calada, meu marido interrompeu-se e perguntou-me:

– Fiz mal em trazê-lo aqui?

– Mal, por quê? – perguntei eu.

– Por coisa nenhuma. Que mal havia de ser? É um homem distinto...

Pus termo ao novo louvor do rapaz, chamando um escravo para dar algumas ordens.

E retirei-me ao meu quarto.

O sono dessa noite não foi o sono dos justos, podes crer. O que me irritava era a preocupação constante em que eu andava depois destes acontecimentos. Já eu não podia fugir inteiramente a essa preocupação: era involuntária, subjugava-me, arrastava-me. Era a curiosidade do coração, esse primeiro sinal das tempestades em que sucumbe a nossa vida e o nosso futuro.

Parece que aquele homem lia na minha alma e sabia apresentar-se no momento mais próprio a ocupar-me a imaginação como uma figura poética e imponente. Tu, que o conheceste depois, dize-me se, dadas as circunstâncias anteriores, não era para produzir esta impressão no espírito de uma mulher como eu!

Como eu, repito. Minhas circunstâncias eram especiais; se não o soubeste nunca, suspeitaste-o ao menos.

Se meu marido tivesse em mim uma mulher, e se eu tivesse nele um marido, minha salvação era certa. Mas não era assim. Entramos no nosso lar nupcial como dois viajantes estranhos em uma hospedaria, e aos quais a calamidade do tempo e a hora avançada da noite obrigam a aceitar pousada sob o teto do mesmo aposento.

Meu casamento foi resultado de um cálculo e de uma conveniência. Não inculpo meus pais. Eles cuidavam fazer-me feliz e morreram na convicção de que o era.

Eu podia, apesar de tudo, encontrar no marido que me davam um objeto de felicidade para todos os meus dias. Bastava para isso que meu marido visse em mim uma alma companheira da sua alma, um coração sócio do seu coração. Não se dava isto; meu marido entendia o casamento ao modo da maior parte da gente; via nele a obediência às palavras do Senhor no Gênesis.

Fora disso, fazia-me cercar de certa consideração e dormia tranquilo na convicção de que havia cumprido o dever.

O dever! esta era a minha tábua de salvação. Eu sabia que as paixões não eram soberanas e que a nossa vontade pode triunfar delas. A este respeito eu tinha em mim forças bastantes para repelir ideias más. Mas não era o presente que me abafava e atemorizava; era o futuro. Até então aquele romance influía no meu espírito pela circunstância do mistério em que vinha envolto; a realidade havia de abrir-me os olhos; consolava-me a esperança de que eu triunfaria de um amor culpado. Mas, poderia nesse futuro, cuja proximidade eu não calculava, resistir convenientemente à paixão e salvar intactas a minha consideração e a minha consciência? Esta era a questão.

Ora, no meio destas oscilações, eu não via a mão de meu marido estender-se para salvar-me. Pelo contrário, quando na ocasião de queimar a carta, atirava-me a ele, lembras-te que ele me repeliu com uma palavra de enfado.

Isto pensei, isto senti, na longa noite que se seguiu à apresentação de Emílio.

No dia seguinte estava fatigada de espírito; mas, ou fosse calma ou fosse prostração, senti que os pensamentos dolorosos que me haviam torturado durante a noite esvaeceram-se à luz da manhã, como verdadeiras aves da noite e da solidão.

Então abriu-se ao meu espírito um raio de luz. Era a repetição do mesmo pensamento que me voltava no meio das preocupações daqueles últimos dias.

Por que temer? dizia eu comigo. Sou uma triste medrosa; e fatigo-me em criar montanhas para cair extenuada no meio da planície. Eia! nenhum obstáculo se opõe ao meu caminho de mulher virtuosa e considerada. Este homem, se é o mesmo, não passa de um mau leitor de romances realistas. O mistério é que lhe dá algum valor; visto de mais perto há de ser vulgar ou hediondo.

IV

Não te quero fatigar com a narração minuciosa e diária de todos os acontecimentos.

Emílio continuou a frequentar a nossa casa, mostrando sempre a mesma delicadeza e gravidade, e encantando a todos por suas maneiras distintas sem afetação, amáveis sem fingimento.

Não sei por que meu marido revelava-se cada vez mais amigo de Emílio. Este conseguira despertar nele um entusiasmo novo para mim e para todos. Que capricho era esse da natureza?

Muitas vezes interroguei meu marido acerca desta amizade tão súbita e tão estrepitosa; quis até inventar suspeitas no espírito dele; meu marido era inabalável.

– Que queres? – respondia-me ele – Não sei por que simpatizo extraordinariamente com este rapaz. Sinto que é uma bela pessoa, e eu não posso dissimular o entusiasmo de que me possuo quando estou perto dele.

– Mas sem conhecê-lo... – objetava eu.

– Ora essa! Tenho as melhores informações; e demais, vê-se logo que é uma pessoa distinta...

– As maneiras enganam muitas vezes.

– Conhece-se...

Confesso, minha amiga, que eu podia impor a meu marido o afastamento de Emílio; mas quando esta ideia me vinha à cabeça, não sei por que ria-me dos meus temores e declarava-me com forças de resistir a tudo o que pudesse sobrevir.

Demais, o procedimento de Emílio autorizava-me a desarmar. Ele era para mim de um respeito inalterável, tratava-me como a todas as outras, sem deixar entrever a menor intenção oculta, o menor pensamento reservado.

Sucedeu o que era natural. Diante de tal procedimento não me ficava bem proceder com rigor e responder com a indiferença à amabilidade.

As coisas marchavam de tal modo que eu cheguei a persuadir-me de que tudo o que sucedera antes não tinha relação alguma com aquele rapaz, e que não havia entre ambos mais do que um fenômeno da semelhança, o que aliás eu não podia afirmar, porque, como te disse já, não pudera reparar bem no homem do teatro.

Aconteceu que dentro de pouco tempo estávamos na maior intimidade, e eu era para ele o mesmo que todas as outras: admiradora e admirada.

Das reuniões passou Emílio às simples visitas de dia, nas horas em que meu marido estava presente, e mais tarde, mesmo quando ele se achava ausente.

Meu marido de ordinário era quem o trazia. Emílio vinha então no seu carrinho que ele próprio dirigia, com a maior graça e elegância. Demorava-se horas e horas em nossa casa, tocando piano ou conversando.

A primeira vez que o recebi só, confesso que estremeci; mas foi um susto pueril; Emílio procedeu sempre do modo mais indiferente em relação às minhas suspeitas. Nesse dia, se algumas me ficaram, desvaneceram-se todas.

Nisto passaram-se dois meses.

Um dia, era de tarde, eu estava só; esperava-te para irmos visitar teu pai enfermo. Parou um carro à porta. Mandei ver. Era Emílio. Recebi-o como de costume.

Disse-lhe que íamos visitar um doente, e ele quis logo sair. Disse-lhe que ficasse até à tua chegada. Ficou como se outro motivo o detivesse além de um dever de cortesia.

Passou-se meia hora.

Nossa conversa foi sobre assuntos indiferentes.

Em um dos intervalos da conversa Emílio levantou-se e foi à janela. Eu levantei-me igualmente para ir ao piano buscar um leque. Voltando para o sofá reparei pelo espelho que Emílio me olhava com um olhar estranho. Era uma transfiguração. Parecia que naquele olhar estava concentrada toda a alma dele.

Estremeci.

Todavia fiz um esforço sobre mim e fui sentar-me, então mais séria que nunca.

Emílio encaminhou-se para mim.

Olhei para ele.

Era o mesmo olhar.

Baixei os meus olhos.

– Assustou-se? – perguntou-me ele.

Não respondi nada. Mas comecei a tremer de novo e parecia-me que o coração me queria pular fora do peito.

É que naquelas palavras havia a mesma expressão do olhar; as palavras faziam-me o efeito das palavras da carta.

– Assustou-se? – repetiu ele.

– De quê? – perguntei eu procurando rir para não dar maior gravidade à situação.

– Pareceu-me.

Houve um silêncio.

– Dona Eugênia – disse ele sentando-se –; não quero por mais tempo ocultar o segredo que faz o tormento da minha vida. Fora um sacrifício inútil. Feliz ou infeliz, prefiro a certeza da minha situação. Dona Eugênia, eu amo-a.

Não te posso descrever como fiquei, ouvindo estas palavras. Senti que empalidecia; minhas mãos estavam geladas. Quis falar: não pude. Emílio continuou:

– Oh! eu bem sei a que me exponho. Vejo como este amor é culpado. Mas que quer? É fatalidade. Andei tantas léguas, passei à ilharga de tantas belezas, sem que o meu coração pulsasse. Estava-me reservada a ventura rara ou o tremendo infortúnio de ser amado ou desprezado pela senhora. Curvo-me ao destino. Qualquer que seja a resposta que eu possa obter, não recuso, aceito. Que me responde?

Enquanto ele falava, eu podia, ouvindo-lhe as palavras, reunir algumas ideias. Quando ele acabou levantei os olhos e disse:

– Que resposta espera de mim?

– Qualquer.

– Só pode esperar uma...

– Não me ama?

– Não! Nem posso e nem amo, nem amaria se pudesse ou quisesse... Peço que se retire.

E levantei-me.

Emílio levantou-se.

– Retiro-me – disse ele –; e parto com o inferno no coração.

Levantei os ombros em sinal de indiferença.

– Oh! eu bem sei que isso lhe é indiferente. É isso o que eu mais sinto. Eu preferia o ódio; o ódio, sim; mas a indiferença, acredite, é o pior castigo. Mas eu o recebo resignado. Tamanho crime deve ter tamanha pena.

E tomando o chapéu chegou-se a mim de novo.

Eu recuei dois passos.

– Oh! não tenha medo. Causo-lhe medo?

– Medo? – retorqui eu com altivez.

– Asco? – perguntou ele.

– Talvez... – murmurei.

– Uma única resposta – tornou Emílio –; conserva aquela carta?

– Ah! – disse eu – Era o autor da carta?

– Era. E aquele misterioso do corredor do teatro Lírico. Era eu. A carta?

– Queimei-a.

– Preveniu o meu pensamento.

E cumprimentando-me friamente dirigiu-se para a porta. Quase a chegar à porta senti que ele vacilava e levava a mão ao peito.

Tive um momento de piedade. Mas era necessário que ele se fosse, quer sofresse quer não. Todavia, dei um passo para ele e perguntei-lhe de longe:

– Quer dar-me uma resposta?

Ele parou e voltou-se.

– Pois não!

– Como é que para praticar o que praticou fingiu-se amigo de meu marido?

– Foi um ato indigno, eu sei; mas o meu amor é daqueles que não recuam ante a indignidade. É o único que eu compreendo. Mas, perdão; não quero enfadá-la mais. Adeus! Para sempre!

E saiu.

Pareceu-me ouvir um soluço.

Fui sentar-me ao sofá. Daí a pouco ouvi o rodar do carro.

O tempo que mediou entre a partida dele e a tua chegada não sei como se passou. No lugar em que fiquei aí me achaste.

Até então eu não tinha visto amor senão nos livros. Aquele homem parecia-me realizar o amor que eu sonhara e vira descrito. A ideia de que o coração de Emílio sangrava naquele momento, despertou em mim um sentimento vivo de piedade. A piedade foi um primeiro passo.

– Quem sabe – dizia eu comigo mesma – o que ele está agora sofrendo? E que culpa é a dele, afinal de contas? Ama-me, disse-mo; o amor foi mais forte do que a razão; não viu que eu era sagrada para ele; revelou-se. Ama, é a sua desculpa.

Depois repassava na memória todas as palavras dele e procurava recordar-me do tom em que ele as proferira. Lembrava-me também do que eu dissera e o tom com que respondera às suas confissões.

Fui talvez severa demais. Podia manter a minha dignidade sem abrir-lhe uma chaga no coração. Se eu falasse com mais brandura podia adquirir dele o respeito e a veneração. Agora há de amar-me ainda, mas não se recordará do que se passou sem um sentimento de amargura.

Estava nestas reflexões quando entraste.

Lembras-te que me achaste triste e perguntaste a causa disso. Nada te respondi. Fomos à casa da tua tia, sem que eu nada mudasse do ar que tinha antes.

À noite quando meu marido me perguntou por Emílio, respondi sem saber o que respondia:

– Não veio cá hoje.

– Deveras? – disse ele – Então está doente.

– Não sei.

– Lá vou amanhã.

– Lá onde?

– À casa dele.

– Para quê?

– Talvez esteja doente.

– Não creio; esperemos até ver...

Passei uma noite angustiosa. A ideia de Emílio perturbava-me o sono. Afigurava-se-me que ele estaria àquela hora chorando lágrimas de sangue no desespero do amor não aceito.

Era piedade? Era amor?

Carlota, era uma e outra coisa. Que podia ser mais? Eu tinha posto o pé em uma senda fatal; uma força me atraía. Eu fraca, podendo ser forte. Não me inculpo senão a mim.

Até domingo.

V

Na tarde seguinte, quando meu marido voltou perguntei por Emílio.

– Não o procurei – respondeu-me ele –; tomei o conselho; se não vier hoje, sim.

Passou-se, pois, um dia sem ter notícias dele.

No dia seguinte, não tendo aparecido, meu marido foi lá. Serei franca contigo, eu mesma lembrei isso a meu marido. Esperei ansiosa a resposta.

Meu marido voltou pela tarde. Tinha um certo ar triste. Perguntei o que havia.

– Não sei. Fui encontrar o rapaz de cama. Disse-me que era uma ligeira constipação; mas eu creio que não é isso só...

– Que será então? – perguntei eu, fitando um olhar em meu marido.

– Alguma coisa mais. O rapaz falou-me em embarcar para o norte. Está triste, distraído, preocupado. Ao mesmo tempo que manifesta a esperança de ver os pais, revela receios de não tornar a vê-los. Tem ideias de morrer na viagem. No sei que lhe aconteceu, mas foi alguma coisa. Talvez...

– Talvez?

– Talvez alguma perda de dinheiro.

Esta resposta transtornou o meu espírito. Posso afirmar-te que esta resposta entrou por muito nos acontecimentos posteriores. Depois de algum silêncio perguntei:

– Mas que pretendes fazer?

– Abrir-me com ele. Perguntar o que é, e acudir-lhe se for possível. Em qualquer caso não o deixarei partir. Que achas?

– Acho que sim.

Tudo o que ia acontecendo contribuía poderosamente para tornar a ideia de Emílio cada vez mais presente à minha memória, e, é com dor que o confesso, não pensava já nele sem pulsações do coração.

Na noite do dia seguinte estávamos reunidas algumas pessoas. Eu não dava grande vida à reunião. Estava triste e desconsolada. Estava com raiva de mim própria. Fazia-me algoz de Emílio e doía-me a ideia de que ele padecesse ainda mais por mim.

Mas, seriam nove horas, quando meu marido apareceu trazendo Emílio pelo braço.

Houve um movimento geral de surpresa.

Realmente porque Emílio não aparecia alguns dias já todos começavam a perguntar por ele; depois, porque o pobre moço vinha pálido de cera.

Não te direi o que se passou nessa noite. Emílio parecia sofrer, não estava alegre como dantes; ao contrário, era naquela noite de uma taciturnidade, de uma tristeza que incomodava a todos, mas que me mortificava atrozmente, a mim que me fazia causa das suas dores.

Pude falar-lhe em uma ocasião, a alguma distância das outras pessoas.

– Desculpe-me – disse-lhe eu –, se alguma palavra dura lhe disse. Compreende a minha posição. Ouvindo bruscamente o que me disse não pude pensar no que dizia. Sei que sofreu; peço-lhe que não sofra mais, que esqueça...

– Obrigado – murmurou ele.

– Meu marido falou-me de projetos seus...

– De voltar à minha província, é verdade.

– Mas doente...

– Esta doença há de passar.

E dizendo isto lançou-me um olhar tão sinistro que eu tive medo.

– Passar? passar como?

– De algum modo.

– Não diga isso...

– Que me resta mais na terra?

E voltou os olhos para enxugar uma lágrima.

– Que é isso? – disse eu – Está chorando?

– As últimas lágrimas.

– Oh! se soubesse como me faz sofrer! Não chore; eu lho peço. Peço-lhe mais. Peço-lhe que viva.

– Oh!

– Ordeno-lhe.

– Ordena-me? E se eu não obedecer? Se eu não puder?... Acredita que se possa viver com um espinho no coração?

Isto que te escrevo é feio. A maneira por que ele falava é que era apaixonada, dolorosa, comovente. Eu ouvia sem saber de mim. Aproximavam-se algumas pessoas. Quis pôr termo à conversa e disse-lhe:

– Ama-me? – disse eu – Só o amor pode ordenar? Pois é o amor que lhe ordena que viva!

Emílio fez um gesto de alegria. Levantei-me para ir falar às pessoas que se aproximavam.

– Obrigado – murmurou-me ele aos ouvidos.

Quando, no fim do serão, Emílio se despediu de mim, dizendo-me, com um olhar em que a gratidão e o amor irradiavam juntos: – Até amanhã! – não sei que sentimento de confusão e de amor, de remorso e de ternura se apoderou de mim.

– Bem; Emílio está mais alegre – dizia-me meu marido. Eu olhei para ele sem saber o que responder.

Depois retirei-me precipitadamente. Parecia-me que via nele a imagem da minha consciência:

No dia seguinte recebi de Emílio esta carta.

"Eugênia. Obrigado. Torno-me à vida, e à senhora o devo. Obrigado! fez de um cadáver um homem, faça agora de um homem um deus. Ânimo! ânimo!"

Li esta carta, reli, e... dir-to-ei, Carlota? beijei-a. Beijei-a repetidas vezes com alma, com paixão, com delírio. Eu amava! eu amava!

Então houve em mim a mesma luta, mas estava mudada a situação dos meus sentimentos. Antes era o coração que fugia à razão, agora a razão fugia ao coração.

Era um crime, eu bem o via, bem o sentia; mas não sei qual era a minha fatalidade, qual era a minha natureza; eu achava nas delícias do crime desculpa ao meu erro, e procurava com isso legitimar a minha paixão.

Quando o meu marido se achava perto de mim eu me sentia melhor e mais corajosa...

Paro aqui desta vez. Sinto uma opressão no peito. É a recordação de todos estes acontecimentos.

Até domingo.

VI

Seguiram-se alguns dias às cenas que eu te contei na minha carta passada.

Ativou-se entre mim e Emílio uma correspondência. No fim de quinze dias eu só vivia do pensamento dele.

Ninguém dos que frequentavam a nossa casa, nem mesmo tu, pôde descobrir este amor. Éramos dois namorados discretos ao último ponto.

É certo que muitas vezes me perguntavam por que é que eu me distraía tanto e andava tão melancólica; isto chamava-me à vida real e eu mudava logo de parecer.

Meu marido sobretudo parecia sofrer com as minhas tristezas.

A sua solicitude, confesso, incomodava-me. Muitas vezes lhe respondia mal, não já porque eu o odiasse, mas porque de todos era ele o único a quem eu não quisera ouvir destas interrogações.

Um dia voltando para casa à tarde chegou-se ele a mim e disse:

– Eugênia, tenho uma notícia a dar-te.

– Qual?

– E que te há de agradar muito.

– Vejamos qual é.

– É um passeio.

– Aonde?

– A ideia foi minha. Já fui ao Emílio e ele aplaudiu muito. O passeio deve ser domingo à Gávea; iremos daqui muito cedinho. Tudo isto, é preciso notar, não está decidido. Depende de ti. O que dizes?

– Aprovo a ideia.

– Muito bem. A Carlota pode ir.

– E deve ir – acrescentei eu –; e algumas outras amigas.

Pouco depois recebias tu e outras um bilhete de convite para o passeio.

Lembras-te que lá fomos. O que não sabes é que nesse passeio, a favor da confusão e a distração geral, houve entre mim e Emílio um diálogo que foi para mim a primeira amargura de amor.

– Eugênia – dizia ele dando-me o braço –, estás certa de que me amas?

– Estou.

– Pois bem. O que te peço, nem sou eu que te peço, é o meu coração, o teu coração que te pedem, um movimento nobre capaz de nos engrandecer aos nossos próprios olhos. Não haverá um recanto no mundo em que possamos viver, longe de todos e perto do céu?

– Fugir?

– Sim!

– Oh! isso nunca!

– Não me amas.

– Amo, sim; é já um crime, não quero ir além.

– Recusas a felicidade?

– Recuso a desonra.

– Não me amas.

– Oh! meu Deus, como respondê-lo? Amo, sim; mas desejo ficar a seus olhos a mesma mulher, amorosa é verdade, mas até certo ponto... pura.

– O amor que calcula não é amor.

Não respondi. Emílio disse estas palavras com uma expressão tal de desdém e com uma intenção de ferir-me que eu senti o coração bater-me apressado, e subir-me o sangue ao rosto.

O passeio acabou mal.

Esta cena tornou Emílio frio para mim; eu sofria com isso; procurei torná-lo ao estado anterior; mas não consegui.

Um dia em que nos achávamos a sós, disse-lhe:

– Emílio, se eu amanhã te acompanhasse, o que farias?

– Cumpria essa ordem divina.

– Mas depois?

– Depois? – perguntou Emílio com ar de quem estranhava a pergunta.

– Sim, depois? – continuei eu – Depois quando o tempo volvesse não me havias de olhar com desprezo?

– Desprezo? Não vejo...

– Como não? Que te mereceria eu depois?

– Oh! esse sacrifício seria feito por minha causa, eu fora covarde se te lançasse isso em rosto.

– Di-lo-ias no teu íntimo.

– Juro que não.

– Pois a meus olhos é assim; eu nunca me perdoaria esse erro.

Emílio pôs o rosto nas mãos e pareceu chorar. Eu que até ali falava com esforço, fui a ele e tirei-lhe o rosto das mãos.

– Que é isto? – disse eu – Não vês que me fazes chorar também?

Ele olhou para mim com os olhos rasos de lágrimas. Eu tinha os meus úmidos.

– Adeus. – disse ele repentinamente – Vou partir.

E deu um passo para a porta.

– Se me prometes viver – disse-lhe –, parte; se tens alguma ideia sinistra, fica.

Não sei o que viu ele no meu olhar, mas tomando a mão que eu lhe estendia beijou-a repetidas vezes (eram os primeiros beijos) e disse-me com fogo:

– Fico, Eugênia!

Ouvimos um ruído fora. Mandei ver. Era meu marido que chegava enfermo. Tinha tido um ataque no escritório. Tornara a si, mas achava-se mal. Alguns amigos o trouxeram dentro de um carro.

Corri para a porta. Meu marido vinha pálido e desfeito. Mal podia andar ajudado pelos amigos.

Fiquei desesperada, não cuidei de mais coisa alguma. O médico que acompanhara meu marido mandou logo fazer algumas aplicações de remédios. Eu estava impaciente; perguntava a todos se meu marido estava salvo.

Todos me tranquilizavam.

Emílio mostrou-se pesaroso com o acontecimento. Foi a meu marido e apertou-lhe a mão.

Quando Emílio quis sair, meu marido disse-lhe:

– Olhe, sei que não pode estar aqui sempre; peço-lhe, porém, que venha, se puder, todos os dias.

– Pois não – disse Emílio.

E saiu.

Meu marido passou mal o resto daquele dia e a noite. Eu não dormi. Passei a noite no quarto.

No dia seguinte estava exausta. Tantas comoções diversas e uma vigília tão longa deixaram-me prostrada: cedia à força maior. Mandei chamar a prima Elvira e fui deitar-me.

Fecho esta carta neste ponto. Pouco falta para chegar ao termo da minha triste narração.

Até domingo.

VII

A moléstia de meu marido durou poucos dias. De dia para dia agravava-se. No fim de oito dias os médicos desenganaram o doente.

Quando eu recebi esta fatal nova fiquei como louca. Era meu marido, Carlota, e apesar de tudo eu não podia esquecer que ele tinha sido o companheiro da minha vida e a ideia salvadora nos desvios do meu espírito.

Emílio achou-me num estado de desespero. Procurou consolar-me. Eu não lhe ocultei que esta morte era um golpe profundo para mim.

Uma noite estávamos juntos todos, eu, a prima Elvira, uma parenta de meu marido e Emílio. Fazíamos companhia ao doente. Este, depois de um longo silêncio, voltou-se para mim e disse-me:

– A tua mão.

E apertando-me a mão com uma energia suprema voltou-se para a parede.

Expirou.

Passaram-se quatro meses depois dos fatos que te contei. Emílio acompanhou-me na dor e foi dos mais assíduos em todas as cerimônias fúnebres que se fizeram ao meu finado marido.

Todavia, as visitas começaram a escassear. Era, parecia-me, por motivo de uma delicadeza natural.

No fim do prazo de que te falei, soube, por boca de um dos amigos de meu marido, que Emílio ia partir. Não pude crer. Escrevi-lhe uma carta.

Eu amava-o então, como dantes, mais ainda, agora que estava livre.

Dizia a carta:

"Emílio.

Constou-me que ias partir. Será possível? Eu mesma não posso acreditar nos meus ouvidos! Bem sabes se eu te amo. Não é tempo de coroar os nossos votos; mas não faltará muito para que o mundo nos releve uma união que o amor nos impõe. Vem tu mesmo responder-me por boca.

Tua Eugênia."

Emílio veio em pessoa. Asseverou-me que, se ia partir, era por negócio de pouco tempo, mas que voltaria logo. A viagem devia ter lugar daí a oito dias.

Pedi-lhe que jurasse o que dizia, e ele jurou.

Deixei-o partir.

Daí a quatro dias recebia eu a seguinte carta dele:

"Menti, Eugênia; vou partir já. Menti ainda, eu não volto. Não volto porque não posso. Uma união contigo seria para mim o ideal da felicidade se eu não fosse homem de hábitos opostos ao casamento. Adeus. Desculpa-me, e reza para que eu faça uma boa viagem. Adeus.

Emílio."

Avalias facilmente como fiquei depois de ler esta carta. Era um castelo que se desmoronava. Em troca do meu amor, do meu primeiro amor, recebia deste modo a ingratidão e o desprezo. Era justo: aquele amor culpado não podia ter bom fim; eu fui castigada pelas consequências mesmo do meu crime.

Mas, perguntava eu, como é que este homem, que parecia amar-me tanto, recusou aquela de cuja honestidade podia estar certo, visto que pôde opor uma resistência aos desejos de seu coração? Isto me pareceu um mistério. Hoje vejo que não era; Emílio era um sedutor vulgar e só se diferençava dos outros em ter um pouco mais de habilidade que eles.

Tal é a minha história. Imagina o que sofri nestes dois anos. Mas o tempo é um grande médico: estou curada.

O amor ofendido e o remorso de haver de algum modo traído a confiança de meu esposo fizeram-me doer muito. Mas eu creio que caro paguei o meu crime e acho-me reabilitada perante a minha consciência.

Achar-me-ei perante Deus?

E tu? É o que me hás de explicar amanhã; vinte e quatro horas depois de partir esta carta eu serei contigo.

Adeus!

CONTOS FLUMINENSES (1870)

AURORA SEM DIA

Naquele tempo contava Luís Tinoco vinte e um anos. Era um rapaz de estatura meã, olhos vivos, cabelos em desordem, língua inesgotável e paixões impetuosas. Exercia um modesto emprego no foro, donde tirava o parco sustento, e morava com o padrinho cujos meios de subsistência consistiam no ordenado da sua aposentadoria. Tinoco estimava o velho Anastácio e este tinha ao afilhado igual afeição.

Luís Tinoco possuía a convicção de que estava fadado para grandes destinos, e foi esse durante muito tempo o maior obstáculo da sua existência. No tempo em que o dr. Lemos o conheceu começava a arder-lhe a chama poética. Não se sabe como começou aquilo. Naturalmente os louros alheios entraram a tirar-lhe o sono. O certo é que um dia de manhã acordou Luís Tinoco escritor e poeta; a inspiração, flor abotoada ainda na véspera, amanheceu pomposa e viçosa. O rapaz atirou-se ao papel com ardor e perseverança, e entre as seis horas e as nove, quando o foram chamar para almoçar, tinha produzido um soneto, cujo principal defeito era ter cinco versos com sílabas de mais e outros cinco com sílabas de menos. Tinoco levou a produção ao *Correio Mercantil*, que a publicou entre os *a pedido*.

Mal dormida, entremeada de sonhos interruptos, de sobressaltos e ânsias, foi a noite que precedeu a publicação. A aurora raiou enfim, Luís Tinoco, apesar de pouco madrugador, levantou-se com o sol e foi ler o soneto impresso. Nenhuma mãe contemplou o filho recém-nascido com mais amor do que o rapaz leu e releu a produção poética, aliás decorada desde a véspera. Afigurou-se-lhe que todos os leitores do *Correio Mercantil* estavam fazendo o mesmo; e que cada um admirava a recente revelação literária, indagando de quem seria esse nome até então desconhecido.

Não dormiu sobre os louros imaginários. Daí a dois dias, nova composição, e desta vez saiu uma longa ode sentimental em que o poeta se queixava à lua do desprezo em que o deixara a amada, e já entrevia no futuro a morte melancólica de Gilbert. Não podendo fazer despesas, alcançou, por intermédio de um amigo, que a poesia fosse impressa de graça, motivo este que retardou a publicação por alguns dias. Luís Tinoco tragou a custo a demora, e não sei se chegou a suspeitar de inveja os redatores do *Correio Mercantil*. A poesia saiu enfim; e tal contentamento produziu no poeta que foi logo fazer ao padrinho a grande revelação.

– Leu hoje o *Correio Mercantil*, meu padrinho? – perguntou ele.

– Homem, tu sabes que eu só lia os jornais no tempo em que era empregado efetivo. Desde que me aposentei não li mais os periódicos...

– Pois é pena! – disse Tinoco com ar frio – queria que me dissesse que pensa de uns versos que lá vêm.

– E de mais a mais versos! Os jornais já não falam de política? No meu tempo não falavam de outra coisa.

– Falam de política e publicam versos, porque ambas as coisas têm entrada na imprensa. Quer ler os versos?

– Dá cá.

– Aqui estão.

O poeta puxou da algibeira o *Correio Mercantil*, e o velho Anastácio entrou a ler para si a obra do afilhado. Com os olhos pregados no padrinho, Luís Tinoco parecia querer adivinhar as impressões que produziam nele os seus elevados conceitos, metrificados com todas as liberdades possíveis e impossíveis do consoante. Anastácio acabou de ler os versos e fez com a boca um gesto de enfado.

– Isto não tem graça – disse ele ao afilhado estupefato –; que diabo tem a lua com a indiferença dessa moça, e a que vem aqui a morte deste estrangeiro?

Luís Tinoco teve vontade de descompor o padrinho, mas limitou-se a atirar os cabelos para trás e a dizer com supremo desdém:

– São coisas de poesia que nem todos entendem; esses versos sem graça são meus.

– Teus? – perguntou Anastácio no cúmulo do espanto.

– Sim, senhor.

– Pois tu fazes versos?

– Assim dizem.

– Mas quem te ensinou a fazer versos?

– Isto não se aprende; traz-se do berço.

Anastácio leu outra vez os versos, e só então reparou na assinatura do afilhado. Não havia que duvidar: o rapaz dera em poeta. Para o velho aposentado era isto uma grande desgraça. Esse ligava à ideia de poeta a ideia de mendicidade. Tinham-lhe pintado Camões e Bocage, que eram os nomes literários que ele conhecia, como dois improvisadores de esquina, espeitorando sonetos em troca de algumas moedas, dormindo nos adros das igrejas e comendo nas cocheiras das casas grandes. Quando soube que o seu querido Luís estava atacado da terrível moléstia, Anastácio ficou triste, e foi nessa ocasião que se encontrou com o dr. Lemos e lhe deu notícia da gravíssima situação do afilhado.

– Dou-lhe parte de que o Luís está poeta.

– Sim? – perguntou-lhe o dr. Lemos – E que tal lhe saiu o poeta?

– Não me importa se saiu mau ou bom. O que sei é que é a maior desgraça que lhe podia acontecer, porque isto de poesia não dá nada de si. Tenho medo que deixe o emprego, e fique aí pelas esquinas a falar à lua, cercado de moleques.

O dr. Lemos tranquilizou o homem dizendo-lhe que os poetas não eram esses vadios que ele imaginava; mostrou-lhe que a poesia não era obstáculo para andar como os outros, para ser deputado, ministro ou diplomata.

– No entanto – disse o dr. Lemos –, desejarei falar ao Luís; quero ver o que ele tem feito, porque como eu também fui outrora um pouco versejador, posso já saber se o rapaz dá de si.

Luís Tinoco foi ter com ele; levou-lhe o soneto e a ode impressos, e mais algumas produções não publicadas. Estas orçavam pela ode ou pelo soneto. Imagens safadas, expressões comuns, frouxo alento e nenhuma arte; apesar de tudo isso, havia de quando em quando algum lampejo que indicava da parte do neófito propensão para o mister; podia ser ao cabo de algum tempo um excelente trovador de salas.

O dr. Lemos disse-lhe com franqueza, que a poesia era uma arte difícil e que pedia longo estudo; mas que, a querer cultivá-la a todo o transe, devia ouvir alguns conselhos necessários.

– Sim – respondeu ele –, pode lembrar alguma coisa; eu não me nego a aceitar-lhe o que me parecer bom, tanto mais que eu fiz estes versos muito à pressa e não tive ocasião de os emendar.

– Não me parecem bons estes versos – disse o dr. Lemos –; poderia rasgá-los e estudar antes algum tempo.

Não é possível descrever o gesto de soberbo desdém com que Luís Tinoco arrancou os versos ao doutor e lhe disse:

– Os seus conselhos valem tanto como a opinião de meu padrinho. Poesia não se aprende; traz-se do berço. Eu não dou atenção a invejosos. Se os versos não fossem bons, o *Mercantil* não os publicava.

E saiu.

Daí em diante foi impossível ter-lhe mão.

Tinoco entrou a escrever como quem se despedia da vida. Os jornais andavam cheios de produções suas, umas tristes, outras alegres, não daquela tristeza nem daquela alegria que vem diretamente do coração, mas de uma tristeza que fazia sorrir, e de uma alegria que fazia bocejar. Luís Tinoco confessava singelamente ao mundo que fora invadido do ceticismo byroniano, que tragara até às fezes a taça do infortúnio, e que para ele a vida tinha escrita na porta a inscrição dantesca. A inscrição era citada com as próprias palavras do poeta, sem que aliás Luís Tinoco o tivesse lido nunca. Ele respigava nas alheias produções uma coleção de alusões e nomes literários, com que fazia as despesas de sua erudição, e não lhe era preciso, por exemplo, ter lido Shakespeare para falar do *to be or not to be*, do balcão de Julieta e das torturas de Otelo. Tinha a respeito de biografias ilustres noções extremamente singulares. Uma vez, agastando-se com a sua amada – pessoa que ainda não existia – aconteceu-lhe dizer que o clima fluminense podia produzir monstros daquela espécie, do mesmo modo que o sol italiano dourara os cabelos da menina Aspásia. Lera casualmente alguns dos salmos do padre Caldas, e achou-os soporíferos; falava mais benevolamente da "Morte de Lindoia", nome que ele dava ao poema de J. Basílio da Gama, de que só conhecia quatro versos.

Ao cabo de cinco meses tinha Luís Tinoco produzido uma quantia razoável de versos, e podia, mediante muitos claros e páginas em branco, dar um volume de cento e oitenta páginas. A ideia de imprimir um livro sorriu-lhe; e daí a pouco era raro passar por uma loja sem ver no mostrador um prospecto assim concebido:

Goivos e camélias
Por
Luís Tinoco
Um volume de 200 páginas... 2$000.

O dr. Lemos encontrou-o algumas vezes na rua. Andava com o ar inspirado de todos os poetas novéis que se supõem apóstolos e mártires.

Cabeça alta, olhos vagos, cabelos grandes e caídos; algumas vezes abotoava o paletó e punha a mão ao peito por ter visto assim um retrato de Guizot; outras vezes andava com as mãos para trás.

O dr. Lemos falou-lhe a terceira vez que o viu assim, porque das duas primeiras o rapaz esquivou-se por modo que não pôde deter-lhe passo. Fez-lhe alguns elogios às suas produções. Expandiu-se-lhe rosto:

– Obrigado – disse ele –; esses elogios são o melhor prêmio das minhas fadigas. O povo não está preparado para a poesia: as pessoas inteligentes, como o doutor, podem julgar do merecimento dos outros. Leu a minha "Flor pálida"?

– Uns versos publicados no domingo?

– Sim.

– Li; são galantíssimos.

– E sentimentais. Fiz aquela poesia em meia hora, e não emendei nada. Acontece-me isso muita vez. Que lhe parecem aqueles esdrúxulos?

– Acho-os esdrúxulos.

– São excelentes. Agora vou levar algumas estrofes que compus ontem. Intitulam-se "À beira de um túmulo".

– Ah!

– Já assinou o meu livro?

– Ainda não.

– Nem assine. Quero dar-lhe um volume. Sai brevemente. Estou recolhendo as assinaturas. *Goivos e camélias*; que lhe parece o título?

– Magnífico.

– Achei-o de repente. Lembraram-me outros, mas eram comuns. *Goivos e camélias* parece que é um título distinto e original; é o mesmo que se dissesse: tristezas e alegrias.

– Justamente.

Durante esse tempo, ia o poeta tirando do bolso uma aluvião de papéis. Procurava as estrofes de que falara. O dr. Lemos quis esquivar-se, mas o homem era implacável; segurou-lhe no braço. Ameaçado de ouvir ler os versos na rua, o doutor convidou o poeta a ir jantar com ele.

Foram a um hotel próximo.

– Ah! meu amigo – dizia ele em caminho –, não imagina quantos invejosos andam a denegrir o meu nome. O meu talento tem sido o alvo de mil ataques; mas eu já estava disposto a isto. Não me espanto. A enxerga de Camões é um exemplo e uma consolação. Prometeu, atado ao Cáucaso, é o emblema do gênio. A posteridade é a vingança dos que sofrem os desdéns do seu tempo.

No hotel procurou o dr. Lemos um lugar mais afastado, onde não chamassem muito a atenção das outras pessoas.

– Aqui estão as estrofes – disse Luís Tinoco conseguindo arrancar de um maço de papéis a poesia anunciada.

– Não lhe parece melhor lê-las à sobremesa?

– Como quiser – respondeu ele –; tem razão, porque eu também estou com fome.

Luís Tinoco era todo prosa à mesa do jantar; comeu desencadernadamente.

– Não repare – dizia ele de quando em quando –; isto é o animal que se está alimentando. O espírito aqui não tem culpa nenhuma.

À sobremesa, estando na sala apenas uns cinco fregueses, desdobrou Luís Tinoco o fatal papel e leu as anunciadas estrofes, com uma melopeia afetada e perfeitamente ridícula. Os versos falavam de tudo, da morte e da vida, das flores e dos vermes, dos amores e dos ódios; havia mais de oito *ciprestes*, cerca de vinte *lágrimas*, e mais *túmulos* do que um verdadeiro cemitério.

Os cinco fregueses jantantes voltaram a cabeça, quando Luís Tinoco começou a recitar os versos; depois começaram a sorrir e a murmurar alguma coisa que os dois não puderam ouvir. Quando o poeta acabou, um dos circunstantes, assaz grosseiro, soltou uma gargalhada. Luís Tinoco voltou-se enfurecido, mas o dr. Lemos conteve-o dizendo:

– Não é conosco.

– É, meu amigo – disse ele resignado –; mas que lhe havemos de fazer? quem entende a poesia para a respeitar em toda a parte?

– Deixemos este lugar – disse o dr. Lemos –; aqui não compreendem o que é um poeta.

– Vamos!

O dr. Lemos pagou a conta e saiu atrás de Luís Tinoco, que deitou ao rideiro um olhar de desafio.

Luís Tinoco acompanhou-o até à casa. Recitou-lhe em caminho alguns versos que sabia de cor. Quando ele se entregava à poesia, não a alheia, que o não preocupava muito, mas a própria, podia-se dizer que tudo mais se lhe apagava da memória; bastava-lhe a contemplação de si mesmo. O dr. Lemos ia ouvindo calado com a resignação de quem suporta a chuva, que não pode impedir.

Pouco tempo depois saíram a lume os *Goivos e camélias*, que todos os jornais prometeram analisar mais de espaço.

Dizia o poeta no prólogo da obra, que era audácia da sua parte "vir assentar-se na mesa da comunhão da poesia, mas que todo aquele que sentia dentro de si o *j'ai quelque chose là*, de André Chénier, devia dar à pátria aquilo que a natureza lhe deu". Em seguida pedia desculpa para os seus verdes anos, e afirmava ao público que não tinha sido "embalado em berços de seda". Concluía dando a bênção ao livro e chamando a atenção para a lista dos assinantes que vinha no fim.

Esta obra monumental passou despercebida no meio da indiferença geral. Apenas um folhetinista do tempo escreveu a respeito dela algumas linhas que fizeram rir a toda a gente, menos o autor, que foi agradecer ao folhetinista.

O dr. Lemos perdeu de vista o seu poeta durante algum tempo. Digo mal; só perdeu de vista o homem, porque o poeta de quando em quando lhe aparecia metido em alguma produção literária, que o dr. Lemos invariavelmente lia para se benzer da estéril pertinácia de Luís Tinoco. Não havia ocasião, enterro ou espetáculo solene, que escapasse à inspiração do fecundo escritor. Como o número de suas ideias fosse mui limitado, podia-se dizer que ele só havia escrito um necrológio, uma elegia, uma ode ou uma congratulação. Os diferentes exemplares de cada uma destas coisas eram a mesma coisa dita por outro modo. O modo porém constituía a originalidade do poeta, originalidade que ele não teve a princípio, mas que se desenvolveu muito com o tempo.

Infelizmente enquanto se entregava com ardor às lides literárias, esquecia-se o poeta das lides forenses, donde lhe vinha o pão. Anastácio queixou-se um dia desta desgraça ao dr. Lemos, numa carta que acabava assim: "Não sei, meu amigo sr. Lemos, aonde irá parar este rapaz. Não lhe vejo outra conclusão: hospício ou xadrez".

O dr. Lemos mandou chamar o poeta. Elogiou-lhe as suas obras com o fim de lhe dispor o espírito a ouvir o que ia dizer. O rapaz expandiu-se.

– Ainda bem que eu ouço de quando em quando alguma voz animadora – disse ele –; não sabe o que tem sido a inveja a meu respeito. Mas que importa? Tenho confiança no futuro; o que me vinga é a posteridade.

– Tem razão, a posteridade é que vinga das maroteiras contemporâneas.

– Li há dias num papelucho, que eu era um alinhavador de ninharias. Percebi a intenção. Acusava-me de não meter ombros a obra de mais largo fôlego. Vou desmentir o papelucho: estou escrevendo um poema épico!

– Ai! – disse o dr. Lemos consigo, adivinhando alguma leitura forçada do poema.

– Podia mostrar-lhe alguma coisa – continuou Luís Tinoco –, mas prefiro que leia a obra quando estiver mais adiantada.

– Muito bem.

– Tem dez cantos, cerca de dez mil versos. Mas quer saber a minha desgraça?

– Qual é?

– Estou apaixonado...

– Realmente, é uma desgraça na sua posição.

– Que tem a minha posição?

– Creio que não é excelente. Dizem-me que se tem descuidado um pouco das suas obrigações do foro, e que brevemente lhe vão tirar o emprego.

– Fui despedido ontem.

– Já?

– É verdade. Se ouvisse o discurso com que eu respondi ao escrivão, diante de toda a gente que enchia o cartório! Vinguei-me.

– Mas... de que viverá agora? seu padrinho não pode, creio eu, com o peso da casa.

– Deus me ajudará. Não tenho eu uma pena na mão? Não recebi do berço um tal ou qual engenho, que já tem dado alguma coisa de si? Até agora nenhum lucro tentei tirar das minhas obras; mas era só amador. Daqui em diante o caso muda de figura; é necessário ganhar o pão, ganharei o pão.

A convicção com que Luís Tinoco dizia estas palavras entristeceu o amigo do padrinho. O dr. Lemos contemplou durante alguns segundos – com inveja, talvez – aquele sonhador incorrigível, tão desapegado da realidade da vida, acreditando não só nos seus grandes destinos, mas também na verossimilhança de fazer da sua pena uma enxada.

– Oh! deixe estar! – continuou Luís Tinoco – eu hei de provar-lhes, ao senhor e a meu padrinho, que não sou tão inútil como lhes pareço. Não me falta coragem, doutor; quando me faltasse, há uma estrela...

Luís Tinoco calou-se, retorceu o bigode, e olhou melancolicamente para o céu. O dr. Lemos também olhou para o céu, mas sem melancolia, e perguntou rindo:

– Uma estrela? Ao meio-dia é raro...

– Oh! não falo dessas – interrompeu Luís Tinoco –; lá é que ela devia estar, ali no espaço azul, entre as outras suas irmãs, mais velhas do que ela e menos formosas...

– Uma moça?

– Uma moça, é pouco; diga a mais gentil criatura que o sol ainda alumiou, uma sílfide, a minha Beatriz, a minha Julieta, a minha Laura...

– Escusa dizê-lo; deve ser muito formosa se fez apaixonar um poeta.

– Meu amigo, o senhor é um grande homem; Laura é um anjo, e eu adoro-a...

– E ela?

– Ela ignora talvez que eu me consumo.

– Isso é mau!

– Que quer? – disse Luís Tinoco enxugando com o lenço uma lágrima imaginária –; é fado dos poetas arderem por coisas que não podem obter. É esse o pensamento de uns versos que escrevi há oito dias. Publiquei-os no *Caramanchão Literário*.

– Que diacho é isso?

– É a minha folha, que eu lhe mando de quinze em quinze dias... E diz que lê as minhas obras!

– As obras leio... Agora os títulos podem escapar. Vamos porém ao que importa. Ninguém lhe contesta talento nem inspiração fecunda; mas o senhor ilude-se pensando que pode viver dos versos e dos artigos literários... Note que os seus versos e os seus artigos são muito superiores ao entendimento popular, e por isso devem ter muito menos aceitação.

Este desenganar com as mãos cheias de rosas produziu salutar efeito no ânimo de Luís Tinoco; o poeta não pôde sofrear um sorriso de satisfação e bem-aventurança. O amigo do padrinho concluiu o seu discurso oferecendo-lhe um lugar de escrevente em casa de um advogado. Luís Tinoco olhou para ele algum tempo sem dizer palavra. Depois:

– Volto ao foro, não? – disse ele com a mais melancólica resignação deste mundo – Minha inspiração deve descer outra vez a empoeirar-se nos libelos, a aturar os rábulas, a engrolar o vocabulário da chicana! E a troco de quê? A troco de uns magros mil-réis, que eu não tenho e me são necessários para viver. Isto é sociedade, doutor?

– Má sociedade, se lhe parece – respondeu o dr. Lemos com doçura –, mas não há outra à mão, e a menos de não estar disposto a reformá-la, não tem outro recurso senão tolerá-la e viver.

O poeta deu alguns passos na sala; no fim de dois minutos estendeu a mão ao amigo.

– Obrigado – disse ele –, aceito; vejo que trata de meus interesses, sem desconhecer que me oferece um exílio.

– Um exílio e um ordenado – emendou o dr. Lemos.

Daí a dias estava o poeta a copiar razões de embargos e de apelação, a lastimar-se, a maldizer da fortuna, sem adivinhar que daquele emprego devia nascer uma mudança nas suas aspirações. O dr. Lemos não lhe falou durante cinco meses. Um dia encontraram-se na rua. Perguntou-lhe pelo poema.

— Está parado — respondeu Luís Tinoco.

— Deixa-o de mão?

— Concluí-lo-ei quando tiver tempo.

— E a folha?

— Deve saber que acabei com ela; não lha mando há muito tempo.

— É verdade, mas podia ser um esquecimento. Muito me conta! Então acabou o *Caramanchão Literário*?

— Deixei-o morrer no melhor período de vitalidade: tinha oitenta assinantes pagantes...

— Mas então abandona as letras?

— Não, mas... Adeus.

— Adeus.

Pareceu simples tudo aquilo; mas tendo-se ganho alguma coisa, que era empregá-lo, o dr. Lemos deixou que o próprio poeta lhe fosse anunciar a causa do seu sono literário. Seria o namoro de Laura?

Esta Laura, preciso é que se diga, não era Laura, era simplesmente Inocência; o poeta chamava-lhe Laura nos seus versos, nome que lhe parecia mais doce, e efetivamente o era. Até que ponto existiu esse namoro, e em que proporções correspondeu a moça à chama do rapaz? A história não conservou muita informação a este respeito. O que se sabe com certeza é que um dia apareceu um rival no horizonte, tão poeta como o padrinho de Luís Tinoco, elemento muito mais conjugal do que o redator do *Caramanchão Literário*, e que de um só lance lhe derrubou todas as esperanças.

Não é preciso dizer ao leitor que este acontecimento enriqueceu a literatura com uma extensa e chorosa elegia, em que Luís Tinoco metrificou todas as queixas que pode ter de uma mulher um namorado traído. Esta obra tinha por epígrafe o *nessun maggior dolore* do poeta florentino. Quando ele a acabou e emendou, releu-a em voz alta, passeando na alcova, deu o último apuro a um ou outro verso, admirou a harmonia de muitos, e singelamente confessou de si para si que era a sua melhor produção. O *Caramanchão Literário* ainda existia; Luís Tinoco apressou-se a levar o escrito ao prelo, não sem o ler aos seus colaboradores, cuja opinião foi idêntica à dele. Apesar da dor que o devia consumir, o poeta leu as provas com o maior desvelo e escrúpulo, assistiu à impressão dos primeiros exemplares da folha, e durante muitos dias releu os versos até cansar. Do que ele menos se lembrava era da perfídia que os inspirou.

Esta porém não era a razão do sono literário de Luís Tinoco. A razão era puramente política. O advogado, cujo escrevente ele era, tinha sido deputado e colaborava numa gazeta política. O seu escritório era um centro, onde iam ter muitos homens públicos e se conversava largamente dos partidos e do governo. Luís Tinoco ouviu a princípio essas conversas com a indiferença de um deus envolvido no manto da sua imortalidade. Mas a pouco e pouco foi adquirindo gosto ao que ouvia. Já lia os discursos parlamentares e os artigos de polêmica. Da atenção passou rapidamente ao entusiasmo, porque naquele rapaz tudo era extremo, entusiasmo ou indiferença.

Um dia levantou-se com a convicção de que os seus destinos eram políticos.

– A minha carreira literária está feita – disse ele ao dr. Lemos quando falaram nisto –; agora outro campo me chama.

– A política? Parece-lhe que é essa a sua vocação?

– Parece-me que posso fazer alguma coisa.

– Vejo que é modesto, e não duvido que alguma voz interior o esteja convidando a queimar as suas asas de poeta. Mas, cuidado! Há de ter lido *Macbeth*... Cuidado com a voz das feiticeiras, meu amigo. Há no senhor demasiado sentimento, muita suscetibilidade, e não me parece que...

– Estou disposto a acudir à voz do destino. – interrompeu impetuosamente Luís Tinoco – A política chama-me ao seu campo; não posso, não devo, não quero cerrar-lhe os ouvidos. Não! as opressões do poder, as baionetas dos governos imorais e corrompidos, não podem desviar uma grande convicção do caminho que ela mesma escolheu. Sinto que sou chamado pela voz da verdade. Quem foge à voz da verdade? Os covardes e os ineptos. Não sou inepto nem covarde.

Tal foi a estreia oratória com que ele brindou o dr. Lemos numa esquina onde felizmente não passava ninguém.

– Só lhe peço um coisa – disse o ex-poeta.

– O que é?

– Recomende-me ao doutor. Quero acompanhá-lo, e ser seu protegido; é o meu desejo.

O dr. Lemos cedeu ao desejo de Luís Tinoco. Foi ter com o advogado e recomendou-lhe o escrevente, não com muita solicitude, mas também sem excessiva frieza. Felizmente o advogado era uma espécie de são Francisco Xavier do partido, desejoso como ninguém de aumentar o pessoal militante; recebeu a recomendação com a melhor cara do mundo, e logo no dia seguinte, disse algumas palavras benévolas ao escrevente, que as ouviu trêmulo de comoção.

– Escreva alguma coisa – disse o advogado –, e traga-me para ver se lhe achamos propensão.

Não foi preciso dizer-lho duas vezes. Dois dias depois, levou o ex-poeta ao seu protetor um artigo extenso e difuso, mas cheio de entusiasmo e fé. O advogado achou defeitos no trabalho; apontou-lhe demasias e nebulosidades, frouxidão de argumentos, mais ornamentação que solidez; todavia prometeu publicá-lo. Ou fosse porque lhe fizesse estas observações com muito jeito e benevolência, ou porque Luís Tinoco houvesse perdido alguma coisa da antiga suscetibilidade, ou porque a promessa da publicação lhe adoçasse o amargo da censura, ou por todas estas razões juntas, o certo é que ele ouviu com exemplar modéstia e alegria as palavras do protetor.

– Há de perder os defeitos com o tempo – disse este mostrando o artigo aos amigos.

O artigo foi publicado e Luís Tinoco recebeu alguns apertos de mão. Aquela doce e indefinível alegria que ele sentira quando estampou no *Correio Mercantil* os seus primeiros versos, voltou a experimentá-la agora, mas alegria complicada de uma virtuosa resolução: Luís Tinoco desde aquele dia sinceramente acreditou que tinha uma missão, que a natureza e o destino o haviam mandado à terra para endireitar os tortos políticos.

Poucas pessoas se terão esquecido do período final da estreia política do ex-redator do *Caramanchão Literário*. Era assim: "Releve o poder – hipócrita e sanhudo – que eu lhe diga muito humildemente que não temo o desprezo nem o martírio. Moisés, conduzindo os hebreus à terra da promissão, não teve a fortuna de entrar nela: é o símbolo do escritor que leva os homens à regeneração moral e política, sem lhe transpor as portas de ouro. Que poderia eu temer? Prometeu atado ao Cáucaso, Sócrates bebendo a cicuta, Cristo expirando na cruz, Savonarola indo ao suplício, John Brown esperneando na forca, são os grandes apóstolos da luz, o exemplo e o conforto dos que amam a verdade, o remorso dos tiranos e o terremoto do despotismo".

Luís Tinoco não parou nestas primícias. Aquela mesma fecundidade da estação literária veio a reproduzir-se na estação política; o protetor, entretanto, disse-lhe que era conveniente escrever menos e mais assentado. O ex-poeta não repeliu a advertência, e até lucrou com ela, produzindo alguns artigos menos desgrenhados no estilo e no pensamento. A erudição política de Luís Tinoco era nenhuma; o protetor emprestou-lhe alguns livros, que o ex-poeta aceitou com infinito prazer. Os leitores compreendem facilmente que o autor dos *Goivos e camélias* não era homem que meditasse uma página de leitura; ele ia atrás das grandes frases – sobretudo das frases sonoras –, demorava-se nelas, repetia-as, ruminava-as com verdadeira delícia. O que era reflexão, observação, análise parecia-lhe árido, e ele corria depressa por elas.

Algum tempo depois houve uma eleição primária. O publicista sentiu que havia em si um eleitor, e foi dizê-lo afoitamente ao advogado. O desejo não foi mal aceito; trabalharam-se as coisas de modo que Luís Tinoco teve o gosto de ser incluído numa chapa e a surpresa de ficar batido. Batê-lo foi possível ao governo; abatê-lo, não. O ex-poeta, ainda quente do combate, traduziu em largos e floreados períodos o desprezo que lhe inspirava aquela vitória dos adversários. A esse artigo responderam os amigos do governo com um, que terminava assim: "Até onde quererá ir, com semelhante descomedimento de linguagem, o pimpolho do ex-deputado Z.?".

Luís Tinoco quase morreu de júbilo ao receber em cheio aquela descarga ministerial. A imprensa adversa não o havia tratado até então com a consideração que ele desejava. Uma ou outra vez, haviam discutido argumentos seus; mas faltava o melhor, faltava o ataque pessoal, que lhe parecia ser o batismo de fogo naquela espécie de campanha. O advogado, lendo o ataque, disse ao ex-poeta que a sua posição era idêntica à do primeiro Pitt quando o ministro Walpole lhe respondeu chamando-lhe moço em plena Câmara dos Comuns, e que era necessário repelir no mesmo tom a ofensa ministerial. Luís Tinoco ignorava até aquela data a existência de Pitt e de Walpole; achou todavia muito engenhosa a comparação das duas situações, e com habilidade e cautela perguntou ao advogado se lhe podia emprestar o discurso do orador britânico "para refrescar a memória".

O advogado não tinha o discurso, mas deu-lhe ideia dele, quanto bastou para que Luís Tinoco fosse escrever um longo artigo acerca do que era e não era pimpolho.

Entretanto, a luta eleitoral lhe descobrira um novo talento. Como fosse necessário arengar algumas vezes, fê-lo o pimpolho a grande aprazimento seu e no meio de palmas gerais. Luís Tinoco perguntou a si mesmo se lhe era lícito aspirar às honras da tribuna. A resposta foi afirmativa. Esta nova ambição era mais difícil de satisfazer; o ex-poeta o reconheceu, e armou-se de paciência para esperar.

Aqui há uma lacuna na vida de Luís Tinoco. Razões que a história não conservou levaram o jovem publicista à província natal do seu amigo e protetor, dois anos depois dos acontecimentos eleitorais. Não percamos tempo em conjecturar as causas desta viagem, nem as que ali o demoraram mais do que queria. Vamos já encontrá-lo alguns meses depois, colaborando num jornal com o mesmo ardor juvenil, de que dera tanta prova na capital. Recomendado pelo advogado aos seus amigos políticos e parentes, depressa criou Luís Tinoco um círculo de companheiros, e não tardou que assentasse em ali ficar algum tempo. O padrinho já estava morto; Luís Tinoco achava-se absolutamente sem família.

A ambição do orador não estava apagada pela satisfação do publicista; pelo contrário, uma coisa avivava a outra. A ideia de possuir duas armas, brandi-las ao mesmo tempo, ameaçar e bater com ambas os adversários, tornou-se-lhe ideia crônica, presente, inextinguível. Não era a vaidade que o levava, quero dizer, uma vaidade pueril. Luís Tinoco acreditava piamente que ele era um artigo do programa da Providência, e isso o sustinha e contentava. A sinceridade que nunca teve quando versificava os seus infortúnios entre suas palestras de rapazes, teve-a quando se enterrou a mais e mais na política. É claro que, se alguém lhe pusesse em dúvida o mérito político, feri-lo-ia do mesmo modo que os que lhe contestavam excelências literárias; mas não era só a vaidade que lhe ofendiam, era também, e muito mais, a fé – fé profunda e intolerante – que ele tinha de que o seu talento fazia parte da harmonia universal.

Luís Tinoco mandava ao dr. Lemos na corte todos os seus escritos da província, e contava-lhe singelamente as suas novas esperanças. Um dia noticiou-lhe que a sua eleição para a assembleia provincial era objeto de negociações que se lhe afiguravam propícias. O correio seguinte trouxe notícia de que a candidatura de Luís Tinoco entrara na ordem dos fatos consumados.

A eleição fez-se e não deu pouco trabalho ao candidato fluminense, que à força de muita luta e muito empenho pôde ter a honra de ser incluído na lista dos vencedores. Quando lhe deram notícia da vitória, entoou a alma de Luís Tinoco um verdadeiro e solene *Te Deum Laudamus*. Um suspiro, o mais entranhado e desentranhado de quantos suspiros jamais soltaram homens, desafogou o coração do ex-poeta das dúvidas e incertezas de longas e cruéis semanas. Estava enfim eleito! Ia subir o primeiro degrau do capitólio.

A noite foi mal dormida, como a da véspera da publicação do primeiro soneto, e entremeada de sonhos análogos à situação. Luís Tinoco via-se já troando na assembleia provincial, entre os aplausos de uns, as imprecações de outros, a inveja de quase todos, e lendo em toda a imprensa da província os mais calorosos aplausos à sua nova e original eloquência. Vinte exórdios fez o jovem deputado para o primeiro discurso, cujo assunto seria naturalmente digno de grandes rasgos e nervosos períodos. Ele já estudava mentalmente os gestos, a atitude, todo o exterior da figura que ia honrar a sala dos representantes da província.

Muitos grandes nomes da política haviam começado no parlamento provincial. Era verossímil, era indispensável até, para que ele cumprisse o mandato imperativo do destino, que saísse dali em pouco tempo para vir transpor a porta mais ampla da representação nacional. O ex-poeta ocupava já no espírito uma das cadeiras da Cadeia Velha, e remirava-se na própria pessoa e no brilhante papel que teria de desempenhar. Via já diante de si a oposição ou o ministério estatelado no chão, com quatro ou cinco daqueles golpes que ele supunha saber dar como ninguém, e as gazetas a falarem, e o povo a ocupar-se dele, e o seu nome a repercutir em todos os ângulos do império, e uma pasta a cair-lhe nas mãos, ao mesmo tempo que o bastão do comando ministerial.

Tudo isto, e muito mais imaginava o recente deputado, embrulhado nos lençóis, com a cabeça no travesseiro e o espírito a vagar por esse mundo fora, que é a coisa pior que pode acontecer a um corpo mortificado como estava o dele naquela ocasião.

Não se demorou Luís Tinoco em escrever ao dr. Lemos, e contar-lhe as suas esperanças e o programa que tencionava observar, desde que a fortuna lhe abria mais ampla estrada na vida pública. A carta tratava longamente do efeito provável da sua primeira oração, e terminava assim: "Qualquer que seja o posto a que eu suba; qualquer, entenda bem, ainda aquele que é o primeiro do país, abaixo do imperador (e creio que irei até lá), nunca me há de esquecer que ao senhor o devo, à animação que me dispensou, à recomendação que fez de mim. Parece-me que até hoje tenho correspondido à confiança dos meus amigos; espero continuar a merecê-la".

Inauguraram-se enfim os trabalhos. Tão ansioso estava Luís Tinoco de falar que, logo nas primeiras sessões, a propósito de um projeto sobre a colocação de um chafariz, fez um discurso de duas horas em que demonstrou por A + B que a água era necessária ao homem. Mas a grande batalha foi dada na discussão do orçamento provincial. Luís Tinoco fez um longo discurso em que combateu o governo geral, o presidente, os adversários, a polícia e o despotismo. Seus gestos eram até então desconhecidos na escala da gesticulação parlamentar; na província, pelo menos, ninguém tivera nunca a satisfação de contemplar aquele sacudir de cabeça, aquele arquear de braço, aquele apontar, alçar, cair e bater com a mão direita.

O estilo também não era vulgar. Nunca se falou de receita e despesa com maior luxo de imagens e figuras. A receita foi comparada ao orvalho que as flores recolhem durante a noite; a despesa à brisa da manhã que as sacode e lhes entorna um pouco do sereno vivificante. Um bom governo é arenas brisa; o presidente atual foi declarado siroco e pampeiro. Toda a maioria protestou solenemente contra essa qualificação injuriosa, ainda que poética. Um dos secretários confessou que nunca do Rio de Janeiro lhes fora uma aura mais refrigerante.

Infelizmente os adversários não dormiam. Um deles, apenas Luís Tinoco acabou o discurso entre alguns aplausos dos seus amigos, pediu a palavra e cravou longo tempo os olhos no orador estreante. Depois sacou do bolso um maço de jornais e um folheto, concertou a garganta e disse:

– Mandaram-nos do Rio de Janeiro o nobre deputado que me precedeu nesta tribuna. Diziam que era uma ilustração fluminense, destinada a arrasar os talentos da província. Imediatamente, senhor presidente, tratei de obter as obras do nobre deputado. Aqui tenho eu, senhor presidente, o *Caramanchão Literário*, folha redigida pelo meu adversário, e o volume dos *Goivos e camélias*. Tenho lá em casa mais outras obras. Abramos os *Goivos e camélias*.

O sr. Luís Tinoco: – O nobre deputado está fora da ordem! (*Apoiados*).

O orador: – Continuo, senhor presidente; aqui tenho os *Goivos e Camélias*. Vejamos um goivo.

> "A Ela.
> Quem és tu que me atormentas
> Com teus prazenteiros sorrisos?
> Quem és tu que me apontas
> As portas dos paraísos?
>
> Imagem do céu és tu?
> És filha da divindade?
> Ou vens prender em teus cabelos
> A minha liberdade?"

Vê vossa excelência, senhor presidente, que já nesse tempo o nobre deputado era inimigo de todas as leis opressoras. A assembleia tem visto como ele trata as leis do metro.

Todo o resto do discurso foi assim. A minoria protestou, Luís Tinoco fez-se de todas as cores, e a sessão acabou em risada. No dia seguinte os jornais amigos de Luís Tinoco agradeceram ao adversário deste o triunfo que lhe proporcionou mostrando à província "uma antiga e brilhante face do talento do ilustre deputado". Os que indecorosamente riram dos versos, foram condenados com estas poucas linhas: "Há dias um deputado governista disse que a situação era uma caravana de homens honestos e bons. É caravana, não há dúvida; vimos ontem os seus camelos".

Nem por isso Luís Tinoco ficou mais consolado. As cartas do deputado ao dr. Lemos começaram a escassear, até que de todo cessaram de aparecer. Decorreram assim silenciosos uns três anos, ao cabo dos quais o dr. Lemos foi nomeado não sei para que cargo na província onde se achava Luís Tinoco. Partiu. Apenas empossado do cargo, tratou de procurar o ex-poeta, e pouco tempo gastou, recebendo logo um convite dele para ir a um estabelecimento rural onde se achava.

– Há de me chamar ingrato, não? – disse Luís Tinoco, apenas viu assomar à porta de casa o dr. Lemos – Mas não sou; contava ir vê-lo daqui a um ano; e se lhe não escrevi... Mas que tem, doutor? está espantado?

O dr. Lemos estava efetivamente pasmado a olhar para a figura de Luís Tinoco. Era aquele o poeta dos *Goivos e camélias*, o eloquente deputado, o fogoso publicista? O que ele tinha diante de si era um honrado e pacato lavrador, ar e maneiras rústicas, sem o menor vestígio das atitudes melancólicas do poeta, do gesto arrebatado do tribuno – uma transformação, uma criatura muito outra e muito melhor.

Riram-se ambos, um da mudança, outro do espanto, pedindo o dr. Lemos a Luís Tinoco lhe dissesse se era certo haver deixado a política, ou se aquilo eram apenas umas férias para renovar a alma.

– Tudo lhe explicarei, doutor, mas há de ser depois de ter examinado a minha casa e a minha roça, depois de lhe apresentar minha mulher e meus filhos...

– Casado?

– Há vinte meses.

– E não me disse nada!

– Ia este ano à corte e esperava surpreendê-lo... Que duas criancinhas as minhas... lindas como dois anjos. Saem à mãe, que é a flor da província.

Oxalá se pareçam também com ela nas qualidades de dona de casa; que atividade! que economia!...

Feita a apresentação, beijadas as crianças, examinado tudo, Luís Tinoco declarou ao dr. Lemos que definitivamente deixara a política.

– De vez?

– De vez.

– Mas que motivo? desgostos, naturalmente.

– Não; descobri que não era fadado para grandes destinos. Um dia leram-me na assembleia alguns versos meus. Reconheci então quanto eram pífios os tais versos; e podendo vir mais tarde a olhar com a mesma lástima e igual arrependimento para as minha obras políticas, arrepiei carreira e deixei a vida pública. Uma noite de reflexão e nada mais.

– Pois teve ânimo?...

– Tive, meu amigo, tive ânimo de pisar terreno sólido, em vez de patinhar nas ilusões dos primeiros dias. Eu era um ridículo poeta e talvez ainda mais ridículo orador. Minha vocação era esta. Com poucos anos mais estou rico. Ande agora beber o café que nos espera e feche a boca, que as moscas andam no ar.

HISTÓRIAS DA MEIA-NOITE (1873)

O RELÓGIO DE OURO

Agora contarei a história do relógio de ouro. Era um grande cronômetro, inteiramente novo, preso a uma elegante cadeia. Luís Negreiros tinha muita razão em ficar boquiaberto quando viu o relógio em casa, um relógio que não era dele, nem podia ser de sua mulher. Seria ilusão dos seus olhos? Não era; o relógio ali estava sobre uma mesa da alcova, a olhar para ele, talvez tão espantado, como ele, do lugar e da situação.

Clarinha não estava na alcova quando Luís Negreiros ali entrou. Deixou-se ficar na sala, a folhear um romance, sem corresponder muito nem pouco ao ósculo com que o marido a cumprimentou logo à entrada. Era uma bonita moça esta Clarinha, ainda que um tanto pálida, ou por isso mesmo. Era pequena e delgada; de longe parecia uma criança; de perto, quem lhe examinasse os olhos, veria bem que era mulher como poucas. Estava molemente reclinada no sofá, com o livro aberto, e os olhos no livro, os olhos apenas, porque o pensamento, não tenho certeza se estava no livro, se em outra parte. Em todo o caso parecia alheia ao marido e ao relógio.

Luís Negreiros lançou mão do relógio com uma expressão que eu não me atrevo a descrever. Nem o relógio, nem a corrente eram dele; também não eram de pessoas suas conhecidas. Tratava-se de uma charada. Luís Negreiros gostava de charadas, e passava por ser decifrador intrépido; mas gostava de charadas nas folhinhas ou nos jornais. Charadas palpáveis ou cronométricas, e sobretudo sem conceito, não as apreciava Luís Negreiros.

Por esse motivo, e outros que são óbvios, compreenderá o leitor que o esposo de Clarinha se atirasse sobre uma cadeira, puxasse raivosamente os cabelos, batesse com o pé no chão, e lançasse o relógio e a corrente para cima da mesa. Terminada esta primeira manifestação de furor,

Luís Negreiros pegou de novo nos fatais objetos, e de novo os examinou. Ficou na mesma. Cruzou os braços durante algum tempo e refletiu sobre o caso, interrogou todas as suas recordações, e concluiu no fim de tudo que sem uma explicação de Clarinha qualquer procedimento fora baldado ou precipitado.

Foi ter com ela.

Clarinha acabava justamente de ler uma página e voltava a folha com o ar indiferente e tranquilo de quem não pensa em decifrar charadas de cronômetro. Luís Negreiros encarou-a; seus olhos pareciam dois reluzentes punhais.

– Que tens? – perguntou a moça com a voz doce e meiga que toda a gente concordava em lhe achar.

Luís Negreiros não respondeu à interrogação da mulher; olhou algum tempo para ela; depois deu duas voltas na sala, passando a mão pelos cabelos, por modo que a moça de novo lhe perguntou:

– Que tens?

Luís Negreiros parou defronte dela.

– Que é isto? – disse ele tirando do bolso o fatal relógio e apresentando-lho diante dos olhos – Que é isto? repetiu ele com voz de trovão.

Clarinha mordeu os beiços e não respondeu. Luís Negreiros esteve algum tempo com o relógio na mão e os olhos na mulher, a qual tinha os seus olhos no livro. O silêncio era profundo. Luís Negreiros foi o primeiro que o rompeu, atirando estrepitosamente o relógio ao chão, e dizendo em seguida à esposa:

– Vamos, de quem é aquele relógio?

Clarinha ergueu lentamente os olhos para ele, abaixou-os depois, murmurou:

– Não sei.

Luís Negreiros fez um gesto como de quem queria esganá-la; conteve-se. A mulher levantou-se, apanhou o relógio e pô-lo sobre uma mesa pequena. Não se pôde conter Luís Negreiros. Caminhou para ela, e, segurando-lhe nos pulsos com força, lhe disse:

– Não me responderás, demônio? Não me explicarás esse enigma?

Clarinha fez um gesto de dor, e Luís Negreiros imediatamente lhe soltou os pulsos que estavam arrochados. Noutras circunstâncias é provável que Luís Negreiros lhe caísse aos pés e pedisse perdão de a haver machucado. Naquela, nem se lembrou disso; deixou-a no meio da sala e entrou a passear de novo, sempre agitado, parando de quando em quando, como se meditasse algum desfecho trágico.

Clarinha saiu da sala.

Pouco depois veio um escravo dizer que o jantar estava na mesa.

– Onde está a senhora?

– Não sei, não, senhor.

Luís Negreiros foi procurar a mulher, achou-a numa saleta de costura, sentada numa cadeira baixa, com a cabeça nas mãos a soluçar. Ao ruído que ele fez na ocasião de fechar a porta atrás de si, Clarinha levantou a cabeça, e Luís Negreiros pôde ver-lhe as faces úmidas de lágrimas. Esta situação foi ainda pior para ele que a da sala. Luís Negreiros não podia ver chorar uma mulher, sobretudo a dele. Ia enxugar-lhe as lágrimas com um beijo, mas reprimiu o gesto, caminhou frio para ela; puxou uma cadeira e sentou-se em frente de Clarinha.

– Estou tranquilo, como vês – disse ele –, responde-me ao que te perguntei com a franqueza que sempre usaste comigo. Eu não te acuso nem suspeito nada de ti. Quisera simplesmente saber como foi parar ali aquele relógio. Foi teu pai que o esqueceu cá?

– Não.

– Mas então...

– Oh! não me perguntes nada! – exclamou Clarinha – ignoro como esse relógio se acha ali... Não sei de quem é... deixa-me.

– É demais! – urrou Luís Negreiros, levantando-se e atirando a cadeira ao chão.

Clarinha estremeceu, e deixou-se ficar aonde estava. A situação tornava-se cada vez mais grave; Luís Negreiros passeava cada vez mais agitado, revolvendo os olhos nas órbitas, e parecendo prestes a atirar-se sobre a infeliz esposa. Esta, com os cotovelos no regaço e a cabeça nas mãos, tinha os olhos encravados na parede. Correu assim cerca de um quarto de hora. Luís Negreiros ia de novo interrogar a esposa, quando ouviu a voz do sogro, que subia as escadas gritando:

– Ó seu Luís! ó seu malandrim!

– Aí vem teu pai! – disse Luís Negreiros – logo me pagarás. Saiu da sala de costura e foi receber o sogro, que já estava no meio da sala, fazendo viravoltas com o chapéu-de-sol, com grande risco das jarras e do candelabro.

– Vocês estavam dormindo? – perguntou o sr. Meireles tirando o chapéu e limpando a testa com um grande lenço encarnado.

– Não, senhor, estávamos conversando...

– Conversando?... – repetiu Meireles.

E acrescentou consigo:

– Estavam de arrufos... é o que há de ser.

– Vamos justamente jantar – disse Luís Negreiros. Janta conosco?

– Não vim cá para outra coisa – acudiu Meireles; janto hoje e amanhã também. Não me convidaste, mas é o mesmo.

– Não o convidei?...

– Sim, não fazes anos amanhã?

– Ah! é verdade...

Não havia razão aparente para que, depois destas palavras ditas com um tom lúgubre, Luís Negreiros repetisse, mas desta vez com um tom descomunalmente alegre:

– Ah! é verdade!...

Meireles, que já ia pôr o chapéu num cabide do corredor, voltou-se espantado para o genro, em cujo rosto leu a mais franca, súbita e inexplicável alegria.

– Está maluco! – disse baixinho Meireles.

– Vamos jantar – bradou o genro, indo logo para dentro, enquanto Meireles seguindo pelo corredor ia ter à sala de jantar.

Luís Negreiros foi ter com a mulher na sala de costura, e achou-a de pé, compondo os cabelos diante de um espelho:

– Obrigado – disse.

A moça olhou para ele admirada.

– Obrigado – repetiu Luís Negreiros –; obrigado e perdoa-me.

Dizendo isto, procurou Luís Negreiros abraçá-la; mas a moça, com um gesto nobre, repeliu o afago do marido e foi para a sala de jantar.

– Tem razão! – murmurou Luís Negreiros.

Daí a pouco achavam-se todos três à mesa do jantar, e foi servida a sopa, que Meireles achou, como era natural, de gelo. Ia já fazer um discurso a respeito da incúria dos criados, quando Luís Negreiros confessou que toda a culpa era dele, porque o jantar estava há muito na mesa. A declaração apenas mudou o assunto do discurso, que versou então sobre a terrível coisa que era um jantar requentado – *qui ne valut jamais rien*.

Meireles era um homem alegre, pilhérico, talvez frívolo demais para a idade, mas em todo o caso interessante pessoa. Luís Negreiros gostava muito dele, e via correspondida essa afeição de parente e de amigo, tanto mais sincera quanto que Meireles só tarde e de má vontade lhe dera a filha. Durou o namoro cerca de quatro anos, gastando o pai de Clarinha mais de dois em meditar e resolver o assunto do casamento. Afinal deu a sua decisão, levado antes das lágrimas da filha que dos predicados do genro, dizia ele.

A causa da longa hesitação eram os costumes pouco austeros de Luís Negreiros, não os que ele tinha durante o namoro, mas os que tivera antes e os que poderia vir a ter depois. Meireles confessava ingenuamente que fora marido pouco exemplar, e achava que por isso mesmo devia dar à filha melhor esposo do que ele. Luís Negreiros desmentiu as apreensões do sogro; o leão impetuoso dos outros dias tornou-se um pacato cordeiro. A amizade nasceu franca entre o sogro e o genro, e Clarinha passou a ser uma das mais invejadas moças da cidade.

E era tanto maior o mérito de Luís Negreiros quanto que não lhe faltavam tentações. O diabo metia-se às vezes na pele de um amigo e ia convidá-lo a uma recordação dos antigos tempos. Mas Luís Negreiros dizia que se recolhera a bom porto e não queria arriscar-se outra vez às tormentas do alto mar.

Clarinha amava ternamente o marido, e era a mais dócil e afável criatura que por aqueles tempos respirava o ar fluminense. Nunca entre ambos se dera o menor arrufo; a limpidez do céu conjugal era sempre a mesma e parecia vir a ser duradoura. Que mau destino lhe soprou ali a primeira nuvem?

Durante o jantar Clarinha não disse palavra – ou poucas dissera, ainda assim, as mais breves e em tom seco.

– Estão de arrufo, não há dúvida. – pensou Meireles ao ver a pertinaz mudez da filha – Ou a arrufada é só ela, porque ele parece-me lépido.

Luís Negreiros efetivamente desfazia-se todo em agrados, mimos e cortesias com a mulher, que nem sequer olhava em cheio para ele. O marido já dava o sogro a todos os diabos, desejoso de ficar a sós com a esposa, para a explicação última, que reconciliaria os ânimos. Clarinha não parecia desejá-lo; comeu pouco e duas ou três vezes soltou-se-lhe do peito um suspiro.

Já se vê que o jantar, por maiores que fossem os esforços, não podia ser como nos outros dias. Meireles sobretudo achava-se acanhado. Não era que receasse algum grande acontecimento em casa; sua ideia é que sem arrufos não se aprecia a felicidade, como sem tempestade não se aprecia o bom tempo. Contudo, a tristeza da filha sempre lhe punha água na fervura.

Quando veio o café, Meireles propôs que fossem todos três ao teatro; Luís Negreiros aceitou a ideia com entusiasmo. Clarinha recusou secamente.

– Não te entendo hoje, Clarinha. – disse o pai com um modo impaciente – Teu marido está alegre e tu pareces-me abatida e preocupada. Que tens?

Clarinha não respondeu; Luís Negreiros, sem saber o que havia de dizer, tomou a resolução de fazer bolinhas de miolo de pão. Meireles levantou os ombros.

– Vocês lá se entendem. – disse ele – Se amanhã, apesar de ser o dia que é, vocês estiverem do mesmo modo, prometo-lhes que nem a sombra me verão.

– Oh! há de vir. – ia dizendo Luís Negreiros, mas foi interrompido pela mulher que desatou a chorar.

O jantar acabou assim triste e aborrecido. Meireles pediu ao genro que lhe explicasse o que aquilo era, e este prometeu que lhe diria tudo em ocasião oportuna.

Pouco depois saía o pai de Clarinha protestando de novo que, se no dia seguinte os achasse do mesmo modo, nunca mais voltaria à casa deles, e que se havia coisa pior que um jantar frio ou requentado, era um jantar mal digerido. Este axioma valia o de Boileau, mas ninguém lhe prestou atenção.

Clarinha fora para o quarto; o marido, apenas se despediu do sogro, foi ter com ela. Achou-a sentada na cama, com a cabeça sobre uma almofada, e soluçando. Luís Negreiros ajoelhou-se diante dela e pegou-lhe numa das mãos.

– Clarinha – disse ele –, perdoa-me tudo. Já tenho a explicação do relógio; se teu pai não me fala em vir jantar amanhã, eu não era capaz de adivinhar que o relógio era um presente de anos que tu me fazias.

Não me atrevo a descrever o soberbo gesto de indignação com que a moça se pôs de pé quando ouviu estas palavras do marido. Luís Negreiros olhou para ela sem compreender nada. A moça não disse uma nem duas; saiu do quarto e deixou o infeliz consorte mais admirado que nunca.

– Mas que enigma é este? – perguntava a si mesmo Luís Negreiros – Se não era um mimo de anos, que explicação pode ter o tal relógio?

A situação era a mesma que antes do jantar. Luís Negreiros assentou de descobrir tudo naquela noite. Achou, entretanto, que era conveniente refletir maduramente no caso e assentar numa resolução que fosse decisiva. Com este propósito recolheu-se ao seu gabinete, e ali recordou tudo o que se havia passado desde que chegara à casa. Pesou friamente todas as razões, todos os incidentes, e buscou reproduzir na memória a expressão do rosto da moça, em toda aquela tarde. O gesto de indignação e a repulsa quando ele a foi abraçar na sala de costura, eram a favor dela; mas o movimento com que mordera os lábios no momento em que ele lhe apresentou o relógio, as lágrimas que lhe rebentaram à mesa, e mais que tudo o silêncio que ela conservava a respeito da procedência do fatal objeto, tudo isso falava contra a moça.

Luís Negreiros, depois de muito cogitar, inclinou-se à mais triste e deplorável das hipóteses. Uma ideia má começou a enterrar-se-lhe no espírito, à maneira de verruma, e tão fundo penetrou, que se apoderou dele em poucos instantes. Luís Negreiros era homem assomado quando a ocasião o pedia. Proferiu duas ou três ameaças, saiu do gabinete e foi ter com a mulher.

Clarinha recolhera-se de novo ao quarto. A porta estava apenas cerrada. Eram nove horas da noite. Uma pequena lamparina alumiava escassamente o aposento. A moça estava outra vez assentada na cama, mas já não chorava; tinha os olhos fitos no chão. Nem os levantou quando sentiu entrar o marido.

Houve um momento de silêncio.

Luís Negreiros foi o primeiro que falou.

– Clarinha – disse ele –, este momento é solene. Responde-me ao que te pergunto desde esta tarde?

A moça não respondeu.

– Reflete bem, Clarinha. – continuou o marido – Podes arriscar a tua vida.

A moça levantou os ombros.

Urna nuvem passou pelos olhos de Luís Negreiros. O infeliz marido lançou as mãos ao colo da esposa e rugiu:

– Responde, demônio, ou morres!

Clarinha soltou um grito.

– Espera! – disse ela.

Luís Negreiros recuou.

– Mata-me – disse ela –, mas lê isto primeiro. Quando esta carta foi ao teu escritório já te não achou lá: foi o que o portador me disse.

Luís Negreiros recebeu a carta, chegou-se à lamparina e leu estupefato estas linhas:

"Meu nhonhô. Sei que amanhã fazes anos; mando-te esta lembrança. Tua Iaiá."

Assim acabou a história do relógio de ouro.

HISTÓRIAS DA MEIA-NOITE (1873)

O ALIENISTA

I
DE COMO ITAGUAÍ GANHOU
UMA CASA DE ORATES

As crônicas da vila de Itaguaí dizem que em tempos remotos vivera ali um certo médico, o dr. Simão Bacamarte, filho da nobreza da terra e o maior dos médicos do Brasil, de Portugal e das Espanhas. Estudara em Coimbra e Pádua. Aos trinta e quatro anos regressou ao Brasil, não podendo el-rei alcançar dele que ficasse em Coimbra, regendo a universidade, ou em Lisboa, expedindo os negócios da monarquia.

– A ciência – disse ele a sua majestade – é o meu emprego único; Itaguaí é o meu universo.

Dito isto, meteu-se em Itaguaí, e entregou-se de corpo e alma ao estudo da ciência, alternando as curas com as leituras, e demonstrando os teoremas com cataplasmas. Aos quarenta anos casou com d. Evarista da Costa e Mascarenhas, senhora de vinte e cinco anos, viúva de um juiz-de-fora, e não bonita nem simpática. Um dos tios dele, caçador de pacas perante o Eterno, e não menos franco, admirou-se de semelhante escolha e disse-lho. Simão Bacamarte explicou-lhe que d. Evarista reunia condições fisiológicas e anatômicas de primeira ordem, digeria com facilidade, dormia regularmente, tinha bom pulso, e excelente vista; estava assim apta para dar-lhe filhos robustos, sãos e inteligentes. Se além dessas prendas – únicas dignas da preocupação de um sábio, d. Evarista era mal composta de feições, longe de lastimá-lo, agradecia-o a Deus, porquanto não corria o risco de preterir os interesses da ciência na contemplação exclusiva, miúda e vulgar da consorte.

D. Evarista mentiu às esperanças do dr. Bacamarte, não lhe deu filhos robustos nem mofinos. A índole natural da ciência é a longanimidade;

o nosso médico esperou três anos, depois quatro, depois cinco. Ao cabo desse tempo fez um estudo profundo da matéria, releu todos os escritores árabes e outros, que trouxera para Itaguaí, enviou consultas às universidades italianas e alemãs, e acabou por aconselhar à mulher um regime alimentício especial. A ilustre dama, nutrida exclusivamente com a bela carne de porco de Itaguaí, não atendeu às admoestações do esposo; e à sua resistência – explicável, mas inqualificável – devemos a total extinção da dinastia dos Bacamartes.

Mas a ciência tem o inefável dom de curar todas as mágoas; o nosso médico mergulhou inteiramente no estudo e na prática da medicina. Foi então que um dos recantos desta lhe chamou especialmente a atenção – o recanto psíquico, o exame da patologia cerebral. Não havia na colônia, e ainda no reino, uma só autoridade em semelhante matéria, mal explorada, ou quase inexplorada. Simão Bacamarte compreendeu que a ciência lusitana, e particularmente a brasileira, podia cobrir-se de "louros imarcescíveis" – expressão usada por ele mesmo, mas em um arroubo de intimidade doméstica; exteriormente era modesto, segundo convém aos sabedores.

– A saúde da alma – bradou ele – é a ocupação mais digna do médico.

– Do verdadeiro médico – emendou Crispim Soares, boticário da vila, e um dos seus amigos e comensais.

A vereança de Itaguaí, entre outros pecados de que é arguida pelos cronistas, tinha o de não fazer caso dos dementes. Assim é que cada louco furioso era trancado em uma alcova, na própria casa, e, não curado, mas descurado, até que a morte o vinha defraudar do benefício da vida; os mansos andavam à solta pela rua. Simão Bacamarte entendeu desde logo reformar tão ruim costume; pediu licença à Câmara para agasalhar e tratar no edifício que ia construir todos os loucos de Itaguaí e das demais vilas e cidades, mediante um estipêndio, que a Câmara lhe daria quando a família do enfermo o não pudesse fazer. A proposta excitou a curiosidade de toda a vila, e encontrou grande resistência, tão certo é que dificilmente se desarraigam hábitos absurdos, ou ainda maus. A ideia de meter os loucos na mesma casa, vivendo em comum, pareceu em si mesma um sintoma de demência, e não faltou quem o insinuasse à própria mulher do médico.

– Olhe, dona Evarista – disse-lhe o padre Lopes, vigário do lugar –, veja se seu marido dá um passeio ao Rio de Janeiro. Isso de estudar sempre, sempre, não é bom, vira o juízo.

D. Evarista ficou aterrada, foi ter com o marido, disse-lhe "que estava com desejos", um principalmente, o de vir ao Rio de Janeiro e comer tudo o que a ele lhe parecesse adequado a certo fim. Mas aquele grande homem, com a rara sagacidade que o distinguia, penetrou a intenção da esposa e redarguiu-lhe sorrindo que não tivesse medo. Dali foi à Câmara, onde os vereadores debatiam a proposta, e defendeu-a com tanta eloquência, que a maioria resolveu autorizá-lo ao que pedira, votando ao mesmo tempo um imposto destinado a subsidiar o tratamento, alojamento e mantimento dos doidos pobres. A matéria do imposto não foi fácil achá-la; tudo estava tributado em Itaguaí. Depois de longos estudos, assentou-se em permitir o uso de dois penachos nos cavalos dos enterros. Quem quisesse emplumar os cavalos de um coche mortuário pagaria dois tostões à Câmara, repetindo-se tantas vezes esta quantia quantas fossem as horas decorridas entre a do falecimento e a da última bênção na sepultura. O escrivão perdeu-se nos cálculos aritméticos do rendimento possível da nova taxa; e um dos vereadores, que não acreditava na empresa do médico, pediu que se relevasse o escrivão de um trabalho inútil.

– Os cálculos não são precisos – disse ele –, porque o doutor Bacamarte não arranja nada. Quem é que viu agora meter todos os doidos dentro da mesma casa?

Enganava-se o digno magistrado; o médico arranjou tudo. Uma vez empossado da licença começou logo a construir a casa. Era na rua Nova, a mais bela rua de Itaguaí naquele tempo, tinha cinquenta janelas por lado, um pátio no centro, e numerosos cubículos para os hóspedes. Como fosse grande arabista, achou no Corão que Maomé declara veneráveis os doidos, pela consideração de que Alá lhes tira o juízo para que não pequem. A ideia pareceu-lhe bonita e profunda, e ele a fez gravar no frontispício da casa; mas, como tinha medo ao vigário, e por tabela ao bispo, atribuiu o pensamento a Benedito VIII, merecendo com essa fraude aliás pia, que o padre Lopes lhe contasse, ao almoço, a vida daquele pontífice eminente.

A Casa Verde foi o nome dado ao asilo, por alusão à cor das janelas, que pela primeira vez apareciam verdes em Itaguaí. Inaugurou-se com imensa pompa; de todas as vilas e povoações próximas, e até remotas, e da própria cidade do Rio de Janeiro, correu gente para assistir às cerimônias, que duraram sete dias. Muitos dementes já estavam recolhidos; e os parentes tiveram ocasião de ver o carinho paternal e a caridade cristã com que eles iam ser tratados. D. Evarista, contentíssima com a glória do marido, vestira-se luxuosamente, cobriu-se de joias, flores e sedas. Ela foi uma verdadeira rainha naqueles dias memoráveis; ninguém deixou de ir visitá-la duas e três vezes, apesar dos costumes caseiros e recatados do século, e não só a cortejavam como a louvavam; porquanto – e este fato é um documento altamente honroso para a sociedade do tempo – porquanto viam nela a feliz esposa de um alto espírito, de um varão ilustre, e, se lhe tinham inveja, era a santa e nobre inveja dos admiradores.

Ao cabo de sete dias expiraram as festas públicas; Itaguaí tinha finalmente uma casa de Orates.

II
TORRENTE DE LOUCOS

Três dias depois, numa expansão íntima com o boticário Crispim Soares, desvendou o alienista o mistério do seu coração.

– A caridade, senhor Soares, entra decerto no meu procedimento, mas entra como tempero, como o sal das coisas, que é assim que interpreto o dito de são Paulo aos Coríntios: "Se eu conhecer quanto se pode saber, e não tiver caridade, não sou nada". O. principal nesta minha obra da Casa Verde é estudar profundamente a loucura, os seus diversos graus, classificar-lhe os casos, descobrir enfim a causa do fenômeno e o remédio universal. Este é o mistério do meu coração. Creio que com isto presto um bom serviço à humanidade.

– Um excelente serviço – corrigiu o boticário.

– Sem este asilo – continuou o alienista –, pouco poderia fazer; ele dá-me, porém, muito maior campo aos meus estudos.

– Muito maior – acrescentou o outro.

E tinham razão. De todas as vilas e arraiais vizinhos afluíam loucos à Casa Verde. Eram furiosos, eram mansos, eram monomaníacos, era toda a família dos deserdados do espírito. Ao cabo de quatro meses, a Casa Verde era uma povoação. Não bastaram os primeiros cubículos; mandou-se anexar uma galeria de mais trinta e sete. O padre Lopes confessou que não imaginara a existência de tantos doidos no mundo, e menos ainda o inexplicável de alguns casos. Um, por exemplo, um rapaz bronco e vilão, que todos os dias, depois do almoço, fazia regularmente um discurso acadêmico, ornado de tropos, de antíteses, de apóstrofes, com seus recamos de grego e latim, e suas borlas de Cícero, Apuleio e Tertuliano. O vigário não queria acabar de crer. Quê! um rapaz que ele vira, três meses antes, jogando peteca na rua!

– Não digo que não – respondia-lhe o alienista –; mas a verdade é o que vossa reverendíssima está vendo. Isto é todos os dias.

– Quanto a mim – tornou o vigário –, só se pode explicar pela confusão das línguas na torre de Babel, segundo nos conta a Escritura;

provavelmente, confundidas antigamente as línguas, é fácil trocá-las agora, desde que a razão não trabalhe...

– Essa pode ser, com efeito, a explicação divina do fenômeno – concordou o alienista, depois de refletir um instante –, mas não é impossível que haja também alguma razão humana, e puramente científica, e disso trato...

– Vá que seja, e fico ansioso. Realmente!

Os loucos por amor eram três ou quatro, mas só dois espantavam pelo curioso do delírio. O primeiro, um Falcão, rapaz de vinte e cinco anos, supunha-se estrela-d'alva, abria os braços e alargava as pernas, para dar-lhes certa feição de raios, e ficava assim horas esquecidas a perguntar se o sol já tinha saído para ele recolher-se. O outro andava sempre, sempre, sempre, à roda das salas ou do pátio, ao longo dos corredores, à procura do fim do mundo. Era um desgraçado, a quem a mulher deixou por seguir um peralvilho. Mal descobrira a fuga, armou-se de uma garrucha, e saiu-lhes no encalço; achou-os duas horas depois, ao pé de uma lagoa, matou-os a ambos com os maiores requintes de crueldade.

O ciúme satisfez-se, mas o vingado estava louco. E então começou aquela ânsia de ir ao fim do mundo à cata dos fugitivos.

A mania das grandezas tinha exemplares notáveis. O mais notável era um pobre-diabo, filho de um algibebe, que narrava às paredes (porque não olhava nunca para nenhuma pessoa) toda a sua genealogia, que era esta:

– Deus engendrou um ovo, o ovo engendrou a espada, a espada engendrou Davi, Davi engendrou a púrpura, a púrpura engendrou o duque, o duque engendrou o marquês, o marquês engendrou o conde, que sou eu.

Dava uma pancada na testa, um estalo com os dedos, e repetia cinco, seis vezes seguidas:

– Deus engendrou um ovo, o ovo, etc.

Outro da mesma espécie era um escrivão, que se vendia por mordomo do rei; outro era um boiadeiro de Minas, cuja mania era distribuir boiadas a toda a gente, dava trezentas cabeças a um, seiscentas a outro, mil e duzentas a outro, e não acabava mais. Não falo dos casos de monomania religiosa; apenas citarei um sujeito que, chamando-se João de Deus, dizia agora ser o deus João, e prometia reino dos céus a quem o adorasse, e as penas do inferno aos outros; depois desse, o licenciado Garcia, que não dizia nada, porque imaginava que no dia em que chegasse a proferir uma só palavra, todas as estrelas se despegariam do céu e abrasariam a terra; tal era o poder que recebera de Deus. Assim o escrevia ele no papel que o alienista lhe mandava dar, menos por caridade do que por interesse científico.

Que, na verdade, a paciência do alienista era ainda mais extraordinária do que todas as manias hospedadas na Casa Verde; nada menos
que assombrosa. Simão Bacamarte começou por organizar um pessoal
de administração; e, aceitando essa ideia ao boticário Crispim Soares,
aceitou-lhe também dois sobrinhos, a quem incumbiu da execução de um
regimento que lhes deu, aprovado pela Câmara, da distribuição da comida
e da roupa, e assim também na escrita, etc. Era o melhor que podia fazer,
para somente cuidar do seu ofício. – A Casa Verde, disse ele ao vigário, é
agora uma espécie de mundo, em que há o governo temporal e o governo
espiritual. E o padre Lopes ria deste pio trocado – e acrescentava – com o
único fim de dizer também uma chalaça: – Deixe estar, deixe estar, que
hei de mandá-lo denunciar ao papa.

Uma vez desonerado da administração, o alienista procedeu a uma
vasta classificação dos seus enfermos. Dividiu-os primeiramente em duas
classes principais: os furiosos e os mansos; daí passou às subclasses, mo-
nomanias, delírios, alucinações diversas. Isto feito, começou um estudo
aturado e contínuo; analisava os hábitos de cada louco, as horas de acesso,
as aversões, as simpatias, as palavras, os gestos, as tendências; inquiria
da vida dos enfermos, profissão, costumes, circunstâncias da revelação
mórbida, acidentes da infância e da mocidade, doenças de outra espécie,
antecedentes na família, uma devassa, enfim, como a não faria o mais ati-
lado corregedor. E cada dia notava uma observação nova, uma descoberta
interessante, um fenômeno extraordinário. Ao mesmo tempo estudava o
melhor regime, as substâncias medicamentosas, os meios curativos e os
meios paliativos, não só os que vinham nos seus amados árabes, como os
que ele mesmo descobria, à força de sagacidade e paciência. Ora, todo
esse trabalho levava-lhe o melhor e o mais do tempo. Mal dormia e mal
comia; e, ainda comendo, era como se trabalhasse, porque ora interrogava
um texto antigo, ora ruminava uma questão, e ia muitas vezes de um cabo
a outro do jantar sem dizer uma só palavra a d. Evarista.

III
DEUS SABE O QUE FAZ!

A ilustre dama, no fim de dois meses, achou-se a mais desgraçada das
mulheres; caiu em profunda melancolia, ficou amarela, magra, comia pouco
e suspirava a cada canto. Não ousava fazer-lhe nenhuma queixa ou reproche,
porque respeitava nele o seu marido e senhor, mas padecia calada, e definhava

a olhos vistos. Um dia, ao jantar, como lhe perguntasse o marido o que é que tinha, respondeu tristemente que nada; depois atreveu-se um pouco, e foi ao ponto de dizer que se considerava tão viúva como dantes. E acrescentou:

– Quem diria nunca que meia dúzia de lunáticos...

Não acabou a frase; ou antes, acabou-a levantando os olhos ao teto – os olhos, que eram a sua feição mais insinuante – negros, grandes, lavados de uma luz úmida, como os da aurora. Quanto ao gesto, era o mesmo que empregara no dia em que Simão Bacamarte a pediu em casamento. Não dizem as crônicas se d. Evarista brandiu aquela arma com o perverso intuito de degolar de uma vez a ciência, ou, pelo menos, decepar-lhe as mãos; mas a conjectura é verossímil. Em todo caso, o alienista não lhe atribuiu outra intenção. E não se irritou o grande homem, não ficou sequer consternado. O metal de seus olhos não deixou de ser o mesmo metal, duro, liso, eterno, nem a menor prega veio quebrar a superfície da fronte quieta como a água de Botafogo. Talvez um sorriso lhe descerrou os lábios, por entre os quais filtrou esta palavra macia como o óleo do *Cântico*:

– Consinto que vás dar um passeio ao Rio de Janeiro.

D. Evarista sentiu faltar-lhe o chão debaixo dos pés. Nunca dos nuncas vira o Rio de Janeiro, que posto não fosse sequer uma pálida sombra do que hoje é, todavia era alguma coisa mais do que Itaguaí. Ver o Rio de Janeiro, para ela, equivalia ao sonho do hebreu cativo. Agora, principalmente, que o marido assentara de vez naquela povoação interior, agora é que ela perdera as últimas esperanças de respirar os ares da nossa boa cidade; e justamente agora é que ele a convidava a realizar os seus desejos de menina e moça. D. Evarista não pôde dissimular o gosto de semelhante proposta. Simão Bacamarte pegou-lhe na mão e sorriu – um sorriso tanto ou quanto filosófico, além de conjugal, em que parecia traduzir-se este pensamento: – "Não há remédio certo para as dores da alma; esta senhora definha, porque lhe parece que a não amo; dou-lhe o Rio de Janeiro, e consola-se." E porque era homem estudioso tomou nota da observação.

Mas um dardo atravessou o coração de d. Evarista. Conteve-se, entretanto; limitou-se a dizer ao marido, que, se ele não ia, ela não iria também, porque não havia de meter-se sozinha pelas estradas.

– Irá com sua tia – redarguiu o alienista.

Note-se que d. Evarista tinha pensado nisso mesmo; mas não quisera pedi-lo nem insinuá-lo, em primeiro lugar porque seria impor grandes despesas ao marido, em segundo lugar porque era melhor, mais metódico e racional que a proposta viesse dele.

– Oh! mas o dinheiro que será preciso gastar! – suspirou d. Evarista sem convicção.

– Que importa? Temos ganho muito – disse o marido – Ainda ontem o escriturário prestou-me contas. Queres ver?

E levou-a aos livros. D. Evarista ficou deslumbrada. Era uma via-láctea de algarismos. E depois levou-a às arcas, onde estava o dinheiro. Deus! eram montes de ouro, eram mil cruzados sobre mil cruzados, dobrões sobre dobrões; era a opulência. Enquanto ela comia o ouro com os seus olhos negros, o alienista fitava-a, e dizia-lhe ao ouvido com a mais pérfida das alusões:

– Quem diria que meia dúzia de lunáticos...

D. Evarista compreendeu, sorriu e respondeu com muita resignação:

– Deus sabe o que faz!

Três meses depois efetuava-se a jornada. D. Evarista, a tia, a mulher do boticário, um sobrinho deste, um padre que o alienista conhecera em Lisboa, e que de aventura achava-se em Itaguaí, cinco ou seis pajens, quatro mucamas, tal foi a comitiva que a população viu dali sair em certa manhã do mês de maio. As despedidas foram tristes para todos, menos para o alienista. Conquanto as lágrimas de d. Evarista fossem abundantes e sinceras, não chegaram a abalá-lo. Homem de ciência, e só de ciência, nada o consternava fora da ciência; e se alguma coisa o preocupava naquela ocasião, se ele deixava correr pela multidão um olhar inquieto e policial, não era outra coisa mais do que a ideia de que algum demente podia achar-se ali misturado com a gente de juízo.

– Adeus! – soluçaram enfim as damas e o boticário.

E partiu a comitiva. Crispim Soares, ao tornar a casa, trazia os olhos entre as duas orelhas da besta ruana em que vinha montado; Simão Bacamarte alongava os seus pelo horizonte adiante, deixando ao cavalo a responsabilidade do regresso. Imagem vivaz do gênio e do vulgo! Um fita o presente, com todas as suas lágrimas e saudades, outro devassa o futuro com todas as suas auroras.

IV
UMA NOVA TEORIA

Ao passo que d. Evarista, em lágrimas, vinha buscando o Rio de Janeiro, Simão Bacamarte estudava por todos os lados uma certa ideia arrojada e nova, própria a alargar as bases da psicologia. Todo o tempo que lhe sobrava dos cuidados da Casa Verde era pouco para andar na rua, ou de casa em casa, conversando as gentes, sobre trinta mil assuntos, e virgulando as falas de um olhar que metia medo aos mais heroicos.

Um dia de manhã – eram passadas três semanas – estando Crispim Soares ocupado em temperar um medicamento, vieram dizer-lhe que o alienista o mandava chamar.

– Trata-se de negócio importante, segundo ele me disse – acrescentou o portador.

Crispim empalideceu. Que negócio importante podia ser, se não alguma triste notícia da comitiva, e especialmente da mulher? Porque este tópico deve ficar claramente definido, visto insistirem nele os cronistas: Crispim amava a mulher, e, desde trinta anos, nunca estiveram separados um só dia. Assim se explicam os monólogos que ele fazia agora, e que os fâmulos lhe ouviam muita vez: – "Anda, bem feito, quem te mandou consentir na viagem de Cesária? Bajulador, torpe bajulador! Só para adular ao doutor Bacamarte. Pois agora aguenta-te; anda, aguenta-te, alma de lacaio, fracalhão, vil, miserável. Dizes amém a tudo, não é? aí tens o lucro, biltre!" – E muitos outros nomes feios, que um homem não deve dizer aos outros, quanto mais a si mesmo. Daqui a imaginar o efeito do recado é um nada. Tão depressa ele o recebeu como abriu mão das drogas e voou à Casa Verde.

Simão Bacamarte recebeu-o com a alegria própria de um sábio, uma alegria abotoada de circunspecção até o pescoço.

– Estou muito contente – disse ele.

– Notícias do nosso povo? – perguntou o boticário com a voz trêmula.

O alienista fez um gesto magnífico, e respondeu:

– Trata-se de coisa mais alta, trata-se de uma experiência científica. Digo experiência, porque não me atrevo a assegurar desde já a minha ideia; nem a ciência é outra coisa, senhor Soares, senão uma investigação constante. Trata-se, pois, de uma experiência, mas uma experiência que vai mudar a face da terra. A loucura, objeto dos meus estudos, era até agora uma ilha perdida no oceano da razão; começo a suspeitar que é um continente.

Disse isto, e calou-se, para ruminar o pasmo do boticário. Depois explicou compridamente a sua ideia. No conceito dele a insânia abrangia uma vasta superfície de cérebros; e desenvolveu isto com grande cópia de raciocínios, de textos, de exemplos. Os exemplos achou-os na história e em Itaguaí; mas, como um raro espírito que era, reconheceu o perigo de citar todos os casos de Itaguaí, e refugiou-se na história. Assim, apontou com especialidade alguns personagens célebres, Sócrates, que tinha um demônio familiar, Pascal, que via um abismo à esquerda, Maomé, Caracala, Domiciano, Calígula, etc., uma enfiada de casos e pessoas, em que de mistura vinham entidades odiosas, e entidades ridículas. E porque o boticário se admirasse de uma tal promiscuidade, o alienista disse-lhe que era tudo a mesma coisa, e até acrescentou sentenciosamente:

– A ferocidade, senhor Soares, é o grotesco a sério.

– Gracioso, muito gracioso! – exclamou Crispim Soares levantando as mãos ao céu.

Quanto à ideia de ampliar o território da loucura, achou-a o boticário extravagante; mas a modéstia, principal adorno de seu espírito, não lhe sofreu confessar outra coisa além de um nobre entusiasmo; declarou-a sublime e verdadeira, e acrescentou que era "caso de matraca". Esta expressão não tem equivalente no estilo moderno. Naquele tempo, Itaguaí, que como as demais vilas, arraiais e povoações da colônia, não dispunha de imprensa, tinha dois modos de divulgar uma notícia: ou por meio de cartazes manuscritos e pregados na porta da Câmara e da matriz; – ou por meio de matraca. Eis em que consistia este segundo uso. Contratava-se um homem, por um ou mais dias, para andar as ruas do povoado, com uma matraca na mão. De quando em quando tocava a matraca, reunia-se gente, e ele anunciava o que lhe incumbiam – um remédio para sezões, umas terras lavradias, um soneto, um donativo eclesiástico, a melhor tesoura da vila, o mais belo discurso do ano, etc. O sistema tinha inconvenientes para a paz pública; mas era conservado pela grande energia de divulgação que possuía. Por exemplo, um dos vereadores – aquele justamente que mais se opusera à criação da Casa Verde – desfrutava a reputação de perfeito educador de cobras e macacos, e aliás nunca domesticara um só desses bichos; mas, tinha o cuidado de fazer trabalhar a matraca todos os meses. E dizem as crônicas que algumas pessoas afirmavam ter visto cascavéis dançando no peito do vereador; afirmação perfeitamente falsa, mas só devida à absoluta confiança no sistema. Verdade, verdade; nem todas as instituições do antigo regime mereciam o desprezo do nosso século.

– Há melhor do que anunciar a minha ideia, é praticá-la – respondeu o alienista à insinuação do boticário.

E o boticário, não divergindo sensivelmente deste modo de ver, disse-lhe que sim, que era melhor começar pela execução.

– Sempre haverá tempo de a dar à matraca – concluiu ele.

Simão Bacamarte refletiu ainda um instante, e disse:

– Supondo o espírito humano uma vasta concha, o meu fim, senhor Soares, é ver se posso extrair a pérola, que é a razão; por outros termos, demarquemos definitivamente os limites da razão e da loucura. A razão é o perfeito equilíbrio de todas as faculdades; fora daí insânia, insânia, e só insânia.

O vigário Lopes, a quem ele confiou a nova teoria, declarou lisamente que não chegava a entendê-la, que era uma obra absurda, e, se não era absurda, era de tal modo colossal que não merecia princípio de execução.

– Com a definição atual, que é a de todos os tempos – acrescentou –, a loucura e a razão estão perfeitamente delimitadas. Sabe-se onde uma acaba e onde a outra começa. Para que transpor a cerca?

Sobre o lábio fino e discreto do alienista roçou a vaga sombra de uma intenção de riso, em que o desdém vinha casado à comiseração; mas nenhuma palavra saiu de suas egrégias entranhas. A ciência contentou-se em estender a mão à teologia – com tal segurança, que a teologia não soube enfim se devia crer em si ou na outra. Itaguaí e o universo ficavam à beira de uma revolução.

V

O TERROR

Quatro dias depois, a população de Itaguaí ouviu consternada a notícia de que um certo Costa fora recolhido à Casa Verde.

– Impossível!

– Qual impossível! foi recolhido hoje de manhã.

– Mas, na verdade, ele não merecia... Ainda em cima! depois de tanto que ele fez...

Costa era um dos cidadãos mais estimados de Itaguaí. Herdara quatrocentos mil cruzados em boa moeda de el-rei dom João V, dinheiro cuja renda bastava, segundo lhe declarou o tio no testamento, para viver "até o fim do mundo". Tão depressa recolheu a herança, como entrou a dividi-la em empréstimos, sem usura, mil cruzados a um, dois mil a outro, trezentos a este, oitocentos àquele, a tal ponto que, no fim de cinco anos, estava sem nada. Se a miséria viesse de chofre, o pasmo de Itaguaí seria enorme; mas veio devagar; ele foi passando da opulência à abastança, da abastança à mediania, da mediania à pobreza, da pobreza à miséria, gradualmente. Ao cabo daqueles cinco anos, pessoas que levavam o chapéu ao chão, logo que ele assomava no fim da rua, agora batiam-lhe no ombro, com intimidade, davam-lhe piparotes no nariz, diziam-lhe pulhas. E o Costa sempre lhano, risonho. Nem se lhe dava de ver que os menos corteses eram justamente os que tinham ainda a dívida em aberto; ao contrário, parece que os agasalhava com maior prazer, e mais sublime resignação. Um dia, como um desses incuráveis devedores lhe atirasse uma chalaça grossa, e ele se risse dela, observou um desafeiçoado, com certa perfídia: – Você suporta esse sujeito para ver se ele lhe paga. Costa não se deteve um minuto, foi ao devedor e perdoou-lhe a dívida. – Não admira, retorquiu o outro; o Costa abriu mão de uma estrela, que está no céu. Costa era perspicaz, entendeu que ele negava todo o merecimento ao ato, atribuindo-lhe a intenção de rejeitar o que não vinham meter-lhe na algibeira. Era também pundonoroso e inventivo; duas horas depois achou um meio de provar que lhe não cabia um tal labéu: pegou de algumas dobras, e mandou-as de empréstimo ao devedor.

– Agora espero que... – pensou ele sem concluir a frase.

Esse último rasgo do Costa persuadiu a crédulos e incrédulos; ninguém mais pôs em dúvida os sentimentos cavalheirescos daquele digno cidadão. As necessidades mais acanhadas saíram à rua, vieram bater-lhe à porta, com os seus chinelos velhos, com as suas capas remendadas. Um verme, entretanto, roía a alma do Costa: era o conceito do desafeto. Mas isso mesmo acabou; três meses depois veio este pedir-lhe uns cento e vinte cruzados com promessa de restituir-lhos daí a dois dias; era o resíduo da grande herança, mas era também uma nobre desforra: Costa emprestou o dinheiro logo, logo, e sem juros. Infelizmente não teve tempo de ser pago; cinco meses depois era recolhido à Casa Verde.

Imagina-se a consternação de Itaguaí, quando soube do caso. Não se falou em outra coisa, dizia-se que o Costa ensandecera, no almoço, outros que de madrugada; e contavam-se os acessos, que eram furiosos, sombrios, terríveis – ou mansos, e até engraçados, conforme as versões. Muita gente correu à Casa Verde, e achou o pobre Costa, tranquilo, um pouco espantado, falando com muita clareza, e perguntando por que motivo o tinham levado para ali. Alguns foram ter com o alienista. Bacamarte aprovava esses sentimentos de estima e compaixão, mas acrescentava que a ciência era a ciência, e que ele não podia deixar na rua um mentecapto. A última pessoa que intercedeu por ele (porque depois do que vou contar ninguém mais se atreveu a procurar o terrível médico) foi uma pobre senhora, prima do Costa. O alienista disse-lhe confidencialmente que esse digno homem não estava no perfeito equilíbrio das faculdades mentais, à vista do modo como dissipara os cabedais que...

– Isso, não! isso não! – interrompeu a boa senhora com energia – Se ele gastou tão depressa o que recebeu, a culpa não é dele.

– Não?

– Não, senhor. Eu lhe digo como o negócio se passou. O defunto meu tio não era mau homem; mas quando estava furioso era capaz de nem tirar o chapéu ao Santíssimo. Ora, um dia, pouco tempo antes de morrer, descobriu que um escravo lhe roubara um boi; imagine como ficou. A cara era um pimentão; todo ele tremia, a boca escumava; lembra-me como se fosse hoje. Então um homem feio, cabeludo, em mangas de camisa, chegou-se a ele e pediu água. Meu tio (Deus lhe fale na alma!) respondeu que fosse beber ao rio ou ao inferno. O homem olhou para ele, abriu a mão em ar de ameaça, e rogou esta praga: – "Todo o seu dinheiro não há de durar mais de sete anos e um dia, tão certo como isto ser o sino-salamão!" E mostrou o sino-salamão impresso no braço. Foi isto, meu senhor; foi esta praga daquele maldito.

Bacamarte espetara na pobre senhora um par de olhos agudos como punhais. Quando ela acabou, estendeu-lhe a mão polidamente, como se o fizesse à própria esposa do vice-rei e convidou-a a ir falar ao primo. A mísera acreditou; ele levou-a à Casa Verde e encerrou-a na galeria dos alucinados.

A notícia desta aleivosia do ilustre Bacamarte lançou o terror à alma da população. Ninguém queria acabar de crer, que, sem motivo, sem inimizade, o alienista trancasse na Casa Verde uma senhora perfeitamente ajuizada, que não tinha outro crime senão o de interceder por um infeliz. Comentava-se o caso nas esquinas, nos barbeiros; edificou-se um romance, umas finezas namoradas que o alienista outrora dirigira à prima do Costa, a indignação do Costa e o desprezo da prima. E daí a vingança. Era claro. Mas a austeridade do alienista, a vida de estudos que ele levava, pareciam desmentir uma tal hipótese. Histórias! Tudo isso era naturalmente a capa do velhaco. E um dos mais crédulos chegou a murmurar que sabia de outras coisas, não as dizia, por não ter certeza plena, mas sabia, quase que podia jurar.

– Você, que é íntimo dele, não nos podia dizer o que há, o que houve, que motivo...

Crispim Soares derretia-se todo. Esse interrogar da gente inquieta e curiosa, dos amigos atônitos, era para ele uma consagração pública. Não havia duvidar; toda a povoação sabia enfim que o privado do alienista era ele, Crispim, o boticário, o colaborador do grande homem e das grandes coisas; daí a corrida à botica. Tudo isso dizia o carão jucundo e o riso discreto do boticário, o riso e o silêncio, porque ele não respondia nada; um, dois, três monossílabos, quando muito, soltos, secos, encapados no fiel sorriso, constante e miúdo, cheio de mistérios científicos, que ele não podia, sem desdouro nem perigo, desvendar a nenhuma pessoa humana.

– Há coisa – pensavam os mais desconfiados.

Um desses limitou-se a pensá-lo, deu de ombros e foi embora. Tinha negócios pessoais. Acabava de construir uma casa suntuosa. Só a casa bastava para deter e chamar toda a gente; mas havia mais – a mobília, que ele mandara vir da Hungria e da Holanda, segundo contava, e que se podia ver do lado de fora, porque as janelas viviam abertas – e o jardim, que era uma obra-prima de arte e de gosto. Esse homem, que enriquecera no fabrico de albardas, tinha tido sempre o sonho de uma casa magnífica, jardim pomposo, mobília rara. Não deixou o negócio das albardas, mas repousava dele na contemplação da casa nova, a primeira de Itaguaí, mais grandiosa do que a Casa Verde, mais nobre do que a da Câmara. Entre a gente ilustre da povoação havia choro e ranger de dentes, quando se pensava, ou se falava, ou se louvava a casa do albardeiro – um simples albardeiro, Deus do céu!

– Lá está ele embasbacado – diziam os transeuntes, de manhã.

De manhã, com efeito, era costume do Mateus estatelar-se, no meio do jardim, com os olhos na casa, namorado, durante uma longa hora, até que vinham chamá-lo para almoçar. Os vizinhos, embora o cumprimentassem com certo respeito, riam-se por trás dele, que era um gosto. Um desses chegou a dizer que o Mateus seria muito mais econômico, e estaria riquíssimo, se fabricasse as albardas para si mesmo; epigrama ininteligível, mas que fazia rir às bandeiras despregadas.

– Agora lá está o Mateus a ser contemplado – diziam à tarde.

A razão deste outro dito era que, de tarde, quando as famílias saíam a passeio (jantavam cedo) usava o Mateus postar-se à janela, bem no centro, vistoso, sobre um fundo escuro, trajado de branco, atitude senhoril, e assim ficava duas e três horas até que anoitecia de todo. Pode crer-se que a intenção do Mateus era ser admirado e invejado, posto que ele não a confessasse a nenhuma pessoa, nem ao boticário, nem ao padre Lopes, seus grandes amigos. E entretanto não foi outra a alegação do boticário, quando o alienista lhe disse que o albardeiro talvez padecesse do amor das pedras, mania que ele Bacamarte descobrira e estudava desde algum tempo. Aquilo de contemplar a casa...

– Não, senhor – acudiu vivamente Crispim Soares.

– Não?

– Há de perdoar-me, mas talvez não saiba que ele de manhã examina a obra, não a admira; de tarde, são os outros que o admiram a ele e à obra. – E contou o uso do albardeiro, todas as tardes, desde cedo até o cair da noite.

Uma volúpia científica alumiou os olhos de Simão Bacamarte. Ou ele não conhecia todos os costumes do albardeiro, ou nada mais quis, interrogando o Crispim, do que confirmar alguma notícia incerta ou suspeita vaga. A explicação satisfê-lo; mas como tinha as alegrias próprias de um sábio, concentradas, nada viu o boticário que fizesse suspeitar uma intenção sinistra. Ao contrário, era de tarde, e o alienista pediu-lhe o braço para irem a passeio. Deus! era a primeira vez que Simão Bacamarte dava ao seu privado tamanha honra; Crispim ficou trêmulo, atarantado, disse que sim, que estava pronto. Chegaram duas ou três pessoas de fora, Crispim mandou-as mentalmente a todos os diabos; não só atrasavam o passeio, como podia acontecer que Bacamarte elegesse alguma delas, para acompanhá-lo, e o dispensasse a ele. Que impaciência! que aflição! Enfim, saíram. O alienista guiou para os lados da casa do albardeiro, viu-o à janela, passou cinco, seis vezes por diante, devagar, parando, examinando as atitudes, a expressão do rosto. O pobre Mateus, apenas notou que era objeto da curiosidade ou admiração do primeiro vulto de Itaguaí, redobrou de expressão, deu outro relevo às atitudes... Triste! triste! não fez mais do que condenar-se; no dia seguinte, foi recolhido à Casa Verde.

– A Casa Verde é um cárcere privado – disse um médico em clínica.

Nunca uma opinião pegou e grassou tão rapidamente. Cárcere privado: eis o que se repetia de norte a sul e de leste a oeste de Itaguaí – a medo, é verdade, porque durante a semana que se seguiu à captura do pobre Mateus, vinte e tantas pessoas – duas ou três de consideração – foram recolhidas à Casa Verde. O alienista dizia que só eram admitidos os casos patológicos, mas pouca gente lhe dava crédito. Sucediam-se as versões populares. Vingança, cobiça de dinheiro, castigo de Deus, monomania do próprio médico, plano secreto do Rio de Janeiro com o fim de destruir em Itaguaí qualquer germe de prosperidade que viesse a brotar, arvorecer, florir, com desdouro e míngua daquela cidade, mil outras explicações, que não explicavam nada, tal era o produto diário da imaginação pública.

Nisto chegou do Rio de Janeiro a esposa do alienista, a tia, a mulher do Crispim Soares, e toda a mais comitiva – ou quase toda – que algumas semanas antes partira de Itaguaí. O alienista foi recebê-la, com o boticário, o padre Lopes, os vereadores e vários outros magistrados. O momento em que d. Evarista pôs os olhos na pessoa do marido é considerado pelos cronistas do tempo como um dos mais sublimes da história moral dos homens, e isto pelo contraste das duas naturezas, ambas extremas, ambas egrégias. D. Evarista soltou um grito, balbuciou uma palavra, e atirou-se ao consorte, de um gesto que não se pode melhor definir do que comparando-o a uma mistura de onça e rola. Não assim o ilustre Bacamarte; frio como um diagnóstico, sem desengonçar por um instante a rigidez científica, estendeu os braços à dona, que caiu neles, e desmaiou. Curto incidente; ao cabo de dois minutos, d. Evarista recebia os cumprimentos dos amigos, e o préstito punha-se em marcha.

D. Evarista era a esperança de Itaguaí; contava-se com ela para minorar o flagelo da Casa Verde. Daí as aclamações públicas, a imensa gente que atulhava as ruas, as flâmulas, as flores e damascos às janelas. Com o braço apoiado no do padre Lopes – porque o eminente Bacamarte confiara a mulher ao vigário, e acompanhava-os a passo meditativo – d. Evarista voltava a cabeça a um lado e outro, curiosa, inquieta, petulante. O vigário indagava do Rio de Janeiro, que ele não vira desde o vice-reinado anterior; e d. Evarista respondia, entusiasmada, que era a coisa mais bela que podia haver no mundo. O Passeio Público estava acabado, um paraíso, onde ela fora muitas vezes, e a rua das Belas Noites, o chafariz das Marrecas... Ah! o chafariz das Marrecas! Eram mesmo marrecas – feitas de metal e despejando água pela boca fora. Uma coisa galantíssima. O vigário dizia que sim, que o Rio de Janeiro devia estar agora muito mais bonito. Se já o era noutro tempo! Não admira, maior do que Itaguaí, e de mais a mais sede do governo... Mas não se pode dizer que Itaguaí fosse feio; tinha belas casas, a casa do Mateus, a Casa Verde...

– A propósito de Casa Verde – disse o padre Lopes escorregando habilmente para o assunto da ocasião –, a senhora vem achá-la muito cheia de gente.

– Sim?

– É verdade. Lá está o Mateus..

– O albardeiro?

– O albardeiro; está o Costa, a prima do Costa, e Fulano, e Sicrano, e...

– Tudo isso doido?

– Ou quase doido – obtemperou o padre.

– Mas então?

O vigário derreou os cantos da boca, à maneira de quem não sabe nada, ou não quer dizer tudo; resposta vaga, que se não pode repetir a outra pessoa, por falta de texto. D. Evarista achou realmente extraordinário que toda aquela gente ensandecesse; um ou outro, vá; mas todos? Entretanto, custava-lhe duvidar; o marido era um sábio, não recolheria ninguém à Casa Verde sem prova evidente de loucura.

– Sem dúvida... sem dúvida... – ia pontuando o vigário.

Três horas depois, cerca de cinquenta convivas sentavam-se em volta da mesa de Simão Bacamarte; era o jantar das boas-vindas. D. Evarista foi o assunto obrigado dos brindes, discursos, versos de toda a casta, metáforas, amplificações, apólogos. Ela era a esposa do novo Hipócrates, a musa da ciência, anjo, divina, aurora, caridade, vida, consolação; trazia nos olhos duas estrelas, segundo a versão modesta de Crispim Soares, e dois sóis, no conceito de um vereador. O alienista ouvia essas coisas um tanto enfastiado, mas sem visível impaciência. Quando muito dizia ao ouvido da mulher, que a retórica permitia tais arrojos sem significação. D. Evarista fazia esforços para aderir a esta opinião do marido; mas, ainda descontando três quartas partes das louvaminhas, ficava muito com que enfunar-lhe a alma. Um dos oradores, por exemplo, Martim Brito, rapaz de vinte e cinco anos, pintalegrete acabado, curtido de namoros e aventuras, declamou um discurso em que o nascimento de d. Evarista era explicado pelo mais singular dos reptos. "Deus, disse ele, depois de dar ao universo o homem e a mulher, esse diamante e essa pérola da coroa divina (e o orador arrastava triunfalmente esta frase de uma ponta a outra da mesa) Deus quis vencer a Deus, e criou d. Evarista."

D. Evarista baixou os olhos com exemplar modéstia. Duas senhoras, achando a cortesanice excessiva e audaciosa, interrogaram os olhos do dono da casa; e, na verdade, o gesto do alienista pareceu-lhes nublado de suspeitas, de ameaças, e, provavelmente, de sangue. O atrevimento foi grande, pensaram as duas damas. E uma e outra pediam a Deus que removesse qualquer episódio trágico – ou que o adiasse, ao menos, para o dia seguinte. Sim, que o adiasse. Uma delas, a mais piedosa, chegou a admitir, consigo mesma, que d. Evarista não merecia nenhuma desconfiança, tão longe estava de ser atraente ou bonita. Uma simples água-morna. Verdade é que, se todos os gostos fossem iguais, o que seria do amarelo? Esta ideia fê-la tremer outra vez, embora menos; menos, porque o alienista sorria agora para o Martim Brito, e, levantados todos, foi ter com ele e falou-lhe do discurso. Não lhe negou que era um improviso brilhante, cheio de rasgos magníficos. Seria dele mesmo a ideia relativa ao nascimento de d. Evarista, ou tê-la-ia encontrado em algum autor que?... Não senhor; era dele mesmo; achou-a naquela ocasião e parecera-lhe adequada a um arroubo oratório. De resto, suas ideias eram antes arrojadas do que ternas ou jocosas. Dava para o épico. Uma vez, por exemplo, compôs uma ode à queda do marquês de Pombal, em que dizia que esse ministro era o "dragão aspérrimo do Nada", esmagado pelas "garras vingadoras do Todo"; e assim outras, mais ou menos fora do comum; gostava das ideias sublimes e raras, das imagens grandes e nobres...

— Pobre moço! — pensou o alienista. E continuou consigo: — Trata-se de um caso de lesão cerebral; fenômeno sem gravidade, mas digno de estudo...

D. Evarista ficou estupefata quando soube, três dias depois, que o Martim Brito fora alojado na Casa Verde. Um moço que tinha ideias tão bonitas! As duas senhoras atribuíram o ato a ciúmes do alienista. Não podia ser outra coisa; realmente, a declaração do moço fora audaciosa demais.

Ciúmes? Mas como explicar que, logo em seguida, fossem recolhidos José Borges do Couto Leme, pessoa estimável, o Chico das Cambraias, folgazão emérito, o escrivão Fabrício, e ainda outros? O terror acentuou-se. Não se sabia já quem estava são, nem quem estava doido. As mulheres, quando os maridos saíam, mandavam acender uma lamparina a Nossa Senhora; e nem todos os maridos eram valorosos, alguns não andavam fora sem um ou dois capangas. Positivamente o terror. Quem podia, emigrava. Um desses fugitivos chegou a ser preso a duzentos passos da vila. Era um rapaz de trinta anos, amável, conversado, polido, tão polido que não cumprimentava alguém sem levar o chapéu ao chão; na rua, acontecia-lhe correr uma distância de dez a vinte braças para ir apertar a mão a um homem grave, a uma senhora, às vezes a um menino, como acontecera ao filho do juiz de fora. Tinha a vocação das cortesias. De resto, devia as boas relações da sociedade, não só aos dotes pessoais, que eram raros, como à nobre tenacidade com que nunca desanimava diante de uma, duas, quatro, seis recusas, caras feias, etc. O que acontecia era que, uma vez entrado numa casa, não a deixava mais, nem os da casa o deixavam a ele, tão gracioso era o Gil Bernardes. Pois o Gil Bernardes, apesar de se saber estimado, teve medo quando lhe disseram um dia, que o alienista o trazia de olho; na madrugada seguinte fugiu da vila, mas foi logo apanhado e conduzido à Casa Verde.

— Devemos acabar com isto!
— Não pode continuar!
— Abaixo a tirania!
— Déspota! violento! Golias!

Não eram gritos na rua, eram suspiros em casa, mas não tardava a hora dos gritos. O terror crescia; avizinhava-se a rebelião. A ideia de uma petição ao governo para que Simão Bacamarte fosse capturado e deportado, andou por algumas cabeças, antes que o barbeiro Porfírio a expendesse na loja, com grandes gestos de indignação. Note-se – e essa é uma das laudas mais puras desta sombria história – note-se que o Porfírio, desde que a Casa Verde começava a povoar-se tão extraordinariamente, viu crescerem-lhe os lucros pela aplicação assídua de sanguessugas que dali lhe pediam; mas o interesse particular, dizia ele, deve ceder ao interesse público. E acrescentava: – é preciso derrubar o tirano! Note-se mais que ele soltou esse grito justamente no dia em que Simão Bacamarte fizera recolher à Casa Verde um homem que trazia com ele uma demanda, o Coelho.

– Não me dirão em que é que o Coelho é doido? – bradou o Porfírio.

E ninguém lhe respondia; todos repetiam que era um homem perfeitamente ajuizado. A mesma demanda que ele trazia com o barbeiro, acerca de uns chãos da vila, era filha da obscuridade de um alvará, e não da cobiça ou ódio. Um excelente caráter o Coelho.

Os únicos desafeiçoados que tinha eram alguns sujeitos que, dizendo-se taciturnos, ou alegando andar com pressa, mal o viam de longe dobravam as esquinas, entravam nas lojas, etc. Na verdade, ele amava a boa palestra, a palestra comprida, gostada a sorvos largos, e assim é que nunca estava só, preferindo os que sabiam dizer duas palavras, mas não desdenhando os outros. O padre Lopes, que cultivava o Dante, e era inimigo do Coelho, nunca o via desligar-se de uma pessoa que não declamasse e emendasse este trecho:

La bocca sollevò dal fero pasto
Quel "seccatore"...

mas uns sabiam do ódio do padre, e outros pensavam que isto era uma oração em latim.

VI
A REBELIÃO

Cerca de trinta pessoas ligaram-se ao barbeiro, redigiram e levaram uma representação à Câmara. A Câmara recusou aceitá-la, declarando que a Casa Verde era uma instituição pública, e que a ciência não podia ser emendada por votação administrativa, menos ainda por movimentos de rua.

– Voltai ao trabalho – concluiu o presidente –, é o conselho que vos damos.

A irritação dos agitadores foi enorme. O barbeiro declarou que iam dali levantar a bandeira da rebelião, e destruir a Casa Verde; que Itaguaí não podia continuar a servir de cadáver aos estudos e experiências de um déspota; que muitas pessoas estimáveis, algumas distintas, outras humildes mas dignas de apreço, jaziam nos cubículos da Casa Verde; que o despotismo científico do alienista complicava-se do espírito de ganância, visto que os loucos, ou supostos tais, não eram tratados de graça: as famílias, e em falta delas a Câmara, pagavam ao alienista...

— É falso — interrompeu o presidente.

— Falso?

— Há cerca de duas semanas recebemos um ofício do ilustre médico, em que nos declara que, tratando de fazer experiências de alto valor psicológico, desiste do estipêndio votado pela Câmara, bem como nada receberá das famílias dos enfermos.

A notícia deste ato tão nobre, tão puro, suspendeu um pouco a alma dos rebeldes. Seguramente o alienista podia estar em erro, mas nenhum interesse alheio à ciência o instigava; e para demonstrar o erro era preciso alguma coisa mais do que arruaças e clamores. Isto disse o presidente, com aplauso de toda a Câmara. O barbeiro, depois de alguns instantes de concentração, declarou que estava investido de um mandato público, e não restituiria a paz a Itaguaí antes de ver por terra a Casa Verde – "essa Bastilha da razão humana" –, expressão que ouvira a um poeta local, e que ele repetiu com muita ênfase. Disse, e a um sinal todos saíram com ele.

Imagine-se a situação dos vereadores; urgia obstar ao ajuntamento, à rebelião, à luta, ao sangue. Para acrescentar ao mal, um dos vereadores, que apoiara o presidente, ouvindo agora a denominação dada pelo barbeiro à Casa Verde – "Bastilha da razão humana" – achou-a tão elegante, que mudou de parecer. Disse que entendia de bom aviso decretar alguma medida que reduzisse a Casa Verde; e porque o presidente, indignado, manifestasse em termos enérgicos o seu pasmo, o vereador fez esta reflexão:

— Nada tenho que ver com a ciência; mas se tantos homens em quem supomos juízo são reclusos por dementes, quem nos afirma que o alienado não é o alienista?

Sebastião Freitas, o vereador dissidente, tinha o dom da palavra, e falou ainda por algum tempo com prudência, mas com firmeza. Os colegas estavam atônitos; o presidente pediu-lhe que, ao menos, desse o exemplo da ordem e do respeito à lei, não aventasse as suas ideias na rua, para não dar corpo e alma à rebelião, que era por ora um turbilhão de átomos dispersos. Esta figura corrigiu um pouco o efeito da outra:

Sebastião Freitas prometeu suspender qualquer ação, reservando-se o direito de pedir pelos meios legais a redução da Casa Verde. E repetia consigo, namorado: – Bastilha da razão humana!

Entretanto, a arruaça crescia. Já não eram trinta, mas trezentas pessoas que acompanhavam o barbeiro, cuja alcunha familiar deve ser mencionada, porque ela deu o nome à revolta; chamavam-lhe o Canjica – e o movimento ficou célebre com o nome de revolta dos Canjicas. A ação podia ser restrita – visto que muita gente, ou por medo, ou por hábitos de educação, não descia à rua; mas o sentimento era unânime, ou quase unânime, e os trezentos que caminhavam para a Casa Verde – dada a diferença de Paris a Itaguaí – podiam ser comparados aos que tomaram a Bastilha.

D. Evarista teve notícia da rebelião antes que ela chegasse; veio dar-lha uma de suas crias. Ela provava nessa ocasião um vestido de seda – um dos trinta e sete que trouxera do Rio de Janeiro – e não quis crer.

– Há de ser alguma patuscada. – dizia ela mudando a posição de um alfinete – Benedita, vê se a barra está boa.

– Está, sinhá – respondia a mucama de cócoras no chão –, está boa. Sinhá vira um bocadinho. Assim. Está muito boa.

– Não é patuscada, não, senhora; eles estão gritando: – Morra o doutor Bacamarte! o tirano! – dizia o moleque assustado.

– Cala a boca, tolo! Benedita, olha aí do lado esquerdo; não parece que a costura está um pouco enviesada? A risca azul não segue até abaixo; está muito feio assim; é preciso descoser para ficar igualzinho e...

– Morra o doutor Bacamarte! morra o tirano! – uivaram fora trezentas vozes. Era a rebelião que desembocava na rua Nova.

D. Evarista ficou sem pinga de sangue. No primeiro instante não deu um passo, não fez um gesto; o terror petrificou-a. A mucama correu instintivamente para a porta do fundo. Quanto ao moleque, a quem d. Evarista não dera crédito, teve um instante de triunfo, um certo movimento súbito, imperceptível, entranhado, de satisfação moral, ao ver que a realidade vinha jurar por ele.

– Morra o alienista! – bradavam as vozes mais perto.

D. Evarista, se não resistia facilmente às comoções de prazer, sabia entestar com os momentos de perigo. Não desmaiou; correu à sala interior onde o marido estudava. Quando ela ali entrou, precipitada, ilustre médico escrutava um texto de Averróis; os olhos dele, empanados pela cogitação, subiam do livro ao teto e baixavam do teto ao livro, cegos para a realidade exterior, videntes para os profundos trabalhos mentais. D. Evarista chamou pelo marido duas vezes, sem que ele lhe desse atenção; à terceira, ouviu e perguntou-lhe o que tinha, se estava doente.

– Você não ouve estes gritos? – perguntou a digna esposa em lágrimas.

O alienista atendeu então; os gritos aproximavam-se, terríveis, ameaçadores; ele compreendeu tudo. Levantou-se da cadeira de espaldar em que estava sentado, fechou o livro, e, a passo firme e tranquilo, foi depositá-lo na estante. Como a introdução do volume desconcertasse um pouco a linha dos dois tomos contíguos, Simão Bacamarte cuidou de corrigir esse defeito mínimo, e, aliás, interessante. Depois disse à mulher que se recolhesse, que não fizesse nada.

– Não, não – implorava a digna senhora –, quero morrer ao lado de você...

Simão Bacamarte teimou que não, que não era caso de morte; e ainda que o fosse, intimava-lhe em nome da vida que ficasse. A infeliz dama curvou a cabeça, obediente e chorosa.

– Abaixo a Casa Verde! – bradavam os Canjicas.

O alienista caminhou para a varanda da frente, e chegou ali no momento em que a rebelião também chegava e parava, defronte, com as suas trezentas cabeças rutilantes de civismo e sombrias de desespero. – Morra! morra! bradaram de todos os lados, apenas o vulto do alienista assomou na varanda. Simão Bacamarte fez um sinal pedindo para falar; os revoltosos cobriram-lhe a voz com brados de indignação. Então, o barbeiro agitando o chapéu, a fim de impor silêncio à turba, conseguiu aquietar os amigos, e declarou ao alienista que podia falar, mas acrescentou que não abusasse da paciência do povo como fizera até então.

– Direi pouco, ou até não direi nada, se for preciso. Desejo saber primeiro o que pedis.

– Não pedimos nada – replicou fremente o barbeiro –; ordenamos que a Casa Verde seja demolida, ou pelo menos despojada dos infelizes que lá estão.

– Não entendo.

– Entendeis bem, tirano; queremos dar liberdade às vítimas do vosso ódio, capricho, ganância..

O alienista sorriu, mas o sorriso desse grande homem não era coisa visível aos olhos da multidão; era uma contração leve de dois ou três músculos, nada mais. Sorriu e respondeu:

– Meus senhores, a ciência é coisa séria, e merece ser tratada com seriedade. Não dou razão dos meus atos de alienista a ninguém, salvo aos mestres e a Deus. Se quereis emendar a administração da Casa Verde, estou pronto a ouvir-vos; mas se exigis que me negue a mim mesmo, não ganhareis nada. Poderia convidar alguns de vós, em comissão dos outros, a vir ver comigo os loucos reclusos; mas não o faço, porque seria dar-vos razão do meu sistema, o que não farei a leigos, nem a rebeldes.

Disse isto o alienista, e a multidão ficou atônita; era claro que não esperava tanta energia e menos ainda tamanha serenidade. Mas o assombro cresceu de ponto quando o alienista, cortejando a multidão com muita gravidade, deu-lhe as costas e retirou-se lentamente para dentro. O barbeiro tornou logo a si, e, agitando o chapéu, convidou os amigos à demolição da Casa Verde; poucas vozes e frouxas lhe responderam. Foi nesse momento decisivo que o barbeiro sentiu despontar em si a ambição do governo; pareceu-lhe então que, demolindo a Casa Verde, e derrocando a influência do alienista, chegaria a apoderar-se da Câmara, dominar as demais autoridades e constituir-se senhor de Itaguaí. Desde alguns anos que ele forcejava por ver o seu nome incluído nos pelouros para o sorteio dos vereadores, mas era recusado por não ter uma posição compatível com tão grande cargo. A ocasião era agora ou nunca. Demais fora tão longe na arruaça, que a derrota seria a prisão, ou talvez a forca, ou o degredo. Infelizmente, a resposta do alienista diminuíra o furor dos sequazes. O barbeiro, logo que o percebeu, sentiu um impulso de indignação, e quis bradar-lhes: – Canalhas! covardes! – mas conteve-se, e rompeu deste modo:

– Meus amigos, lutemos até o fim! A salvação de Itaguaí está nas vossas mãos dignas e heroicas. Destruamos o cárcere de vossos filhos e pais, de vossas mães e irmãs, de vossos parentes e amigos, e de vós mesmos. Ou morrereis a pão e água, talvez a chicote, na masmorra daquele indigno.

A multidão agitou-se, murmurou, bradou, ameaçou, congregou-se toda em derredor do barbeiro. Era a revolta que tornava a si da ligeira síncope, e ameaçava arrasar a Casa Verde.

– Vamos! – bradou Porfírio agitando o chapéu.

– Vamos! – repetiram todos.

Deteve-os um incidente: era um corpo de dragões que, a marche-marche, entrava na rua Nova.

VII
O INESPERADO

Chegados os dragões em frente aos Canjicas, houve um instante de estupefação: os Canjicas não queriam crer que a força pública fosse mandada contra eles; mas o barbeiro compreendeu tudo e esperou. Os dragões pararam, o capitão intimou à multidão que se dispersasse; mas, conquanto uma parte dela estivesse inclinada a isso, a outra parte apoiou fortemente o barbeiro, cuja resposta consistiu nestes termos alevantados:

– Não nos dispersaremos. Se quereis os nossos cadáveres, podeis tomá-los; mas só os cadáveres; não levareis a nossa honra, o nosso crédito, os nossos direitos, e com eles a salvação de Itaguaí.

Nada mais imprudente do que essa resposta do barbeiro; e nada mais natural. Era a vertigem das grandes crises. Talvez fosse também um excesso de confiança na abstenção das armas por parte dos dragões; confiança que o capitão dissipou logo, mandando carregar sobre os Canjicas. O momento foi indescritível. A multidão urrou furiosa; alguns, trepando às janelas das casas, ou correndo pela rua fora, conseguiram escapar; mas a maioria ficou, bufando de cólera, indignada, animada pela exortação do barbeiro. A derrota dos Canjicas estava iminente, aliando um terço dos dragões – qualquer que fosse o motivo, as crônicas não o declaram – passou subitamente para o lado da rebelião. Este inesperado reforço deu alma aos Canjicas, ao mesmo tempo que lançou o desânimo às fileiras da legalidade. Os soldados fiéis não tiveram coragem de atacar os seus próprios camaradas, e, um a um, foram passando para eles, de modo que ao cabo de alguns minutos, o aspecto das coisas era totalmente outro. O capitão estava de um lado, com alguma gente, contra uma massa compacta que o ameaçava de morte. Não teve remédio, declarou-se vencido e entregou a espada ao barbeiro.

A revolução triunfante não perdeu um só minuto; recolheu os feridos às casas próximas, e guiou para a Câmara. Povo e tropa fraternizavam, davam vivas a el-rei, ao vice-rei, a Itaguaí, ao "ilustre Porfírio". Este ia na frente, empunhando tão destramente a espada, como se ela fosse apenas uma navalha um pouco mais comprida. A vitória cingia-lhe a fronte de um nimbo misterioso. A dignidade de governo começava a enrijar-lhe os quadris.

Os vereadores, às janelas, vendo a multidão e a tropa, cuidaram que a tropa capturara a multidão, e sem mais exame, entraram e votaram uma petição ao vice-rei para que mandasse dar um mês de soldo aos dragões, "cujo denodo salvou Itaguaí do abismo a que o tinha lançado uma cáfila de rebeldes". Esta frase foi proposta por Sebastião Freitas, o vereador dissidente, cuja defesa dos Canjicas tanto escandalizara os colegas. Mas bem depressa a ilusão se desfez. Os vivas ao barbeiro, os morras aos vereadores e ao alienista vieram dar-lhe notícia da triste realidade. O presidente não desanimou: – qualquer que seja a nossa sorte, disse ele, lembremo-nos que estamos ao serviço de Sua Majestade e do povo. – Sebastião Freitas insinuou que melhor se poderia servir à coroa e à vila saindo pelos fundos e indo conferenciar com o juiz de fora, mas toda a Câmara rejeitou esse alvitre.

Daí a nada o barbeiro, acompanhado de alguns de seus tenentes, entrava na sala da vereança, e intimava à Câmara a sua queda. A Câmara não resistiu, entregou-se, e foi dali para a cadeia. Então os amigos do barbeiro propuseram-lhe que assumisse o governo da vila, em nome de Sua Majestade. Porfírio aceitou o encargo, embora não desconhecesse (acrescentou) os espinhos que trazia; disse mais que não podia dispensar o concurso dos amigos presentes; ao que eles prontamente anuíram. O barbeiro veio à janela, e comunicou ao povo essas resoluções, que o povo ratificou, aclamando o barbeiro. Este tomou a denominação de – "Protetor da vila em nome de Sua Majestade e do povo". – Expediram-se logo várias ordens importantes, comunicações oficiais do novo governo, uma exposição minuciosa ao vice-rei, com muitos protestos de obediência às ordens de Sua Majestade; finalmente, uma proclamação ao povo, curta, mas enérgica:

"Itaguaienses!

Uma Câmara corrupta e violenta conspirava contra os interesses de Sua Majestade e do povo. A opinião pública tinha-a condenado; um punhado de cidadãos, fortemente apoiados pelos bravos dragões de Sua Majestade, acaba de a dissolver ignominiosamente, e por unânime consenso da vila, foi-me confiado o mando supremo, até que Sua Majestade se sirva ordenar o que parecer melhor ao seu real serviço. Itaguaienses! não vos peço senão que me rodeeis de confiança, que me auxilieis em restaurar a paz e a fazenda pública, tão desbaratada pela Câmara que ora findou às vossas mãos. Contai com o meu sacrifício, e ficai certos de que a coroa será por nós.

O Protetor da vila em nome de Sua Majestade e do povo
Porfírio Caetano das Neves"

Toda a gente advertiu no absoluto silêncio desta proclamação acerca da Casa Verde; e, segundo uns, não podia haver mais vivo indício dos projetos tenebrosos do barbeiro. O perigo era tanto maior quanto que, no meio mesmo desses graves sucessos, o alienista metera na Casa Verde umas sete ou oito pessoas, entre elas duas senhoras, sendo um dos homens aparentado com o Protetor. Não era um repto, um ato intencional; mas todos o interpretaram dessa maneira, e a vila respirou com a esperança de que o alienista dentro de vinte e quatro horas estaria a ferros, e destruído o terrível cárcere.

O dia acabou alegremente. Enquanto o arauto da matraca ia recitando de esquina em esquina a proclamação, o povo espelhava-se nas ruas e jurava morrer em defesa do ilustre Porfírio. Poucos gritos contra a Casa Verde, prova de confiança na ação do governo. O barbeiro fez expedir um ato declarando feriado aquele dia, e entabulou negociações com o vigário para a celebração de um *Te Deum*, tão conveniente era aos olhos dele a conjunção do poder temporal com o espiritual; mas o padre Lopes recusou abertamente o seu concurso.

– Em todo caso, vossa reverendíssima não se alistará entre os inimigos do governo? – disse-lhe o barbeiro dando à fisionomia um aspecto tenebroso.

Ao que o padre Lopes respondeu, sem responder:

– Como alistar-me, se o novo governo não tem inimigos?

O barbeiro sorriu; era a pura verdade. Salvo o capitão, os vereadores e os principais da vila, toda a gente o aclamava. Os mesmos principais, se o não aclamavam, não tinham saído contra ele. Nenhum dos almotacés deixou de vir receber as suas ordens. No geral, as famílias abençoavam o nome daquele que ia enfim libertar Itaguaí da Casa Verde e do terrível Simão Bacamarte.

VIII
AS ANGÚSTIAS DO BOTICÁRIO

Vinte e quatro horas depois dos sucessos narrados no capítulo anterior, o barbeiro saiu do palácio do governo – foi a denominação dada à casa da Câmara – com dois ajudantes-de-ordens, e dirigiu-se à residência de Simão Bacamarte. Não ignorava ele que era mais decoroso ao governo mandá-lo chamar; o receio, porém, de que o alienista não obedecesse, obrigou-o a parecer tolerante e moderado.

Não descrevo o terror do boticário ao ouvir dizer que o barbeiro ia à casa do alienista. – Vai prendê-lo, pensou ele. E redobraram-lhe as angústias. Com efeito, a tortura moral do boticário naqueles dias de revolução excede a toda a descrição possível. Nunca um homem se achou em mais apertado lance: – a privança do alienista chamava-o ao lado deste, a vitória do barbeiro atraía-o ao barbeiro. Já a simples notícia da sublevação tinha-lhe sacudido fortemente a alma, porque ele sabia a unanimidade do ódio ao alienista;

mas a vitória final foi também o golpe final. A esposa, senhora máscula, amiga particular de d. Evarista, dizia que o lugar dele era ao lado de Simão Bacamarte; ao passo que o coração lhe bradava que não, que a causa do alienista estava perdida, e que ninguém, por ato próprio, se amarra a um cadáver. Fê-lo Catão, é verdade, *sed victa Catoni*, pensava ele, relembrando algumas palestras habituais do padre Lopes; mas Catão não se atou a uma causa vencida, ele era a própria causa vencida, a causa da república; o seu ato, portanto, foi de egoísta, de um miserável egoísta; minha situação é outra. Insistindo, porém, a mulher, não achou Crispim Soares outra saída em tal crise senão adoecer; declarou-se doente, e meteu-se na cama.

– Lá vai o Porfírio à casa do doutor Bacamarte – disse-lhe a mulher no dia seguinte à cabeceira da cama –; vai acompanhado de gente.

– Vai prendê-lo – pensou o boticário.

Uma ideia traz outra; o boticário imaginou que, uma vez preso o alienista, viriam também buscá-lo a ele, na qualidade de cúmplice. Esta ideia foi o melhor dos vesicatórios. Crispim Soares ergueu-se, disse que estava bom, que ia sair; e apesar de todos os esforços e protestos da consorte, vestiu-se e saiu. Os velhos cronistas são unânimes em dizer que a certeza de que o marido ia colocar-se nobremente ao lado do alienista consolou grandemente a esposa do boticário; e notam, com muita perspicácia, o imenso poder moral de uma ilusão; porquanto, o boticário caminhou resolutamente ao palácio do governo, não à casa do alienista. Ali chegando, mostrou-se admirado de não ver o barbeiro, a quem ia apresentar os seus protestos de adesão, não o tendo feito desde a véspera por enfermo. E tossia com algum custo. Os altos funcionários que lhe ouviam esta declaração, sabedores da intimidade do boticário com o alienista, compreenderam toda a importância da adesão nova, e trataram a Crispim Soares com apurado carinho; afirmaram-lhe que o barbeiro não tardava; sua senhoria tinha ido à Casa Verde, a negócio importante, mas não tardava. Deram-lhe cadeira, refrescos, elogios; disseram-lhe que a causa do ilustre Porfírio era a de todos os patriotas; ao que o boticário ia repetindo que sim, que nunca pensara outra coisa, que isso mesmo mandaria declarar a sua majestade.

IX
DOIS LINDOS CASOS

Não se demorou o alienista em receber o barbeiro; declarou-lhe que não tinha meios de resistir, e portanto estava prestes a obedecer. Só uma coisa pedia, é que o não constrangesse a assistir pessoalmente à destruição da Casa Verde.

– Engana-se vossa senhoria – disse o barbeiro depois de alguma pausa –, engana-se em atribuir ao governo intenções vandálicas. Com razão ou sem ela, a opinião crê que a maior parte dos doidos ali metidos estão em seu perfeito juízo, mas o governo reconhece que a questão é puramente científica, e não cogita em resolver com posturas as questões científicas. Demais, a Casa Verde é uma instituição pública; tal a aceitamos das mãos da Câmara dissolvida. Há, entretanto – por força que há de haver um alvitre intermédio que restitua o sossego ao espírito público.

O alienista mal podia dissimular o assombro; confessou que esperava outra coisa, o arrasamento do hospício, a prisão dele, o desterro, tudo, menos...

– O pasmo de vossa senhoria – atalhou gravemente o barbeiro –, vem de não atender à grave responsabilidade do governo. O povo, tomado de uma cega piedade, que lhe dá em tal caso legítima indignação, pode exigir do governo certa ordem de atos; mas este, com a responsabilidade que lhe incumbe, não os deve praticar, ao menos integralmente, e tal é a nossa situação. A generosa revolução que ontem derrubou uma Câmara vilipendiada e corrupta, pediu em altos brados o arrasamento da Casa Verde; mas pode entrar no ânimo do governo eliminar a loucura? Não. E se o governo não a pode eliminar, está ao menos apto para discriminá-la, reconhecê-la? Também não; é matéria de ciência. Logo, em assunto tão melindroso, o governo não pode, não deve, não quer dispensar o concurso de vossa senhoria. O que lhe pede é que de certa maneira demos alguma satisfação ao povo. Unamo-nos, e o povo saberá obedecer. Um dos alvitres aceitáveis, se Vossa Senhoria não indicar outro, seria fazer retirar da Casa Verde aqueles enfermos que estiverem quase curados, e bem assim os maníacos de pouca monta, etc. Desse modo, sem grande perigo, mostraremos alguma tolerância e benignidade.

– Quantos mortos e feridos houve ontem no conflito? – perguntou Simão Bacamarte, depois de uns três minutos.

O barbeiro ficou espantado da pergunta, mas respondeu logo que onze mortos e vinte e cinco feridos.

– Onze mortos e vinte e cinco feridos! – repetiu duas ou três vezes o alienista.

E em seguida declarou que o alvitre lhe não parecia bom, mas que ele ia catar algum outro, e dentro de poucos dias lhe daria resposta. E fez-lhe várias perguntas acerca dos sucessos da véspera, ataque, defesa, adesão dos dragões, resistência da Câmara, etc., ao que o barbeiro ia respondendo com grande abundância, insistindo principalmente no descrédito em que a Câmara caíra. O barbeiro confessou que o novo governo não tinha ainda por si a confiança dos principais da vila, mas o alienista podia fazer muito nesse ponto. O governo, concluiu o barbeiro, folgaria se pudesse contar, não já com a simpatia, senão com a benevolência do mais alto espírito de Itaguaí, e seguramente do reino. Mas nada disso alterava a nobre e austera fisionomia daquele grande homem, que ouvia calado, sem desvanecimento, nem modéstia, mas impassível como um deus de pedra.

– Onze mortos e vinte e cinco feridos – repetiu o alienista, depois de acompanhar o barbeiro até à porta – Eis aí dois lindos casos de doença cerebral. Os sintomas de duplicidade e descaramento deste barbeiro são positivos. Quanto à toleima dos que o aclamaram não é preciso outra prova além dos onze mortos e vinte e cinco feridos. – Dois lindos casos!

– Viva o ilustre Porfírio! – bradaram umas trinta pessoas que aguardavam o barbeiro à porta.

O alienista espiou pela janela, e ainda ouviu este resto de uma pequena fala do barbeiro às trinta pessoas que o aclamavam:

– ...porque eu velo, podeis estar certos disso, eu velo pela execução das vontades do povo. Confiai em mim; e tudo se fará pela melhor maneira. Só vos recomendo ordem. A ordem, meus amigos, é a base do governo...

– Viva o ilustre Porfírio! – bradaram as trinta vozes, agitando os chapéus.

– Dois lindos casos! – murmurou o alienista.

X
A RESTAURAÇÃO

Dentro de cinco dias, o alienista meteu na Casa Verde cerca de cinquenta aclamadores do novo governo. O povo indignou-se. O governo, atarantado, não sabia reagir. João Pina, outro barbeiro, dizia abertamente nas ruas, que o Porfírio estava "vendido ao ouro de Simão Bacamarte", frase que congregou em torno de João Pina a gente mais resoluta da vila. Porfírio, vendo o antigo rival da navalha à testa da insurreição, compreendeu que a sua perda era irremediável, se não desse um grande golpe; expediu dois decretos, um abolindo a Casa Verde, outro desterrando o alienista. João Pina mostrou claramente, com grandes frases, que o ato de Porfírio era um simples aparato, um engodo, em que o povo não devia crer. Duas horas depois caía Porfírio ignominiosamente, e João Pina assumia a difícil tarefa do governo. Como achasse nas gavetas as minutas da proclamação, da exposição ao vice-rei e de outros atos inaugurais do governo anterior, deu-se pressa em os fazer copiar e expedir; acrescentam os cronistas, e aliás subentende-se, que ele lhes mudou os nomes, e onde o outro barbeiro falara de uma Câmara corrupta, falou este de "um intruso eivado das más doutrinas francesas, e contrário aos sacrossantos interesses de Sua Majestade", etc.

Nisto entrou na vila uma força mandada pelo vice-rei, e restabeleceu a ordem. O alienista exigiu desde logo a entrega do barbeiro Porfírio, e bem assim a de uns cinquenta e tantos indivíduos, que declarou mentecaptos; e não só lhe deram esses, como afiançaram entregar-lhe mais dezenove sequazes do barbeiro, que convalesciam das feridas apanhadas na primeira rebelião.

Este ponto da crise de Itaguaí marca também o grau máximo da influência de Simão Bacamarte. Tudo quanto quis, deu-se-lhe; e uma das mais vivas provas do poder do ilustre médico achamo-la na prontidão com que os vereadores, restituídos a seus lugares, consentiram em que Sebastião Freitas também fosse recolhido ao hospício. O alienista, sabendo da extraordinária inconsistência das opiniões desse vereador, entendeu que era um caso patológico, e pediu-o. A mesma coisa aconteceu ao boticário. O alienista, desde que lhe falaram da momentânea adesão de Crispim Soares à rebelião dos Canjicas, comparou-a à aprovação que sempre recebera dele, ainda na véspera, e mandou capturá-lo. Crispim Soares não negou o fato, mas explicou-o dizendo que cedera a um movimento de terror, ao ver a rebelião triunfante, e deu como prova a ausência de nenhum outro ato seu, acrescentando que voltara logo à cama, doente. Simão Bacamarte não o contrariou; disse, porém, aos circunstantes que o terror também é pai da loucura, e que o caso de Crispim Soares lhe parecia dos mais caracterizados.

Mas a prova mais evidente da influência de Simão Bacamarte foi a docilidade com que a Câmara lhe entregou o próprio presidente. Este digno magistrado tinha declarado em plena sessão, que não se contentava, para lavá-lo da afronta dos Canjicas, com menos de trinta almudes de sangue; palavra que chegou aos ouvidos do alienista por boca do secretário da Câmara, entusiasmado de tamanha energia. Simão Bacamarte começou por meter o secretário na Casa Verde, e foi dali à Câmara, à qual declarou que o presidente estava padecendo da "demência dos touros", um gênero que ele pretendia estudar, com grande vantagem para os povos. A Câmara a princípio hesitou, mas acabou cedendo.

Daí em diante foi uma coleta desenfreada. Um homem não podia dar nascença ou curso à mais simples mentira do mundo, ainda daquelas que aproveitam ao inventor ou divulgador, que não fosse logo metido na Casa Verde. Tudo era loucura. Os cultores de enigmas, os fabricantes de charadas, de anagramas, os maldizentes, os curiosos da vida alheia, os que põem todo o seu cuidado na tafularia, um ou outro almotacé enfunado, ninguém escapava aos emissários do alienista. Ele respeitava as namoradas e não poupava as namoradeiras, dizendo que as primeiras cediam a um impulso natural, e as segundas a um vício. Se um homem era avaro ou pródigo ia do mesmo modo para a Casa Verde; daí a alegação de que não havia regra para a completa sanidade mental. Alguns cronistas creem que Simão Bacamarte nem sempre procedia com lisura, e citam em abono da afirmação (que não sei se pode ser aceita) o fato de ter alcançado da Câmara uma postura autorizando o uso de um anel de prata no dedo polegar da mão esquerda, a toda a pessoa que, sem outra prova documental ou tradicional, declarasse ter nas veias duas ou três onças de sangue godo. Dizem esses cronistas que o fim secreto da insinuação à Câmara foi enriquecer um ourives, amigo e compadre dele; mas, conquanto seja certo que o ourives viu prosperar o negócio depois da nova ordenação municipal, não o é menos que essa postura deu à Casa Verde uma multidão de inquilinos; pelo que, não se pode definir, sem temeridade, o verdadeiro fim do ilustre médico. Quanto à razão determinativa da captura e aposentação na Casa Verde de todos quantos usaram do anel, é um dos pontos mais obscuros da história de Itaguaí; a opinião mais verossímil é que eles foram recolhidos por andarem a gesticular, à toa, nas ruas, em casa, na igreja. Ninguém ignora que os doidos gesticulam muito. Em todo caso é uma simples conjectura; de positivo nada há.

– Onde é que este homem vai parar? – diziam os principais da terra – Ah! se nós tivéssemos apoiado os Canjicas...

Um dia de manhã – dia em que a Câmara devia dar um grande baile – a vila inteira ficou abalada com a notícia de que a própria esposa do alienista fora metida na Casa Verde. Ninguém acreditou; devia ser invenção de algum gaiato. E não era: era a verdade pura. D. Evarista fora recolhida às duas horas da noite. O padre Lopes correu ao alienista e interrogou-o discretamente acerca do fato.

– Já há algum tempo que eu desconfiava – disse gravemente o marido – A modéstia com que ela vivera em ambos os matrimônios não podia conciliar-se com o furor das sedas, veludos, rendas e pedras preciosas que manifestou, logo que voltou do Rio de Janeiro. Desde então comecei a observá-la. Suas conversas eram todas sobre esses objetos: se eu lhe falava das antigas cortes, inquiria logo da forma dos vestidos das damas; se uma senhora a visitava, na minha ausência, antes de me dizer o objeto da visita, descrevia-me o trajo, aprovando umas coisas e censurando outras. Um dia, creio que vossa reverendíssima há de lembrar-se, propôs-se a fazer anualmente um vestido para a imagem de Nossa Senhora da Matriz. Tudo isto eram sintomas graves; esta noite, porém, declarou-se a total demência. Tinha escolhido, preparado, enfeitado o vestuário que levaria ao baile da Câmara municipal; só hesitava entre um colar de granada e outro de safira. Anteontem perguntou-me qual deles levaria; respondi-lhe que um ou outro lhe ficava bem. Ontem repetiu a pergunta, ao almoço; pouco depois de jantar fui achá-la calada e pensativa. – Que tem? perguntei-lhe. – Queria levar o colar de granada, mas acho o de safira tão bonito! – Pois leve o de safira. – Ah! mas onde fica o de granada? – Enfim, passou a tar-de sem novidade. Ceamos, e deitamo-nos. Alta noite, seria hora e meia, acordo e não a vejo; levanto-me, vou ao quarto de vestir, acho-a diante dos dois colares, ensaiando-os ao espelho, ora um, ora outro. Era evidente a demência; recolhi-a logo.

O padre Lopes não se satisfez com a resposta, mas não objetou nada. O alienista, porém, percebeu e explicou-lhe que o caso de d. Evarista era de "mania sumptuária", não incurável, e em todo caso digno de estudo.

– Conto pô-la boa dentro de seis semanas – concluiu ele.

A abnegação do ilustre médico deu-lhe grande realce. Conjecturas, invenções, desconfianças, tudo caiu por terra, desde que ele não duvidou recolher à Casa Verde a própria mulher, a quem amava com todas as forças da alma. Ninguém mais tinha o direito de resistir-lhe – menos ainda o de atribuir-lhe intuitos alheios à ciência.

Era um grande homem austero, Hipócrates forrado de Catão.

XI
O ASSOMBRO DE ITAGUAÍ

E agora prepare-se o leitor para o mesmo assombro em que ficou a vila, ao saber um dia que os loucos da Casa Verde iam todos ser postos na rua.

– Todos?

– Todos.

– É impossível; alguns, sim, mas todos...

– Todos. Assim o disse ele no ofício que mandou hoje de manhã à Câmara.

De fato, o alienista oficiara à Câmara expondo: – 1º, que verificara das estatísticas da vila e da Casa Verde, que quatro quintos da população estavam aposentados naquele estabelecimento; 2º, que esta deslocação de população levara-o a examinar os fundamentos da sua teoria das moléstias cerebrais, teoria que excluía do domínio da razão todos os casos em que o equilíbrio das faculdades não fosse perfeito e absoluto; 3º, que desse exame e do fato estatístico resultara para ele a convicção de que a verdadeira doutrina não era aquela, mas a oposta, e portanto que se devia admitir como normal e exemplar o desequilíbrio das faculdades, e como hipóteses patológicas todos os casos em que aquele equilíbrio fosse ininterrupto; 4º, que à vista disso declarava à Câmara que ia dar liberdade aos reclusos da Casa Verde e agasalhar nela as pessoas que se achassem nas condições agora expostas; 5º, que tratando de descobrir a verdade científica, não se pouparia a esforços de toda a natureza, esperando da Câmara igual dedicação; 6º, que restituía à Câmara e aos particulares a soma do estipêndio recebido para alojamento dos supostos loucos, descontada a parte efetivamente gasta com a alimentação, roupa, etc.; o que a Câmara mandaria verificar nos livros e arcas da Casa Verde.

O assombro de Iguataí foi grande; não foi menor a alegria dos parentes e amigos dos reclusos. Jantares, danças, luminárias, músicas, tudo houve para celebrar tão fausto acontecimento. Não descrevo as festas por não interessarem ao nosso propósito; mas foram esplêndidas, tocantes e prolongadas.

E vão assim as coisas humanas! No meio do regozijo produzido pelo ofício de Simão Bacamarte, ninguém advertia na frase final do § 4º, uma frase cheia de experiências futuras.

XII
O FINAL DO § 4º.

Apagaram-se as luminárias, reconstituíram-se as famílias, tudo parecia reposto nos antigos eixos. Reinava a ordem, a Câmara exercia outra vez o governo, sem nenhuma pressão externa; o próprio presidente e o vereador Freitas tornaram aos seus lugares. O barbeiro Porfírio, ensinado pelos acontecimentos, tendo "provado tudo", como o poeta disse de Napoleão, e mais alguma coisa, porque Napoleão não provou a Casa Verde, o barbeiro achou preferível a glória obscura da navalha e da tesoura às calamidades brilhantes do poder; foi, é certo, processado; mas a população da vila implorou a clemência de Sua Majestade; daí o perdão. João Pina foi absolvido, atendendo-se a que ele derrocara um rebelde. Os cronistas pensam que deste fato é que nasceu o nosso adágio: – ladrão que furta ladrão, tem cem anos de perdão; – adágio imoral, é verdade, mas grandemente útil.

Não só findaram as queixas contra o alienista, mas até nenhum ressentimento ficou dos atos que ele praticara; acrescendo que os reclusos da Casa Verde, desde que ele os declarara plenamente ajuizados, sentiram-se tomados de profundo reconhecimento e férvido entusiasmo. Muitos entenderam que o alienista merecia uma especial manifestação, e deram-lhe um baile, ao qual se seguiram outros bailes e jantares. Dizem as crônicas que d. Evarista a princípio tivera a ideia de separar-se do consorte, mas a dor de perder a companhia de tão grande homem venceu qualquer ressentimento de amor-próprio, e o casal veio a ser ainda mais feliz do que antes.

Não menos íntima ficou a amizade do alienista e do boticário. Este concluiu do ofício de Simão Bacamarte que a prudência é a primeira das virtudes em tempos de revolução, e apreciou muito a magnanimidade do alienista que, ao dar-lhe a liberdade, estendeu-lhe a mão de amigo velho.

– É um grande homem – disse ele à mulher, referindo aquela circunstância.

Não é preciso falar do albardeiro, do Costa, do Coelho, do Martim Brito e outros, especialmente nomeados neste escrito; basta dizer que puderam exercer livremente os seus hábitos anteriores. O próprio Martim Brito, recluso por um discurso em que louvara enfaticamente d. Evarista, fez agora outro em honra do insigne médico – "cujo altíssimo gênio, elevando as asas muito acima do sol, deixou abaixo de si todos os demais espíritos da terra".

– Agradeço as suas palavras – retorquiu-lhe o alienista –, e ainda me não arrependo de o haver restituído à liberdade.

Entretanto, a Câmara, que respondera ao ofício de Simão Bacamarte, com a ressalva de que oportunamente estatuiria em relação ao final do § 4°, tratou enfim de legislar sobre ele. Foi adotada, sem debate, uma postura autorizando o alienista a agasalhar na Casa Verde as pessoas que se achassem no gozo do perfeito equilíbrio das faculdades mentais. E porque a experiência da Câmara tivesse sido dolorosa, estabeleceu ela a cláusula, de que a autorização era provisória, limitada a um ano, para o fim de ser experimentada a nova teoria psicológica, podendo a Câmara, antes mesmo daquele prazo, mandar fechar a Casa Verde, se a isso fosse aconselhada por motivos de ordem pública. O vereador Freitas propôs também a declaração de que em nenhum caso fossem os vereadores recolhidos ao asilo dos alienados: cláusula que foi aceita, votada e incluída na postura, apesar das reclamações do vereador Galvão. O argumento principal deste magistrado é que a Câmara, legislando sobre uma experiência científica, não podia excluir as pessoas dos seus membros das consequências da lei; a exceção era odiosa e ridícula. Mal proferira estas duras palavras, romperam os vereadores em altos brados contra a audácia e insensatez do colega; este, porém, ouviu-os e limitou-se a dizer que votava contra a exceção.

– A vereança – concluiu ele – não nos dá nenhum poder especial nem nos elimina do espírito humano.

Simão Bacamarte aceitou a postura com todas as restrições. Quanto à exclusão dos vereadores, declarou que teria profundo sentimento se fosse compelido a recolhê-los à Casa Verde; a cláusula, porém, era a melhor prova de que eles não padeciam do perfeito equilíbrio das faculdades mentais. Não acontecia o mesmo ao vereador Galvão, cujo acerto na objeção feita, e cuja moderação na resposta dada às invectivas dos colegas mostravam da parte dele um cérebro bem organizado; pelo que rogava à Câmara que lho entregasse. A Câmara, sentindo-se ainda agravada pelo proceder do vereador Galvão, estimou o pedido do alienista, e votou unanimemente a entrega.

Compreende-se que, pela teoria nova, não bastava um fato ou um dito, para recolher alguém à Casa Verde; era preciso um longo exame, um vasto inquérito do passado e do presente. O padre Lopes, por exemplo, só foi capturado trinta dias depois da postura, a mulher do boticário quarenta dias. A reclusão desta senhora encheu o consorte de indignação. Crispim Soares saiu de casa espumando de cólera, e declarando às pessoas a quem encontrava que ia arrancar as orelhas ao tirano. Um sujeito, adversário do alienista, ouvindo na rua essa notícia, esqueceu os motivos de dissidência, e correu à casa de Simão Bacamarte a participar-lhe o perigo que corria. Simão Bacamarte mostrou-se grato ao procedimento do adversário, e poucos minutos lhe bastaram para conhecer a retidão dos seus sentimentos, a boa-fé, o respeito humano, a generosidade; apertou-lhe muito as mãos, e recolheu-o à Casa Verde.

– Um caso destes é raro. – disse ele à mulher pasmada – Agora esperemos o nosso Crispim.

Crispim Soares entrou. A dor vencera a raiva, o boticário não arrancou as orelhas ao alienista. Este consolou o seu privado, assegurando-lhe que não era caso perdido; talvez a mulher tivesse alguma lesão cerebral; ia examiná-la com muita atenção; mas antes disso não podia deixá-la na rua. E, parecendo-lhe vantajoso reuni-los, porque a astúcia e velhacaria do marido poderiam de certo modo curar a beleza moral que ele descobrira na esposa, disse Simão Bacamarte:

– O senhor trabalhará durante o dia na botica, mas almoçará e jantará com sua mulher, e cá passará as noites, e os domingos e dias santos.

A proposta colocou o pobre boticário na situação do asno de Buridan. Queria viver com a mulher, mas temia voltar à Casa Verde; e nessa luta esteve algum tempo, até que d. Evarista o tirou da dificuldade, prometendo que se incumbiria de ver a amiga e transmitir os recados de um para outro. Crispim Soares beijou-lhe as mãos agradecido. Este último rasgo de egoísmo pusilânime pareceu sublime ao alienista.

Ao cabo de cinco meses estavam alojadas umas dezoito pessoas; mas Simão Bacamarte não afrouxava; ia de rua em rua, de casa em casa, espreitando, interrogando, estudando; e quando colhia um enfermo, levava-o com a mesma alegria com que outrora os arrebanhava às dúzias. Essa mesma desproporção confirmava a teoria nova; achara-se enfim a verdadeira patologia cerebral. Um dia, conseguiu meter na Casa Verde o juiz de fora; mas procedia com tanto escrúpulo, que o não fez senão depois de estudar minuciosamente todos os seus atos, e interrogar os principais da vila. Mais de uma vez esteve prestes a recolher pessoas perfeitamente desequilibradas; foi o que se deu com um advogado, em quem reconheceu um tal conjunto de qualidades morais e mentais, que era perigoso deixá-lo na rua. Mandou prendê-lo; mas o agente, desconfiado, pediu-lhe para fazer uma experiência; foi ter com um compadre, demandado por um testamento falso, e deu-lhe de conselho que tomasse por advogado o Salustiano; era o nome da pessoa em questão.

– Então, parece-lhe...?

– Sem dúvida: vá, confesse tudo, a verdade inteira, seja qual for, e confie-lhe a causa.

O homem foi ter com o advogado, confessou ter falsificado o testamento, e acabou pedindo que lhe tomasse a causa. Não se negou o advogado, estudou os papéis, arrazoou longamente, e provou a todas as luzes que o testamento era mais que verdadeiro. A inocência do réu foi solenemente proclamada pelo juiz, e a herança passou-lhe às mãos. O distinto jurisconsulto deveu a esta experiência a liberdade. Mas nada escapa a um espírito original e penetrante. Simão Bacamarte, que desde algum tempo notava o zelo, a sagacidade, a paciência, a moderação daquele agente, reconheceu a habilidade e o tino com que ele levara a cabo uma experiência tão melindrosa e complicada, e determinou recolhê-lo imediatamente à Casa Verde; deu-lhe, todavia, um dos melhores cubículos.

Os alienados foram alojados por classes. Fez-se uma galeria de modestos, isto é, dos loucos em quem predominava esta perfeição moral; outra de tolerantes, outra de verídicos, outra de símplices, outra de leais, outra de magnânimos, outra de sagazes, outra de sinceros, etc. Naturalmente, as famílias e os amigos dos reclusos bradavam contra a teoria; e alguns tentaram compelir a Câmara a cassar a licença. A Câmara, porém, não esquecera a linguagem do vereador Galvão, e se cassasse a licença, vê-lo-ia na rua, e restituído ao lugar; pelo que, recusou. Simão Bacamarte oficiou aos vereadores, não agradecendo, mas felicitando-os por esse ato de vingança pessoal.

Desenganados da legalidade, alguns principais da vila recorreram secretamente ao barbeiro Porfírio e afiançaram-lhe todo o apoio de gente, dinheiro e influência na corte, se ele se pusesse à testa de outro movimento contra a Câmara e o alienista. O barbeiro respondeu-lhes que não; que a ambição o levara da primeira vez a transgredir as leis, mas que ele se emendara, reconhecendo o erro próprio e a pouca consistência da opinião dos seus mesmos sequazes; que a Câmara entendera autorizar a nova experiência do alienista, por um ano: cumpria, ou esperar o fim do prazo, ou requerer ao vice-rei, caso a mesma Câmara rejeitasse o pedido. Jamais aconselharia o emprego de um recurso que ele viu falhar em suas mãos, e isso a troco de mortes e ferimentos que seriam o seu eterno remorso.

– O que é que me está dizendo? – perguntou o alienista quando um agente secreto lhe contou a conversação do barbeiro com os principais da vila.

Dois dias depois o barbeiro era recolhido à Casa Verde. – Preso por ter cão, preso por não ter cão! exclamou o infeliz.

Chegou o fim do prazo, a Câmara autorizou um prazo suplementar de seis meses para ensaio dos meios terapêuticos. O desfecho deste episódio da crônica itaguaiense é de tal ordem, e tão inesperado, que merecia nada menos de dez capítulos de exposição; mas contento-me com um, que será o remate da narrativa, e um dos mais belos exemplos de convicção científica e abnegação humana.

XIII
PLUS ULTRA!

Era a vez da terapêutica. Simão Bacamarte, ativo e sagaz em descobrir enfermos, excedeu-se ainda na diligência e penetração com que principiou a tratá-los. Neste ponto todos os cronistas estão de pleno acordo: o ilustre alienista fez curas pasmosas, que excitaram a mais viva admiração em Itaguaí.

Com efeito, era difícil imaginar mais racional sistema terapêutico. Estando os loucos divididos por classes, segundo a perfeição moral que em cada um deles excedia às outras, Simão Bacamarte cuidou em atacar de frente a qualidade predominante. Suponhamos um modesto. Ele aplicava a medicação que pudesse incutir-lhe o sentimento oposto; e não ia logo às doses máximas, – graduava-as, conforme o estado, a idade, o temperamento, a posição social do enfermo. Às vezes bastava uma casaca, uma fita, uma cabeleira, uma bengala, para restituir a razão ao alienado; em outros casos a moléstia era mais rebelde; recorria então aos anéis de brilhantes, às distinções honoríficas, etc. Houve um doente, poeta, que resistiu a tudo. Simão Bacamarte começava a desesperar da cura, quando teve ideia de mandar correr matraca, para o fim de o apregoar como um rival de Garção e de Píndaro.

– Foi um santo remédio – contava a mãe do infeliz a uma comadre –; foi um santo remédio.

Outro doente, também modesto, opôs a mesma rebeldia à medicação; mas não sendo escritor (mal sabia assinar o nome), não se lhe podia aplicar o remédio da matraca. Simão Bacamarte lembrou-se de pedir para ele o lugar de secretário da Academia dos Encobertos estabelecida em Itaguaí. Os lugares de presidente e secretários eram de nomeação régia, por especial graça do finado rei d. João V, e implicavam o tratamento de Excelência e o uso de uma placa de ouro no chapéu. O governo de Lisboa recusou o diploma; mas representando o alienista que o não pedia como prêmio honorífico ou distinção legítima, e somente como um meio terapêutico para um caso difícil, o governo cedeu excepcionalmente à súplica; e ainda assim não o fez sem extraordinário esforço do ministro de marinha e ultramar, que vinha a ser primo do alienado. Foi outro santo remédio.

– Realmente, é admirável! – dizia-se nas ruas, ao ver a expressão sadia e enfunada dos dois ex-dementes.

Tal era o sistema. Imagina-se o resto. Cada beleza moral ou mental era atacada no ponto em que a perfeição parecia mais sólida; e o efeito era certo. Nem sempre era certo. Casos houve em que a qualidade predominante resistia a tudo; então, o alienista atacava outra parte, aplicando à terapêutica o método da estratégia militar, que toma uma fortaleza por um ponto, se por outro o não pode conseguir.

No fim de cinco meses e meio estava vazia a Casa Verde; todos curados! O vereador Galvão tão cruelmente afligido de moderação e equidade, teve a felicidade de perder um tio; digo felicidade, porque o tio deixou um testamento ambíguo, e ele obteve uma boa interpretação, corrompendo os juízes, e embaçando os outros herdeiros. A sinceridade do alienista manifestou-se nesse lance; confessou ingenuamente que não teve parte na cura: foi a simples *vis medicatrix* da natureza. Não aconteceu o mesmo com o padre Lopes. Sabendo o alienista que ele ignorava perfeitamente o hebraico e o grego, incumbiu-o de fazer uma análise crítica da versão dos Setenta; o padre aceitou a incumbência, e em boa hora o fez; ao cabo de dois meses possuía um livro e a liberdade. Quanto à senhora do boticário, não ficou muito tempo na célula que lhe coube, e onde aliás lhe não faltaram carinhos.

– Por que é que o Crispim não vem visitar-me? – dizia ela todos os dias.

Respondiam-lhe ora uma coisa, ora outra; afinal disseram-lhe a verdade inteira. A digna matrona não pôde conter a indignação e a vergonha. Nas explosões da cólera escaparam-lhe expressões soltas e vagas, como estas:

– Tratante!... velhaco!... ingrato!... Um patife que tem feito casas à custa de unguentos falsificados e podres... Ah! tratante!...

Simão Bacamarte advertiu que, ainda quando não fosse verdadeira a acusação contida nestas palavras, bastavam elas para mostrar que a excelente senhora estava enfim restituída ao perfeito desequilíbrio das faculdades; e prontamente lhe deu alta.

Agora, se imaginais que o alienista ficou radiante ao ver sair o último hóspede da Casa Verde, mostrais com isso que ainda não conheceis o nosso homem. *Plus ultra!* era a sua divisa. Não lhe bastava ter descoberto a teoria verdadeira da loucura; não o contentava ter estabelecido em Itaguaí o reinado da razão. *Plus ultra!* Não ficou alegre, ficou preocupado, cogitativo; alguma coisa lhe dizia que a teoria nova tinha, em si mesma, outra e novíssima teoria.

– Vejamos – pensava ele –, vejamos se chego enfim à última verdade.

Dizia isto, passeando ao longo da vasta sala, onde fulgurava a mais rica biblioteca dos domínios ultramarinos de Sua Majestade. Um amplo chambre de damasco, preso à cintura por um cordão de seda, com borlas de ouro (presente de uma Universidade) envolvia o corpo majestoso e austero do ilustre alienista. A cabeleira cobria-lhe uma extensa e nobre calva adquirida nas cogitações quotidianas da ciência. Os pés, não delgados e femininos, não graúdos e mariolas, mas proporcionados ao vulto, eram resguardados por um par de sapatos cujas fivelas não passavam de simples e modesto latão. Vêde a diferença: – só se lhe notava luxo naquilo que era de origem científica; o que propriamente vinha dele trazia a cor da moderação e da singeleza, virtudes tão ajustadas à pessoa de um sábio.

Era assim que ele ia, o grande alienista, de um cabo a outro da vasta biblioteca, metido em si mesmo, estranho a todas as coisas que não fosse o tenebroso problema da patologia cerebral. Súbito, parou. Em pé, diante de uma janela, com o cotovelo esquerdo apoiado na mão direita, aberta, e o queixo na mão esquerda, fechada, perguntou ele a si:

– Mas deveras estariam eles doidos, e foram curados por mim – ou o que pareceu cura não foi mais do que a descoberta do perfeito desequilíbrio do cérebro?

E cavando por aí abaixo, eis o resultado a que chegou: os cérebros bem organizados que ele acabava de curar eram tão desequilibrados como os outros. Sim, dizia ele consigo, eu não posso ter a pretensão de haver-lhes incutido um sentimento ou uma faculdade nova; uma e outra coisa existiam no estado latente, mas existiam.

Chegado a esta conclusão, o ilustre alienista teve duas sensações contrárias, uma de gozo, outra de abatimento. A de gozo foi por ver que, ao cabo de longas e pacientes investigações, constantes trabalhos, luta ingente com o povo, podia afirmar esta verdade: – não havia loucos em Itaguaí; Itaguaí não possuía um só mentecapto. Mas tão depressa esta ideia lhe refrescara a alma, outra apareceu que neutralizou o primeiro efeito; foi a ideia da dúvida. Pois quê! Itaguaí não possuiria um único cérebro concertado? Esta conclusão tão absoluta não seria por isso mesmo errônea, e não vinha, portanto, destruir o largo e majestoso edifício da nova doutrina psicológica?

A aflição do egrégio Simão Bacamarte é definida pelos cronistas itaguaienses como uma das mais medonhas tempestades morais que têm desabado sobre o homem. Mas as tempestades só aterram os fracos; os fortes enrijam-se contra elas e fitam o trovão. Vinte minutos depois alumiou-se a fisionomia do alienista de uma suave claridade.

– Sim, há de ser isso – pensou ele.

Isso é isto. Simão Bacamarte achou em si os característicos do perfeito equilíbrio mental e moral; pareceu-lhe que possuía a sagacidade, a paciência, a perseverança, a tolerância, a veracidade, o vigor moral, a lealdade, todas as qualidades enfim que podem formar um acabado mentecapto. Duvidou logo, é certo, e chegou mesmo a concluir que era ilusão; mas sendo homem prudente, resolveu convocar um conselho de amigos, a quem interrogou com franqueza. A opinião foi afirmativa.

– Nenhum defeito?

– Nenhum – disse em coro a assembleia.

– Nenhum vício?

– Nada.

– Tudo perfeito?

– Tudo.

– Não, impossível. – bradou o alienista. – Digo que não sinto em mim essa superioridade que acabo de ver definir com tanta magnificência. A simpatia é que vos faz falar. Estudo-me e nada acho que justifique os excessos da vossa bondade.

A assembleia insistiu; o alienista resistiu; finalmente o padre Lopes explicou tudo com este conceito digno de um observador:

– Sabe a razão por que não vê as suas elevadas qualidades, que aliás todos nós admiramos? É porque tem ainda uma qualidade que realça as outras: – a modéstia.

Era decisivo. Simão Bacamarte curvou a cabeça, juntamente alegre e triste, e ainda mais alegre do que triste. Ato contínuo, recolheu-se à Casa Verde. Em vão a mulher e os amigos lhe disseram que ficasse, que estava perfeitamente são e equilibrado: nem rogos nem sugestões nem lágrimas o detiveram um só instante.

– A questão é científica – dizia ele –; trata-se de um doutrina nova, cujo primeiro exemplo sou eu. Reúno em mim mesmo a teoria e a prática.

– Simão! Simão! meu amor! – dizia-lhe a esposa com o rosto lavado em lágrimas.

Mas o ilustre médico, com os olhos acesos da convicção científica, trancou os ouvidos à saudade da mulher, e brandamente a repeliu. Fechada a porta da Casa Verde, entregou-se ao estudo e à cura de si mesmo. Dizem os cronistas que ele morreu dali a dezessete meses, no mesmo estado em que entrou, sem ter podido alcançar nada. Alguns chegam ao ponto de conjecturar que nunca houve outro louco, além dele, em Itaguaí; mas esta opinião, fundada em um boato que correu desde que o alienista expirou, não tem outra prova, senão o boato; e boato duvidoso, pois é atribuído ao padre Lopes, que com tanto fogo realçara as qualidades do grande homem. Seja como for, efetuou-se o enterro com muita pompa e rara solenidade.

PAPÉIS AVULSOS (1882)

TEORIA DO MEDALHÃO

DIÁLOGO

— Estás com sono?

— Não, senhor.

— Nem eu; conversemos um pouco. Abre a janela. Que horas são?

— Onze.

— Saiu o último conviva do nosso modesto jantar. Com que, meu peralta, chegaste aos teus vinte e um anos. Há vinte e um anos, no dia 5 de agosto de 1854, vinhas tu à luz, um pirralho de nada, e estás homem, longos bigodes, alguns namoros...

— Papai...

— Não te ponhas com denguices, e falemos como dois amigos sérios. Fecha aquela porta; vou dizer-te coisas importantes. Senta-te e conversemos. Vinte e um anos, algumas apólices, um diploma, podes entrar no parlamento, na magistratura, na imprensa, na lavoura, na indústria, no comércio, nas letras ou nas artes. Há infinitas carreiras diante de ti. Vinte e um anos, meu rapaz, formam apenas a primeira sílaba do nosso destino. Os mesmos Pitt e Napoleão, apesar de precoces, não foram tudo aos vinte e um anos. Mas, qualquer que seja a profissão da tua escolha, o meu desejo é que te faças grande e ilustre, ou pelo menos notável, que te levantes acima da obscuridade comum. A vida, Janjão, é uma enorme loteria; os prêmios são poucos, os malogrados inúmeros, e com os suspiros de uma geração é que se amassam as esperanças de outra. Isto é a vida; não há planger, nem imprecar, mas aceitar as coisas integralmente, com seus ônus e percalços, glórias e desdouros, e ir por diante.

— Sim, senhor.

– Entretanto, assim como é de boa economia guardar um pão para a velhice, assim também é de boa prática social acautelar um ofício para a hipótese de que os outros falhem, ou não indenizem suficientemente o esforço da nossa ambição. É isto o que te aconselho hoje, dia da tua maioridade.

– Creia que lhe agradeço; mas que ofício, não me dirá?

– Nenhum me parece mais útil e cabido que o de medalhão. Ser medalhão foi o sonho da minha mocidade; faltaram-me, porém, as instruções de um pai, e acabo como vês, sem outra consolação e relevo moral, além das esperanças que deposito em ti. Ouve-me bem, meu querido filho, ouve-me e entende. És moço, tens naturalmente o ardor, a exuberância, os improvisos da idade; não os rejeites, mas modera-os de modo que aos quarenta e cinco anos possas entrar francamente no regime do aprumo e do compasso. O sábio que disse: "a gravidade é um mistério do corpo", definiu a compostura do medalhão. Não confundas essa gravidade com aquela outra que, embora resida no aspecto, é um puro reflexo ou emanação do espírito; essa é do corpo, tão-somente do corpo, um sinal da natureza ou um jeito da vida. Quanto à idade de quarenta e cinco anos...

– É verdade, por que quarenta e cinco anos?

– Não é, como podes supor, um limite arbitrário, filho do puro capricho; é a data normal do fenômeno. Geralmente, o verdadeiro medalhão começa a manifestar-se entre os quarenta e cinco e cinquenta anos, conquanto alguns exemplos se deem entre os cinquenta e cinco e os sessenta; mas estes são raros. Há-os também de quarenta anos, e outros mais precoces, de trinta e cinco e de trinta; não são, todavia, vulgares. Não falo dos de vinte e cinco anos: esse madrugar é privilégio do gênio.

– Entendo.

– Venhamos ao principal. Uma vez entrado na carreira, deves pôr todo o cuidado nas ideias que houveres de nutrir para uso alheio e próprio. O melhor será não as ter absolutamente; coisa que entenderás bem, imaginando, por exemplo, um ator defraudado do uso de um braço. Ele pode, por um milagre de artifício, dissimular o defeito aos olhos da plateia; mas era muito melhor dispor dos dois. O mesmo se dá com as ideias; pode-se, com violência, abafá-las, escondê-las até à morte; mas nem essa habilidade é comum, nem tão constante esforço conviria ao exercício da vida.

– Mas quem lhe diz que eu...

– Tu, meu filho, se me não engano, pareces dotado da perfeita inópia mental, conveniente ao uso deste nobre ofício. Não me refiro tanto à fidelidade com que repetes numa sala as opiniões ouvidas numa esquina, e vice-versa, porque esse fato, posto indique certa carência de ideias, ainda assim pode não passar de uma traição da memória. Não; refiro-me ao gesto correto e perfilado com que usas expender francamente as tuas simpatias ou antipatias acerca do corte de um colete, das dimensões de um chapéu, do ranger ou calar das botas novas. Eis aí um sintoma eloquente, eis aí uma esperança. No entanto, podendo acontecer que, com a idade, venhas a ser afligido de algumas ideias próprias, urge aparelhar fortemente o espírito. As ideias são de sua natureza espontâneas e súbitas; por mais que as sofreemos, elas irrompem e precipitam-se. Daí a certeza com que o vulgo, cujo faro é extremamente delicado, distingue o medalhão completo do medalhão incompleto.

– Creio que assim seja; mas um tal obstáculo é invencível.

– Não é; há um meio; é lançar mão de um regime debilitante, ler compêndios de retórica, ouvir certos discursos, etc. O voltarete, o dominó e o *whist* são remédios aprovados. O *whist* tem até a rara vantagem de acostumar ao silêncio, que é a forma mais acentuada da circunspecção. Não digo o mesmo da natação, da equitação e da ginástica, embora elas façam repousar o cérebro; mas por isso mesmo que o fazem repousar, restituem-lhe as forças e a atividade perdidas. O bilhar é excelente.

– Como assim, se também é um exercício corporal?

– Não digo que não, mas há coisas em que a observação desmente a teoria. Se te aconselho excepcionalmente o bilhar é porque as estatísticas mais escrupulosas mostram que três quartas partes dos habituados do taco partilham as opiniões do mesmo taco. O passeio nas ruas, mormente nas de recreio e parada é utilíssimo, com a condição de não andares desacompanhado, porque a solidão é oficina de ideias, e o espírito deixado a si mesmo, embora no meio da multidão, pode adquirir uma tal ou qual atividade.

– Mas se eu não tiver à mão um amigo apto e disposto a ir comigo?

– Não faz mal; tens o valente recurso de mesclar-te aos pasmatórios, em que toda a poeira da solidão se dissipa. As livrarias, ou por causa da atmosfera do lugar, ou por qualquer outra razão que me escapa, não são propícias ao nosso fim; e, não obstante, há grande conveniência em entrar por elas, de quando em quando, não digo às ocultas, mas às escâncaras. Podes resolver a dificuldade de um modo simples: vai ali falar do boato do dia, da anedota da semana, de um contrabando, de uma calúnia, de um cometa, de qualquer coisa, quando não prefiras interrogar diretamente os leitores habituais das belas crônicas de Mazade; setenta e cinco por cento desses estimáveis cavalheiros repetir-te-ão as mesmas opiniões, e uma tal monotonia é grandemente saudável. Com este regime, durante oito, dez, dezoito meses – suponhamos dois anos – reduzes o intelecto, por mais pródigo que seja, à sobriedade, à disciplina, ao equilíbrio comum. Não trato do vocabulário, porque ele está subentendido no uso das ideias; há de ser naturalmente simples, tíbio, apoucado, sem notas vermelhas, sem cores de clarim...

— Isto é o diabo! Não poder adornar o estilo, de quando em quando...

— Podes; podes empregar umas quantas figuras expressivas, a hidra de Lerna, por exemplo, a cabeça de Medusa, o tonel das Danaides, as asas de Ícaro, e outras, que românticos, clássicos e realistas empregam sem desar, quando precisam delas. Sentenças latinas, ditos históricos, versos célebres, brocardos jurídicos, máximas, é de bom aviso trazê-los contigo para os discursos de sobremesa, de felicitação, ou de agradecimento. *Caveant, consules* é um excelente fecho de artigo político; o mesmo direi do *Si vis pacem para bellum*. Alguns costumam renovar o sabor de uma citação intercalando-a numa frase nova, original e bela, mas não te aconselho esse artifício; seria desnaturar-lhe as graças vetustas. Melhor do que tudo isso, porém, que afinal não passa de mero adorno, são as frases feitas, as locuções convencionais, as fórmulas consagradas pelos anos, incrustadas na memória individual e pública. Essas fórmulas têm a vantagem de não obrigar os outros a um esforço inútil. Não as relaciono agora, mas fá-lo-ei por escrito. De resto, o mesmo ofício te irá ensinando os elementos dessa arte difícil de pensar o pensado. Quanto à utilidade de um tal sistema, basta figurar uma hipótese. Faz-se uma lei, executa-se, não produz efeito, subsiste o mal. Eis aí uma questão que pode aguçar as curiosidades vadias, dar ensejo a um inquérito pedantesco, a uma coleta fastidiosa de documentos e observações, análise das causas prováveis, causas certas, causas possíveis, um estudo infinito das aptidões do sujeito reformado, da natureza do mal, da manipulação do remédio, das circunstâncias da aplicação; matéria, enfim, para todo um andaime de palavras, conceitos, e desvarios. Tu poupas aos teus semelhantes todo esse imenso arranzel, tu dizes simplesmente: Antes das leis, reformemos os costumes! – E esta frase sintética, transparente, límpida, tirada ao pecúlio comum, resolve mais depressa o problema, entra pelos espíritos como um jorro súbito de sol.

— Vejo por aí que vosmecê condena toda e qualquer aplicação de processos modernos.

— Entendamo-nos. Condeno a aplicação, louvo a denominação. O mesmo direi de toda a recente terminologia científica; deves decorá-la.

Conquanto o rasgo peculiar do medalhão seja uma certa atitude de deus Término, e as ciências sejam obra do movimento humano, como tens de ser medalhão mais tarde, convém tomar as armas do teu tempo. E de duas uma: – ou elas estarão usadas e divulgadas daqui a trinta anos, ou conservar-se-ão novas: no primeiro caso, pertencem-te de foro próprio; no segundo, podes ter a coquetice de as trazer, para mostrar que também és pintor. De oitiva, com o tempo, irás sabendo a que leis, casos e fenômenos responde toda essa terminologia; porque o método de interrogar os próprios mestres e oficiais da ciência, nos seus livros, estudos e memórias, além de tedioso e cansativo, traz o perigo de inocular ideias novas, e é radicalmente falso. Acresce que no dia em que viesses a assenhorear-te do espírito daquelas leis e fórmulas, serias provavelmente levado a empregá-las com um tal ou qual comedimento, como a costureira – esperta e afreguesada, – que, segundo um poeta clássico,

Quanto mais pano tem, mais poupa o corte,
Menos monte alardeia de retalhos;

e este fenômeno, tratando-se de um medalhão, é que não seria científico.

– Upa! que a profissão é difícil.

– E ainda não chegamos ao cabo.

– Vamos a ele.

– Não te falei ainda dos benefícios da publicidade. A publicidade é uma dona loureira e senhoril, que tu deves requestar à força de pequenos mimos, confeitos, almofadinhas, coisas miúdas, que antes exprimem a constância do afeto do que o atrevimento e a ambição. Que dom Quixote solicite os favores dela mediante ações heroicas ou custosas é um sestro próprio desse ilustre lunático. O verdadeiro medalhão tem outra política. Longe de inventar um *Tratado científico da criação dos carneiros*, compra um carneiro e dá-o aos amigos sob a forma de um jantar, cuja notícia não pode ser indiferente aos seus concidadãos. Uma notícia traz outra; cinco, dez, vinte vezes põe o teu nome ante os olhos do mundo. Comissões ou deputações para felicitar um agraciado, um benemérito, um forasteiro, têm singulares merecimentos, e assim as irmandades e associações diversas, sejam mitológicas, cinegéticas ou coreográficas. Os sucessos de certa ordem, embora de pouca monta, podem ser trazidos a lume, contanto que ponham em relevo a tua pessoa. Explico-me. Se caíres de um carro, sem outro dano, além do susto, é útil mandá-lo dizer aos quatro ventos, não pelo fato em si, que é insignificante, mas pelo efeito de recordar um nome caro às afeições gerais. Percebeste?

— Percebi.

— Essa é publicidade constante, barata, fácil, de todos os dias; mas há outra. Qualquer que seja a teoria das artes, é fora de dúvida que o sentimento da família, a amizade pessoal e a estima pública instigam à reprodução das feições de um homem amado ou benemérito. Nada obsta a que sejas objeto de uma tal distinção, principalmente se a sagacidade dos amigos não achar em ti repugnância. Em semelhante caso, não só as regras da mais vulgar polidez mandam aceitar o retrato ou o busto, como seria desazado impedir que os amigos o expusessem em qualquer casa pública. Dessa maneira o nome fica ligado à pessoa; os que houverem lido o teu recente discurso (suponhamos) na sessão inaugural da União dos Cabeleireiros, reconhecerão na compostura das feições o autor dessa obra grave, em que a "alavanca do progresso" e "o suor do trabalho", vencem as "fauces hiantes" da miséria. No caso de que uma comissão te leve à casa o retrato, deves agradecer-lhe o obséquio com um discurso cheio de gratidão e um copo d'água: é uso antigo, razoável e honesto. Convidarás então os melhores amigos, os parentes, e, se for possível, uma ou duas pessoas de representação. Mais. Se esse dia é um dia de glória ou regozijo, não vejo que possas, decentemente, recusar um lugar à mesa aos repórteres dos jornais. Em todo caso, se as obrigações desses cidadãos os retiverem noutra parte, podes ajudá-los de certa maneira, redigindo tu mesmo, a notícia da festa; e, dado que por um tal ou qual escrúpulo, aliás desculpável, não queiras com a própria mão anexar ao teu nome os qualificativos dignos dele, incumbe a notícia a algum amigo ou parente.

— Digo-lhe que o que vosmecê me ensina não é nada fácil.

— Nem eu te digo outra coisa. É difícil, come tempo, muito tempo, leva anos, paciência, trabalho, e felizes os que chegam a entrar na terra prometida! Os que lá não penetram, engole-os a obscuridade. Mas os que triunfam! E tu triunfarás, crê-me. Verás cair as muralhas de Jericó ao som das trompas sagradas. Só então poderás dizer que estás fixado. Começa nesse dia a tua fase de ornamento indispensável, de figura obrigada, de rótulo. Acabou-se a necessidade de farejar ocasiões, comissões, irmandades; elas virão ter contigo, com o seu ar pesadão e cru de substantivos desadjetivados, e tu serás o adjetivo dessas orações opacas, o *odorífero* das flores, o *anilado* dos céus, o *prestimoso* dos cidadãos, o *noticioso* e *suculento* dos relatórios. E ser isso é o principal, porque o adjetivo é a alma do idioma, a sua porção idealista e metafísica. O substantivo é a realidade nua e crua, é o naturalismo do vocabulário.

– E parece-lhe que todo esse ofício é apenas um sobressalente para os déficits da vida?

– Decerto; não fica excluída nenhuma outra atividade.

– Nem política?

– Nem política. Toda a questão é não infringir as regras e obrigações capitais. Podes pertencer a qualquer partido, liberal ou conservador, republicano ou ultramontano, com a cláusula única de não ligar nenhuma ideia especial a esses vocábulos, e reconhecer-lhe somente a utilidade do *scibboleth* bíblico.

– Se for ao parlamento, posso ocupar a tribuna?

– Podes e deves; é um modo de convocar a atenção pública. Quanto à matéria dos discursos, tens à escolha: – ou os negócios miúdos, ou a metafísica política, mas prefere a metafísica. Os negócios miúdos, força é confessá-lo, não desdizem daquela chateza de bom-tom, própria de um medalhão acabado; mas, se puderes, adota a metafísica; – é mais fácil e mais atraente. Supõe que deseja saber por que motivo a 7ª. companhia de infantaria foi transferida de Uruguaiana para Canguçu; serás ouvido tão-somente pelo ministro da guerra, que te explicará em dez minutos as razões desse ato. Não assim a metafísica. Um discurso de metafísica política apaixona naturalmente os partidos e o público, chama os apartes e as respostas. E depois não obriga a pensar e descobrir. Nesse ramo dos conhecimentos humanos tudo está achado, formulado, rotulado, encaixotado; é só prover os alforjes da memória. Em todo caso, não transcendas nunca os limites de uma invejável vulgaridade.

– Farei o que puder. Nenhuma imaginação?

– Nenhuma; antes faze correr o boato de que um tal dom é ínfimo.

– Nenhuma filosofia?

– Entendamo-nos: no papel e na língua alguma, na realidade nada. "Filosofia da história", por exemplo, é uma locução que deves empregar com frequência, mas proíbo-te que chegues a outras conclusões que não sejam as já achadas por outros. Foge a tudo que possa cheirar a reflexão, originalidade, etc., etc.

– Também ao riso?

– Como ao riso?

– Ficar sério, muito sério...

– Conforme. Tens um gênio folgazão, prazenteiro, não hás de sofreá-lo nem eliminá-lo; podes brincar e rir alguma vez. Medalhão não quer dizer melancólico. Um grave pode ter seus momentos de expansão alegre. Somente – e este ponto é melindroso...

– Diga.

– Somente não deves empregar a ironia, esse movimento ao canto da boca, cheio de mistérios, inventado por algum grego da decadência, contraído por Luciano, transmitido a Swift e Voltaire, feição própria dos céticos e desabusados. Não. Usa antes a chalaça, a nossa boa chalaça amiga, gorducha, redonda, franca, sem biocos, nem véus, que se mete pela cara dos outros, estala como uma palmada, faz pular o sangue nas veias, e arrebentar de riso os suspensórios. Usa a chalaça. Que é isto?

– Meia-noite.

– Meia-noite? Entras nos teus vinte e dois anos, meu peralta; estás definitivamente maior. Vamos dormir, que é tarde. Rumina bem o que te disse, meu filho. Guardadas as proporções, a conversa desta noite vale o *Príncipe* de Maquiavel. Vamos dormir.

PAPÉIS AVULSOS (1882)

A SERENÍSSIMA REPÚBLICA

CONFERÊNCIA DO CÔNEGO VARGAS

Meus senhores,

Antes de comunicar-vos uma descoberta, que reputo de algum lustre para o nosso país, deixai que vos agradeça a prontidão com que acudistes ao meu chamado. Sei que um interesse superior vos trouxe aqui; mas não ignoro também – e fora ingratidão ignorá-lo – que um pouco de simpatia pessoal se mistura à vossa legítima curiosidade científica. Oxalá possa eu corresponder a ambas.

Minha descoberta não é recente; data do fim do ano de 1876. Não a divulguei então – e, a não ser o *Globo*, interessante diário desta capital, não a divulgaria ainda agora – por uma razão que achará fácil entrada no vosso espírito. Esta obra de que venho falar-vos, carece de retoques últimos, de verificações e experiências complementares. Mas o *Globo* noticiou que um sábio inglês descobriu a linguagem fônica dos insetos, e cita o estudo feito com as moscas. Escrevi logo para a Europa e aguardo as respostas com ansiedade. Sendo certo, porém, que pela navegação aérea, invento do padre Bartolomeu, é glorificado o nome estrangeiro, enquanto o do nosso patrício mal se pode dizer lembrado dos seus naturais, determinei evitar a sorte do insigne Voador, vindo a esta tribuna, proclamar alto e bom som, à face do universo, que muito antes daquele sábio, e fora das ilhas britânicas, um modesto naturalista descobriu coisa idêntica, e fez com ela obra superior.

Senhores, vou assombrar-vos, como teria assombrado a Aristóteles, se lhe perguntasse: Credes que se possa dar um regime social às aranhas? Aristóteles responderia negativamente, como vós todos, porque é impossível crer que jamais se chegasse a organizar socialmente esse articulado arisco, solitário, apenas disposto ao trabalho, e dificilmente ao amor. Pois bem, esse impossível fi-lo eu.

Ouço um riso, no meio do sussurro de curiosidade. Senhores, cumpre vencer os preconceitos. A aranha parece-vos inferior, justamente porque não a conheceis. Amais o cão, prezais o gato e a galinha, e não advertis que a aranha não pula nem ladra como o cão, não mia como o gato, não cacareja como a galinha, não zune nem morde como o mosquito, não nos leva o sangue e o sono como a pulga. Todos esses bichos são o modelo acabado da vadiação e do parasitismo. A mesma formiga, tão gabada por certas qualidades boas, dá no nosso açúcar e nas nossas plantações, e funda a sua propriedade roubando a alheia. A aranha, senhores, não nos aflige nem defrauda; apanha as moscas, nossas inimigas, fia, tece, trabalha e morre. Que melhor exemplo de paciência, de ordem, de previsão, de respeito e de humanidade? Quanto aos seus talentos, não há duas opiniões. Desde Plínio até Darwin, os naturalistas do mundo inteiro formam um só coro de admiração em torno desse bichinho, cuja maravilhosa teia a vassoura inconsciente do vosso criado destrói em menos de um minuto. Eu repetiria agora esses juízos, se me sobrasse tempo; a matéria, porém, excede o prazo, sou constrangido a abreviá-la. Tenho-os aqui, não todos, mas quase todos; tenho, entre eles, esta excelente monografia de Büchner, que com tanta sutileza estudou a vida psíquica dos animais. Citando Darwin e Büchner, é claro que me restrinjo à homenagem cabida a dois sábios de primeira ordem, sem de nenhum modo absolver (e as minhas vestes o proclamam) as teorias gratuitas e errôneas do materialismo.

Sim, senhores, descobri uma espécie araneida que dispõe do uso da fala; coligi alguns, depois muitos dos novos articulados, e organizei-os socialmente. O primeiro exemplar dessa aranha maravilhosa apareceu-me no dia 15 de dezembro de 1876. Era tão vasta, tão colorida, dorso rubro, com listras azuis, transversais, tão rápida nos movimentos, e às vezes tão alegre, que de todo me cativou a atenção. No dia seguinte vieram mais três, e as quatro tomaram posse de um recanto de minha chácara. Estudei-as longamente; achei-as admiráveis. Nada, porém, se pode comparar ao pasmo que me causou a descoberta do idioma araneida, uma língua, senhores, nada menos que uma língua rica e variada, com a sua estrutura sintática, os seus verbos, conjugações, declinações, casos latinos e formas onomatopaicas, uma língua que estou gramaticando para uso das academias, como o fiz sumariamente para meu próprio uso. E fi-lo, notai bem, vencendo dificuldades aspérrimas com uma paciência extraordinária. Vinte vezes desanimei; mas o amor da ciência dava-me forças para arremeter a um trabalho, que hoje declaro, não chegaria a ser feito duas vezes na vida do mesmo homem.

Guardo para outro recinto a descrição técnica do meu aracnídeo, e a análise da língua. O objeto desta conferência é, como disse, ressalvar os direitos da ciência brasileira, por meio de um protesto em tempo; e, isto feito, dizer-vos a parte em que reputo a minha obra superior à do sábio de Inglaterra. Devo demonstrá-lo, e para este ponto chamo a vossa atenção.

Dentro de um mês tinha comigo vinte aranhas; no mês seguinte cinquenta e cinco; em março de 1877 contava quatrocentas e noventa. Duas forças serviram principalmente à empresa de as congregar: – o emprego da língua delas, desde que pude discerni-la um pouco, e o sentimento de terror que lhes infundi. A minha estatura, as vestes talares, o uso do mesmo idioma, fizeram-lhes crer que era eu o deus das aranhas, e desde então adoraram-me. E vede o benefício desta ilusão. Como as acompanhasse com muita atenção e miudeza, lançando em um livro as observações que fazia, cuidaram que o livro era o registro dos seus pecados, e fortaleceram-se ainda mais na prática das virtudes. A flauta também foi um grande auxiliar. Como sabeis, ou deveis saber, elas são doidas por música.

Não bastava associá-las; era preciso dar-lhes um governo idôneo. Hesitei na escolha; muitos dos atuais pareciam-me bons, alguns excelentes, mas todos tinham contra si o existirem. Explico-me. Uma forma vigente de governo ficava exposta a comparações que poderiam amesquinhá-la. Era-me preciso, ou achar uma forma nova, ou restaurar alguma outra abandonada. Naturalmente adotei o segundo alvitre, e nada me pareceu mais acertado do que uma república, à maneira de Veneza, o mesmo molde, e até o mesmo epíteto. Obsoleto, sem nenhuma analogia, em suas feições gerais, com qualquer outro governo vivo, cabia-lhe ainda a vantagem de um mecanismo complicado – o que era meter à prova as aptidões políticas da jovem sociedade.

Outro motivo determinou a minha escolha. Entre os diferentes modos eleitorais da antiga Veneza, figurava o do saco e bolas, iniciação dos filhos da nobreza no serviço do Estado. Metiam-se as bolas com os nomes dos candidatos no saco, e extraía-se anualmente um certo número, ficando os eleitos desde logo aptos para as carreiras públicas. Este sistema fará rir aos doutores do sufrágio; a mim não. Ele exclui os desvarios da paixão, os desazos da inépcia, o congresso da corrupção e da cobiça. Mas não foi só por isso que o aceitei; tratando-se de um povo tão exímio na fiação de suas teias, o uso do saco eleitoral era de fácil adaptação, quase uma planta indígena.

A proposta foi aceita. Sereníssima República pareceu-lhes um título magnífico, roçagante, expansivo, próprio a engrandecer a obra popular.

Não direi, senhores, que a obra chegou à perfeição, nem que lá chegue tão cedo. Os meus pupilos não são os solários de Campanella ou os utopistas de Morus; formam um povo recente, que não pode trepar de um salto ao cume das nações seculares. Nem o tempo é operário que ceda a outro a lima ou o alvião; ele fará mais e melhor do que as teorias do papel, válidas no papel e mancas na prática. O que posso afirmar-vos é que, não obstante as incertezas da idade, eles caminham, dispondo de algumas virtudes, que presumo, essenciais à duração de um Estado. Uma delas, como já disse, é a perseverança, uma longa paciência de Penélope, segundo vou mostrar-vos.

Com efeito, desde que compreenderam que no ato eleitoral estava a base da vida pública, trataram de o exercer com a maior atenção. O fabrico do saco foi uma obra nacional. Era um saco de cinco polegadas de altura e três de largura, tecido com os melhores fios, obra sólida e espessa. Para compô-lo foram aclamadas dez damas principais, que receberam o título de mães da república, além de outros privilégios e foros. Uma obra-prima, podeis crê-lo. O processo eleitoral é simples. As bolas recebem os nomes dos candidatos, que provarem certas condições, e são escritas por um oficial público, denominado "das inscrições". No dia da eleição, as bolas são metidas no saco e tiradas pelo oficial das extrações, até perfazer o número dos elegendos. Isto que era um simples processo inicial na antiga Veneza, serve aqui ao provimento de todos os cargos.

A eleição fez-se a princípio com muita regularidade; mas, logo depois, um dos legisladores declarou que ela fora viciada, por terem entrado no saco duas bolas com o nome do mesmo candidato. A assembleia verificou a exatidão da denúncia, e decretou que o saco, até ali de três polegadas de largura, tivesse agora duas; limitando-se a capacidade do saco, restringia-se o espaço à fraude, era o mesmo que suprimi-la. Aconteceu, porém, que na eleição seguinte, um candidato deixou de ser inscrito na competente bola, não se sabe se por descuido ou intenção do oficial público. Este declarou que não se lembrava de ter visto o ilustre candidato, mas acrescentou nobremente que não era impossível que ele lhe tivesse dado o nome; neste caso não houve exclusão, mas distração. A assembleia, diante de um fenômeno psicológico inelutável, como é a distração, não pôde castigar o oficial; mas, considerando que a estreiteza do saco podia dar lugar a exclusões odiosas, revogou a lei anterior e restaurou as três polegadas.

Nesse ínterim, senhores, faleceu o primeiro magistrado, e três cidadãos apresentaram-se candidatos ao posto, mas só dois importantes, Hazeroth e Magog, os próprios chefes do partido retilíneo e do partido curvilíneo. Devo explicar-vos estas denominações. Como eles são principalmente geômetras, é a geometria que os divide em política. Uns entendem que a aranha deve fazer as teias com fios retos, é o partido retilíneo; – outros pensam, ao contrário, que as teias devem ser trabalhadas com fios curvos – é o partido curvilíneo. Há ainda um terceiro partido, misto e central, com este postulado: as teias devem ser urdidas de fios retos e fios curvos; é o partido reto-curvilíneo; e finalmente, uma quarta divisão política, o partido antirreto-curvilíneo, que fez tábua rasa de todos os princípios litigantes, e propõe o uso de umas teias urdidas de ar, obra transparente e leve, em que não há linhas de espécie alguma. Como a geometria apenas poderia dividi-los, sem chegar a apaixoná-los, adotaram uma simbólica. Para uns, a linha reta exprime os bons sentimentos, a justiça, a probidade, a inteireza, a constância, etc., ao passo que os sentimentos ruins ou inferiores, como a bajulação, a fraude, a deslealdade, a perfídia, são perfeitamente curvos. Os adversários respondem que não, que a linha curva é a da virtude e do saber, porque é a expressão da modéstia e da humildade; ao contrário, a ignorância, a presunção, a toleima, a parlapatice, são retas, duramente retas. O terceiro partido, menos anguloso, menos exclusivista, desbastou a exageração de uns e outros, combinou os contrastes, e proclamou a simultaneidade das linhas como a exata cópia do mundo físico e moral. O quarto limita-se a negar tudo.

Nem Hazeroth nem Magog foram eleitos. As suas bolas saíram do saco, é verdade, mas foram inutilizadas, a do primeiro por faltar a primeira letra do nome, a do segundo por lhe faltar a última. O nome restante e triunfante era o de um argentário ambicioso, político obscuro, que subiu logo à poltrona ducal, com espanto geral da república. Mas os vencidos não se contentaram de dormir sobre os louros do vencedor; requereram uma devassa. A devassa mostrou que o oficial das inscrições intencionalmente viciara a ortografia de seus nomes. O oficial confessou o defeito e a intenção; mas explicou-os dizendo que se tratava de uma simples elipse; delito, se o era, puramente literário. Não sendo possível perseguir ninguém por defeitos de ortografia ou figuras de retórica, pareceu acertado rever a lei. Nesse mesmo dia ficou decretado que o saco seria feito de um tecido de malhas, através das quais as bolas pudessem ser lidas pelo público, e, *ipso facto*, pelos mesmos candidatos, que assim teriam tempo de corrigir as inscrições.

Infelizmente, senhores, o comentário da lei é a eterna malícia. A mesma porta aberta à lealdade serviu à astúcia de um certo Nabiga, que se conchavou com o oficial das extrações, para haver um lugar na assembleia. A vaga era uma, os candidatos três; o oficial extraiu as bolas com os olhos no cúmplice, que só deixou de abanar negativamente a cabeça, quando a bola pegada foi a sua. Não era preciso mais para condenar a ideia das malhas. A assembleia, com exemplar paciência, restaurou o tecido espesso do regime anterior; mas, para evitar outras elipses, decretou a validação das bolas cuja inscrição estivesse incorreta, uma vez que cinco pessoas jurassem ser o nome inscrito o próprio nome do candidato.

Este novo estatuto deu lugar a um caso novo e imprevisto, como ides ver. Tratou-se de eleger um coletor de espórtulas, funcionário encarregado de cobrar as rendas públicas, sob a forma de espórtulas voluntárias. Eram candidatos, entre outros, um certo Caneca e um certo Nebraska. A bola extraída foi a de Nebraska. Estava errada, é certo, por lhe faltar a última letra; mas, cinco testemunhas juraram, nos termos da lei, que o eleito era o próprio e o único Nebraska da república. Tudo parecia findo, quando o candidato Caneca requereu provar que a bola extraída não trazia o nome de Nebraska, mas o dele. O juiz de paz deferiu ao peticionário. Veio então um grande filólogo – talvez o primeiro da república, além de bom metafísico, e não vulgar matemático – o qual provou a coisa nestes termos:

– Em primeiro lugar – disse ele –, deveis notar que não é fortuita a ausência da última letra do nome Nebraska. Por que motivo foi ele inscrito incompletamente? Não se pode dizer que por fadiga ou amor da brevidade, pois só falta a última letra, um simples *a*. Carência de espaço? Também não; vede; há ainda espaço para duas ou três sílabas. Logo, a falta é intencional, e a intenção não pode ser outra senão chamar a atenção do leitor para a letra k, última escrita, desamparada, solteira, sem sentido. Ora, por um efeito mental, que nenhuma lei destruiu, a letra reproduz-se no cérebro de dois modos, a forma gráfica, e a forma sônica; *k* e *ca*. O defeito, pois, no nome escrito, chamando os olhos para a letra final, incrusta desde logo no cérebro esta primeira sílaba: *Ca*. Isto posto, o movimento natural do espírito é ler o nome todo; volta-se ao princípio, à inicial *ne*, do nome *Nebrask.* – *Cane.* – Resta a sílaba do meio, *bras*, cuja redução a esta outra sílaba *ca*, última do nome Caneca, é a coisa mais demonstrável do mundo. E, todavia, não a demonstrarei, visto faltar-vos o preparo necessário ao entendimento da significação espiritual ou filosófica da sílaba, suas origens e efeitos, fases, modificações, consequências lógicas e sintáxicas, dedutivas ou indutivas, simbólicas e outras. Mas, suposta a demonstração, aí fica a última prova, evidente, clara, da minha afirmação primeira pela anexação da sílaba *ca* às duas *Cane*, dando este nome Caneca.

A lei emendou-se, senhores, ficando abolida a faculdade da prova testemunhal e interpretativa dos textos, e introduzindo-se uma inovação, o corte simultâneo de meia polegada na altura e outra meia na largura do saco. Esta emenda não evitou um pequeno abuso na eleição dos alcaides, e o saco foi restituído às dimensões primitivas, dando-se-lhe, todavia, a forma triangular. Compreendeis que esta forma trazia consigo uma consequência: ficavam muitas bolas no fundo. Daí a mudança para a forma cilíndrica; mais tarde deu-se-lhe o aspecto de uma ampulheta, cujo inconveniente se reconheceu ser igual ao triângulo, e então adotou-se a forma de um crescente, etc. Muitos abusos, descuidos e lacunas tendem a desaparecer, e o restante terá igual destino, não inteiramente, decerto, pois a perfeição não é deste mundo, mas na medida e nos termos do conselho de um dos mais circunspectos cidadãos da minha república, Erasmus, cujo último discurso sinto não poder dar-vos integralmente. Encarregado de notificar a última resolução legislativa às dez damas, incumbidas de urdir o saco eleitoral, Erasmus contou-lhes a fábula de Penélope, que fazia e desfazia a famosa teia, à espera do esposo Ulisses.

– Vós sois a Penélope da nossa república – disse ele ao terminar –; tendes a mesma castidade, paciência e talentos. Refazei o saco, amigas minhas, refazei o saco, até que Ulisses, cansado de dar às pernas, venha tomar entre nós o lugar que lhe cabe. Ulisses é a Sapiência.

PAPÉIS AVULSOS (1882)

O ESPELHO

ESBOÇO DE UMA NOVA TEORIA
DA ALMA HUMANA

Quatro ou cinco cavalheiros debatiam, uma noite, várias questões de alta transcendência, sem que a disparidade dos votos trouxesse a menor alteração aos espíritos. A casa ficava no morro de Santa Teresa, a sala era pequena, alumiada a velas, cuja luz fundia-se misteriosamente com o luar que vinha de fora. Entre a cidade, com as suas agitações e aventuras, e o céu, em que as estrelas pestanejavam, através de uma atmosfera límpida e sossegada, estavam os nossos quatro ou cinco investigadores de coisas metafísicas, resolvendo amigavelmente os mais árduos problemas do universo.

Por que quatro ou cinco? Rigorosamente eram quatro os que falavam; mas, além deles, havia na sala um quinto personagem, calado, pensando, cochilando, cuja espórtula no debate não passava de um ou outro resmungo de aprovação. Esse homem tinha a mesma idade dos companheiros, entre quarenta e cinquenta anos, era provinciano, capitalista, inteligente, não sem instrução, e, ao que parece, astuto e cáustico. Não discutia nunca: e defendia-se da abstenção com um paradoxo, dizendo que a discussão é a forma polida do instinto batalhador, que jaz no homem, como uma herança bestial; e acrescentava que os serafins e os querubins não controvertiam nada, e, aliás, eram a perfeição espiritual e eterna. Como desse esta mesma resposta naquela noite, contestou-lha um dos presentes, e desafiou-o a demonstrar o que dizia, se era capaz. Jacobina (assim se chamava ele) refletiu um instante, e respondeu:

– Pensando bem, talvez o senhor tenha razão.

Vai senão quando, no meio da noite, sucedeu que este casmurro usou da palavra, e não dois ou três minutos, mas trinta ou quarenta. A conversa, em seus meandros, veio a cair na natureza da alma, ponto que dividiu radicalmente os quatro amigos. Cada cabeça, cada sentença; não só o acordo, mas a mesma discussão, tornou-se difícil, senão impossível, pela multiplicidade de questões que se deduziram do tronco principal, e um pouco, talvez, pela inconsistência dos pareceres. Um dos argumentadores pediu ao Jacobina alguma opinião – uma conjectura, ao menos.

– Nem conjectura, nem opinião – redarguiu ele –; uma ou outra pode dar lugar a dissentimento, e, como sabem, eu não discuto. Mas, se querem ouvir-me calados, posso contar-lhes um caso de minha vida, em que ressalta a mais clara demonstração acerca da matéria de que se trata. Em primeiro lugar, não há uma só alma, há duas...

– Duas?

– Nada menos de duas almas. Cada criatura humana traz duas almas consigo: uma que olha de dentro para fora, outra que olha de fora para dentro... Espantem-se à vontade; podem ficar de boca aberta, dar de ombros, tudo; não admito réplica. Se me replicarem, acabo o charuto e vou dormir. A alma exterior pode ser um espírito, um fluido, um homem, muitos homens, um objeto, uma operação. Há casos, por exemplo, em que um simples botão de camisa é a alma exterior de uma pessoa; – e assim também a polca, o voltarete, um livro, uma máquina, um par de botas, uma cavatina, um tambor, etc. Está claro que o ofício dessa segunda alma é transmitir a vida, como a primeira; as duas completam o homem, que é, metafisicamente falando, uma laranja. Quem perde uma das metades, perde naturalmente metade da existência; e casos há, não raros, em que a perda da alma exterior implica a da existência inteira. Shylock, por exemplo. A alma exterior daquele judeu eram os seus ducados; perdê-los equivalia a morrer. "Nunca mais verei o meu ouro, diz ele a Tubal; é um punhal que me enterras no coração". Vejam bem esta frase; a perda dos ducados, alma exterior, era a morte para ele. Agora, é preciso saber que a alma exterior não é sempre a mesma...

– Não?

– Não, senhor; muda de natureza e de estado. Não aludo a certas almas absorventes, como a pátria, com a qual disse o Camões que morria, e o poder, que foi a alma exterior de César e de Cromwell. São almas enérgicas e exclusivas; mas há outras, embora enérgicas, de natureza mudável. Há cavalheiros, por exemplo, cuja alma exterior, nos primeiros anos, foi um chocalho ou um cavalinho de pau, e mais tarde uma provedoria de irmandade, suponhamos. Pela minha parte, conheço uma senhora – na verdade, gentilíssima – que muda de alma exterior cinco, seis vezes por ano. Durante a estação lírica é a ópera; cessando a estação, a alma exterior substitui-se por outra: um concerto, um baile do Cassino, a rua do Ouvidor, Petrópolis...

– Perdão; essa senhora quem é?

– Essa senhora é parenta do diabo, e tem o mesmo nome: chama-se Legião... E assim outros muitos casos. Eu mesmo tenho experimentado dessas trocas. Não as relato, porque iria longe; restrinjo-me ao episódio de que lhes falei. Um episódio dos meus vinte e cinco anos...

Os quatro companheiros, ansiosos de ouvir o caso prometido, esqueceram a controvérsia. Santa curiosidade! tu não és só a alma da civilização, és também o pomo da concórdia, fruta divina, de outro sabor que não aquele pomo da mitologia. A sala, até há pouco ruidosa de física e metafísica, é agora um mar morto; todos os olhos estão no Jacobina, que concerta a ponta do charuto, recolhendo as memórias. Eis aqui como ele começou a narração:

– Tinha vinte e cinco anos, era pobre, e acabava de ser nomeado alferes da guarda nacional. Não imaginam o acontecimento que isto foi em nossa casa. Minha mãe ficou tão orgulhosa! tão contente! Chamava-me o seu alferes. Primos e tios, foi tudo uma alegria sincera e pura. Na vila, note-se bem, houve alguns despeitados; choro e ranger de dentes, como na Escritura; e o motivo não foi outro senão que o posto tinha muitos candidatos e que estes perderam. Suponho também que uma parte do desgosto foi inteiramente gratuita: nasceu da simples distinção. Lembra-me de alguns rapazes, que se davam comigo, e passaram a olhar-me de revés, durante algum tempo. Em compensação, tive muitas pessoas que ficaram satisfeitas com a nomeação; e a prova é que todo o fardamento me foi dado por amigos... Vai então uma das minhas tias, dona Marcolina, viúva do capitão Peçanha, que morava a muitas léguas da vila, num sítio escuso e solitário, desejou ver-me, e pediu que fosse ter com ela e levasse a farda. Fui, acompanhado de um pajem, que daí a dias tornou à vila, porque a tia Marcolina, apenas me pilhou no sítio, escreveu a minha mãe dizendo que não me soltava antes de um mês, pelo menos. E abraçava-me! Chamava-me também o seu alferes. Achava-me um rapagão bonito. Como era um tanto patusca, chegou a confessar que tinha inveja da moça que houvesse de ser minha mulher. Jurava que em toda a província não havia outro que me pusesse o pé adiante. E sempre alferes; era alferes para cá, alferes para lá, alferes a toda a hora. Eu pedia-lhe que me chamasse

Joãozinho, como dantes; e ela abanava a cabeça, bradando que não, que era o "senhor alferes". Um cunhado dela, irmão do finado Peçanha, que ali morava, não me chamava de outra maneira. Era o "senhor alferes", não por gracejo, mas a sério, e à vista dos escravos, que naturalmente foram pelo mesmo caminho. Na mesa tinha eu o melhor lugar, e era o primeiro servido. Não imaginam. Se lhes disser que o entusiasmo da tia Marcolina chegou ao ponto de mandar pôr no meu quarto um grande espelho, obra rica e magnífica, que destoava do resto da casa, cuja mobília era modesta e simples... Era um espelho que lhe dera a madrinha, e que esta herdara da mãe, que o comprara a uma das fidalgas vindas em 1808 com a corte de d. João VI. Não sei o que havia nisso de verdade; era a tradição. O espelho estava naturalmente muito velho; mas via-se-lhe ainda o ouro, comido em parte pelo tempo, uns delfins esculpidos nos ângulos superiores da moldura, uns enfeites de madrepérola e outros caprichos do artista. Tudo velho, mas bom...

— Espelho grande?

— Grande. E foi, como digo, uma enorme fineza, por que o espelho estava na sala; era a melhor peça da casa. Mas não houve forças que a demovessem do propósito; respondia que não fazia falta, que era só por algumas semanas, e finalmente que o "senhor alferes" merecia muito mais. O certo é que todas essas coisas, carinhos, atenções, obséquios, fizeram em mim uma transformação, que o natural sentimento da mocidade ajudou e completou. Imaginam, creio eu?

— Não.

— O alferes eliminou o homem. Durante alguns dias as duas naturezas equilibraram-se; mas não tardou que a primitiva cedesse à outra; ficou-me uma parte mínima de humanidade. Aconteceu então que a alma exterior, que era dantes o sol, o ar, o campo, os olhos das moças, mudou de natureza, e passou a ser a cortesia e os rapapés da casa, tudo o que me falava do posto, nada do que me falava do homem. A única parte do cidadão que ficou comigo foi aquela que entendia com o exercício da patente; a outra dispersou-se no ar e no passado. Custa-lhes acreditar, não?

— Custa-me até entender — respondeu um dos ouvintes.

— Vai entender. Os fatos explicarão melhor os sentimentos; os fatos são tudo. A melhor definição do amor não vale um beijo de moça namorada; e, se bem me lembro, um filósofo antigo demonstrou o movimento andando. Vamos aos fatos. Vamos ver como, ao tempo em que a consciência do homem se obliterava, a do alferes tornava-se viva e intensa. As dores humanas, as alegrias humanas se eram só isso, mal obtinham de mim uma compaixão apática ou um sorriso de favor. No fim de três semanas, era outro, totalmente outro. Era exclusivamente alferes. Ora, um dia recebeu a tia Marcolina uma notícia grave; uma de suas filhas, casada com um lavrador residente dali a cinco léguas, estava mal e à morte. Adeus, sobrinho! adeus, alferes! Era mãe extremosa, armou logo uma viagem, pediu ao cunhado que fosse com ela, e a mim que tomasse conta do sítio. Creio que, se não fosse a aflição, disporia o contrário; deixaria o cunhado, e iria comigo. Mas o certo é que fiquei só, com os poucos escravos da casa. Confesso-lhes que desde logo senti uma grande opressão, alguma coisa semelhante ao efeito de quatro paredes de um cárcere, subitamente levantadas em torno de mim. Era a alma exterior que se reduzia; estava agora limitada a alguns espíritos boçais. O alferes continuava a dominar em mim, embora a vida fosse menos intensa, e a consciência mais débil. Os escravos punham uma nota de humildade nas suas cortesias, que de certa maneira compensava a afeição dos parentes e a intimidade doméstica interrompida. Notei mesmo, naquela noite, que eles redobravam de respeito, de alegria, de protestos. Nhô alferes de minuto a minuto. Nhô alferes é muito bonito; nhô alferes há de ser coronel; nhô alferes há de casar com moça bonita, filha de general; um concerto de louvores e profecias, que me deixou extático. Ah! pérfidos! mal podia eu suspeitar a intenção secreta dos malvados.

— Matá-lo?

— Antes assim fosse.

— Coisa pior?

— Ouçam-me. Na manhã seguinte achei-me só. Os velhacos, seduzidos por outros, ou de movimento próprio, tinham resolvido fugir durante a noite; e assim fizeram. Achei-me só, sem mais ninguém, entre quatro paredes, diante do terreiro deserto e da roça abandonada. Nenhum fôlego humano. Corri a casa toda, a senzala, tudo, nada, ninguém, um molequinho que fosse. Galos e galinhas tão-somente, um par de mulas, que filosofavam a vida, sacudindo as moscas, e três bois. Os mesmos cães foram levados pelos escravos. Nenhum ente humano. Parece-lhes que isto era melhor do que ter morrido? era pior. Não por medo; juro-lhes que não tinha medo; era um pouco atrevidinho, tanto que não senti nada, durante as primeiras horas. Fiquei triste por causa do dano causado à tia Marcolina; fiquei também um pouco perplexo, não sabendo se devia ir ter com ela, para lhe dar a triste notícia, ou ficar tomando conta da casa. Adotei o segundo alvitre, para não desamparar a casa, e porque, se a minha prima enferma estava mal, eu ia somente aumentar a dor da mãe, sem remédio nenhum; finalmente, esperei que o irmão do tio Peçanha voltasse naquele dia ou no outro, visto que tinha saído havia já trinta e seis horas. Mas a manhã passou sem vestígio dele; e à tarde comecei a sentir uma sensação como de pessoa que houvesse perdido toda a ação nervosa, e não tivesse consciência da ação muscular. O irmão do tio Peçanha não voltou nesse dia, nem no outro, nem em toda aquela semana. Minha solidão tomou proporções enormes. Nunca os dias foram mais compridos, nunca o sol abrasou a terra com uma obstinação mais cansativa. As horas batiam de século a século, no velho relógio da sala, cuja pêndula, *tic-tac*, *tic-tac*, feria-me a alma interior, como um piparote contínuo da eternidade. Quando, muitos anos depois, li uma poesia americana, creio que de Longfellow, e topei com este famoso estribilho: *Never, for ever! – For ever, never!* confesso-lhes que tive um calafrio: recordei-me daqueles dias medonhos. Era justamente assim que fazia o relógio da tia Marcolina: – *Never, for ever! – For ever, never!* Não eram golpes de pêndula, era um diálogo do abismo, um cochicho do nada. E então de noite! Não que a noite fosse mais silenciosa. O silêncio era o mesmo que de dia. Mas a noite era a sombra, era a solidão ainda mais estreita ou mais larga. *Tic-tac, tic-tac*. Ninguém nas salas, na varanda, nos corredores, no terreiro, ninguém em parte nenhuma... Riem-se?

– Sim, parece que tinha um pouco de medo.

– Oh! fora bom se eu pudesse ter medo! Viveria. Mas o característico daquela situação é que eu nem sequer podia ter medo, isto é, o medo vulgarmente entendido. Tinha uma sensação inexplicável. Era como um defunto andando, um sonâmbulo, um boneco mecânico. Dormindo, era outra coisa. O sono dava-me alívio, não pela razão comum de ser irmão da morte, mas por outra. Acho que posso explicar assim esse fenômeno: – o sono, eliminando a necessidade de uma alma exterior, deixava atuar a alma interior. Nos sonhos, fardava-me, orgulhosamente, no meio da família e dos amigos, que me elogiavam o garbo, que me chamavam alferes; vinha um amigo de nossa casa, e prometia-me o posto de tenente, outro o de capitão ou major; e tudo isso fazia-me viver. Mas quando acordava, dia claro, esvaía-se com o sono, a consciência do meu ser novo e único – porque a alma interior perdia a ação exclusiva, e ficava dependente da outra, que teimava em não tornar... Não tornava. Eu saía fora, a um lado e outro, a ver se descobria algum sinal de regresso. *Soeur Anne, soeur Anne, ne vois-tu rien venir?* Nada, coisa nenhuma; tal qual como na lenda francesa. Nada mais do que a poeira da estrada e o capinzal dos morros. Voltava para casa, nervoso, desesperado, estirava-me no canapé da sala. *Tic-tac, tic-tac*.

Levantava-me, passeava, tamborilava nos vidros das janelas, assobiava. Em certa ocasião lembrei-me de escrever alguma coisa, um artigo político, um romance, uma ode; não escolhi nada definitivamente; sentei-me e tracei no papel algumas palavras e frases soltas, para intercalar no estilo. Mas o estilo, como a tia Marcolina, deixava-se estar. *Soeur Anne, soeur Anne...* Coisa nenhuma. Quando muito via negrejar a tinta e alvejar o papel.

— Mas não comia?

— Comia mal, frutas, farinha, conservas, algumas raízes tostadas ao fogo, mas suportaria tudo alegremente, se não fora a terrível situação moral em que me achava. Recitava versos, discursos, trechos latinos, liras de Gonzaga, oitavas de Camões, décimas, uma antologia em trinta volumes. Às vezes fazia ginástica; outras dava beliscões nas pernas; mas o efeito era só uma sensação física de dor ou de cansaço, e mais nada. Tudo silêncio, um silêncio vasto, enorme, infinito, apenas sublinhado pelo eterno *tic-tac* da pêndula. *Tic-tac, tic-tac...*

— Na verdade, era de enlouquecer.

— Vão ouvir coisa pior. Convém dizer-lhes que, desde que ficara só, não olhara uma só vez para o espelho. Não era abstenção deliberada, não tinha motivo; era um impulso inconsciente, um receio de achar-me um e dois, ao mesmo tempo, naquela casa solitária; e se tal explicação é verdadeira, nada prova melhor a contradição humana, porque no fim de oito dias, deu-me na veneta olhar para o espelho com o fim justamente de achar-me dois. Olhei e recuei. O próprio vidro parecia conjurado com o resto do universo; não me estampou a figura nítida e inteira, mas vaga, esfumada, difusa, sombra de sombra. A realidade das leis físicas não permite negar que o espelho reproduziu-me textualmente, com os mesmos contornos e feições; assim devia ter sido. Mas tal não foi a minha sensação. Então tive medo; atribuí o fenômeno à excitação nervosa em que andava; receei ficar mais tempo, e enlouquecer. — Vou-me embora, disse comigo. E levantei o braço com gesto de mau humor, e ao mesmo tempo de decisão, olhando para o vidro; o gesto lá estava, mas disperso, esgarçado, mutilado... Entrei a vestir-me, murmurando comigo, tossindo sem tosse, sacudindo a roupa com estrépito, afligindo-me a frio com os botões, para dizer alguma coisa. De quando em quando, olhava furtivamente para o espelho; a imagem era a mesma difusão de linhas, a mesma decomposição de contornos... Continuei a vestir-me. Subitamente por uma inspiração inexplicável, por um impulso sem cálculo, lembrou-me... Se forem capazes de adivinhar qual foi a minha ideia...

— Diga.

– Estava a olhar para o vidro, com uma persistência de desesperado, contemplando as próprias feições derramadas e inacabadas, uma nuvem de linhas soltas, informes, quando tive o pensamento... Não, não são capazes de adivinhar.

– Mas, diga, diga.

– Lembrou-me vestir a farda de alferes. Vesti-a, aprontei-me de todo; e, como estava defronte do espelho, levantei os olhos, e... não lhes digo nada; o vidro reproduziu então a figura integral; nenhuma linha de menos, nenhum contorno diverso; era eu mesmo, o alferes, que achava, enfim, a alma exterior. Essa alma ausente com a dona do sítio, dispersa e fugida com os escravos, ei-la recolhida no espelho. Imaginai um homem que, pouco a pouco, emerge de um letargo, abre os olhos sem ver, depois começa a ver, distingue as pessoas dos objetos, mas não conhece individualmente uns nem outros; enfim, sabe que este é Fulano, aquele é Sicrano; aqui está uma cadeira, ali um sofá. Tudo volta ao que era antes do sono. Assim foi comigo. Olhava para o espelho, ia de um lado para outro, recuava, gesticulava, sorria, e o vidro exprimia tudo. Não era mais um autômato, era um ente animado. Daí em diante, fui outro. Cada dia, a uma certa hora, vestia-me de alferes, e sentava-me diante do espelho, lendo, olhando, meditando; no fim de duas, três horas, despia-me outra vez. Com este regime pude atravessar mais seis dias de solidão, sem os sentir...

Quando os outros voltaram a si, o narrador tinha descido as escadas.

GAZETA DE NOTÍCIAS,
8 DE SETEMBRO DE 1882; MACHADO DE ASSIS

A IGREJA DO DIABO

I
DE UMA
IDEIA MIRÍFICA

Conta um velho manuscrito beneditino que o Diabo, em certo dia, teve a ideia de fundar uma igreja. Embora os seus lucros fossem contínuos e grandes, sentia-se humilhado com o papel avulso que exercia desde séculos, sem organização, sem regras, sem cânones, sem ritual, sem nada. Vivia, por assim dizer, dos remanescentes divinos, dos descuidos e obséquios humanos. Nada fixo, nada regular. Por que não teria ele a sua igreja? Uma igreja do Diabo era o meio eficaz de combater as outras religiões, e destruí-las de uma vez.

– Vá, pois, uma igreja. – concluiu ele – Escritura contra Escritura, breviário contra breviário. Terei a minha missa, com vinho e pão à farta, as minhas prédicas, bulas, novenas e todo o demais aparelho eclesiástico. O meu credo será o núcleo universal dos espíritos, a minha igreja uma tenda de Abraão. E, depois, enquanto as outras religiões se combatem e se dividem, a minha igreja será única; não acharei diante de mim, nem Maomé, nem Lutero. Há muitos modos de afirmar; há só um de negar tudo.

Dizendo isto, o Diabo sacudiu a cabeça e estendeu os braços, com um gesto magnífico e varonil. Em seguida, lembrou-se de ir ter com Deus para comunicar-lhe a ideia, e desafiá-lo; levantou os olhos, acesos de ódio, ásperos de vingança, e disse consigo: – Vamos, é tempo. E rápido, batendo as asas, com tal estrondo que abalou todas as províncias do abismo, arrancou da sombra para o infinito azul.

II
ENTRE DEUS E O DIABO

Deus recolhia um ancião, quando o Diabo chegou ao céu. Os serafins que engrinaldavam o recém-chegado, detiveram-no logo, e o Diabo deixou-se estar à entrada com os olhos no Senhor.

– Que me queres tu? – perguntou este.

– Não venho pelo vosso servo Fausto – respondeu o Diabo rindo –, mas por todos os Faustos do século e dos séculos.

– Explica-te.

– Senhor, a explicação é fácil; mas permiti que vos diga: recolhei primeiro esse bom velho; dai-lhe o melhor lugar, mandai que as mais afinadas cítaras e alaúdes o recebam com os mais divinos coros...

– Sabes o que ele fez? – perguntou o Senhor, com os olhos cheios de doçura.

– Não, mas provavelmente é dos últimos que virão ter convosco. Não tarda muito que o céu fique semelhante a uma casa vazia, por causa do preço, que é alto. Vou edificar uma hospedaria barata; em duas palavras, vou fundar uma igreja. Estou cansado da minha desorganização, do meu reinado casual e adventício. É tempo de obter a vitória final e completa. E então vim dizer-vos isto, com lealdade, para que me não acuseis de dissimulação... Boa ideia, não vos parece?

– Vieste dizê-la, não legitimá-la – advertiu o Senhor.

– Tendes razão – acudiu o Diabo –; mas o amor-próprio gosta de ouvir o aplauso dos mestres. Verdade é que neste caso seria o aplauso de um mestre vencido, e uma tal exigência... Senhor, desço à terra; vou lançar a minha pedra fundamental.

– Vai.

– Quereis que venha anunciar-vos o remate da obra?

– Não é preciso; basta que me digas desde já por que motivo, cansado há tanto da tua desorganização, só agora pensaste em fundar uma igreja?

O Diabo sorriu com certo ar de escárnio e triunfo. Tinha alguma ideia cruel no espírito, algum reparo picante no alforje da memória, qualquer coisa que, nesse breve instante da eternidade, o fazia crer superior ao próprio Deus. Mas recolheu o riso, e disse:

– Só agora concluí uma observação, começada desde alguns séculos, e é que as virtudes, filhas do céu, são em grande número comparáveis a rainhas, cujo manto de veludo rematasse em franjas de algodão. Ora, eu proponho-me a puxá-las por essa franja, e trazê-las todas para minha igreja; atrás delas virão as de seda pura...

– Velho retórico! – murmurou o Senhor.

– Olhai bem. Muitos corpos que ajoelham aos vossos pés, nos templos do mundo, trazem as anquinhas da sala e da rua, os rostos tingem-se do mesmo pó, os lenços cheiram aos mesmos cheiros, as pupilas centelham de curiosidade e devoção entre o livro santo e o bigode do pecado. Vede o ardor – a indiferença, ao menos – com que esse cavalheiro põe em letras públicas os benefícios que liberalmente espalha – ou sejam roupas ou botas, ou moedas, ou quaisquer dessas matérias necessárias à vida... Mas não quero parecer que me detenho em coisas miúdas; não falo, por exemplo, da placidez com que este juiz de irmandade, nas procissões, carrega piedosamente ao peito o vosso amor e uma comenda... Vou a negócios mais altos...

Nisto os serafins agitaram as asas pesadas de fastio e sono. Miguel e Gabriel fitaram no Senhor um olhar de súplica. Deus interrompeu o Diabo.

– Tu és vulgar, que é o pior que pode acontecer a um espírito da tua espécie. – replicou-lhe o Senhor – Tudo o que dizes ou digas está dito e redito pelos moralistas do mundo. É assunto gasto; e se não tens força, nem originalidade para renovar um assunto gasto, melhor é que te cales e te retires. Olha; todas as minhas legiões mostram no rosto os sinais vivos do tédio que lhes dás. Esse mesmo ancião parece enjoado; e sabes tu o que ele fez?

– Já vos disse que não.

– Depois de uma vida honesta, teve uma morte sublime. Colhido em um naufrágio, ia salvar-se numa tábua; mas viu um casal de noivos, na flor da vida, que se debatiam já com a morte; deu-lhes a tábua de salvação e mergulhou na eternidade. Nenhum público: a água e o céu por cima. Onde achas aí a franja de algodão?

– Senhor, eu sou, como sabeis, o espírito que nega.

– Negas esta morte?

– Nego tudo. A misantropia pode tomar aspecto de caridade; deixar a vida aos outros, para um misantropo, é realmente aborrecê-los...

– Retórico e sutil! – exclamou o Senhor – Vai, vai, funda a tua igreja; chama todas as virtudes, recolhe todas as franjas, convoca todos os homens... Mas, vai! vai!

Debalde o Diabo tentou proferir alguma coisa mais. Deus impusera-lhe silêncio; os serafins, a um sinal divino, encheram o céu com as harmonias de seus cânticos. O Diabo sentiu, de repente, que se achava no ar; dobrou as asas, e, como um raio, caiu na terra.

III
A BOA NOVA AOS HOMENS

Uma vez na terra, o Diabo não perdeu um minuto. Deu-se pressa em enfiar a cogula beneditina, como hábito de boa fama, e entrou a espalhar uma doutrina nova e extraordinária, com uma voz que reboava nas entranhas do século. Ele prometia aos seus discípulos fiéis as delícias da terra, todas as glórias, os deleites mais íntimos. Confessava que era o Diabo; mas confessava-o para retificar a noção que os homens tinham dele e desmentir as histórias que a seu respeito contavam as velhas beatas.

– Sim, sou o Diabo – repetia ele –; não o Diabo das noites sulfúreas, dos contos soníferos, terror das crianças, mas o Diabo verdadeiro e único, o próprio gênio da natureza, a que se deu aquele nome para arredá-lo do coração dos homens. Vede-me gentil a airoso. Sou o vosso verdadeiro pai. Vamos lá: tomai daquele nome, inventado para meu desdouro, fazei dele um troféu e um lábaro, e eu vos darei tudo, tudo, tudo, tudo, tudo, tudo...

Era assim que falava, a princípio, para excitar o entusiasmo, espertar os indiferentes, congregar, em suma, as multidões ao pé de si. E elas vieram; e logo que vieram, o Diabo passou a definir a doutrina. A doutrina era a que podia ser na boca de um espírito de negação. Isso quanto à substância, porque, acerca da forma, era umas vezes sutil, outras cínica e deslavada.

Clamava ele que as virtudes aceitas deviam ser substituídas por outras, que eram as naturais e legítimas. A soberba, a luxúria, a preguiça foram reabilitadas, e assim também a avareza, que declarou não ser mais do que a mãe da economia, com a diferença que a mãe era robusta, e a filha uma esgalgada. A ira tinha a melhor defesa na existência de Homero; sem o furor de Aquiles, não haveria a Ilíada: "Musa, canta a cólera de Aquiles, filho de Peleu"... O mesmo disse da gula, que produziu as melhores páginas de Rabelais, e muitos bons versos do *Hissope*; virtude tão superior, que ninguém se lembra das batalhas de Luculo, mas das suas ceias; foi a gula que realmente o fez imortal. Mas, ainda pondo de lado essas razões de ordem literária ou histórica, para só mostrar o valor intrínseco daquela virtude, quem negaria que era muito melhor sentir na boca e no ventre os bons manjares, em grande cópia, do que os maus bocados, ou a saliva do jejum? Pela sua parte o Diabo prometia substituir a vinha do Senhor, expressão metafórica, pela vinha do Diabo, locução direta e verdadeira, pois não faltaria nunca aos seus com o fruto das mais belas cepas do mundo. Quanto à inveja, pregou friamente que era a virtude principal, origem de prosperidades infinitas; virtude preciosa, que chegava a suprir todas as outras, e ao próprio talento.

As turbas corriam atrás dele entusiasmadas. O Diabo incutia-lhes, a grandes golpes de eloquência, toda a nova ordem de coisas, trocando a noção delas, fazendo amar as perversas e detestar as sãs.

Nada mais curioso, por exemplo, do que a definição que ele dava da fraude. Chamava-lhe o braço esquerdo do homem; o braço direito era a força; e concluía: muitos homens são canhotos, eis tudo. Ora, ele não exigia que todos fossem canhotos; não era exclusivista. Que uns fossem canhotos, outros destros; aceitava a todos, menos os que não fossem nada. A demonstração, porém, mais rigorosa e profunda, foi a da venalidade. Um casuísta do tempo chegou a confessar que era um monumento de lógica. A venalidade, disse o Diabo, era o exercício de um direito superior a todos os direitos. Se tu podes vender a tua casa, o teu boi, o teu sapato, o teu chapéu, coisas que são tuas por uma razão jurídica e legal, mas que, em todo caso, estão fora de ti, como é que não podes vender a tua opinião, o teu voto, a tua palavra, a tua fé, coisas que são mais do que tuas, porque são a tua própria consciência, isto é, tu mesmo? Negá-lo é cair no obscuro e no contraditório. Pois não há mulheres que vendem os cabelos? não pode um homem vender uma parte do seu sangue para transfundi-lo a outro homem anêmico? e o sangue e os cabelos, partes físicas, terão um privilégio que se nega ao caráter, à porção moral do homem? Demonstrando assim o princípio, o Diabo não se demorou em expor as vantagens de ordem temporal ou pecuniária; depois, mostrou ainda que, à vista do preconceito social, conviria dissimular o exercício de um direito tão legítimo, o que era exercer ao mesmo tempo a venalidade e a hipocrisia, isto é, merecer duplicadamente.

E descia, e subia, examinava tudo, retificava tudo. Está claro que combateu o perdão das injúrias e outras máximas de brandura e cordialidade. Não proibiu formalmente a calúnia gratuita, mas induziu a exercê-la mediante retribuição, ou pecuniária, ou de outra espécie; nos casos, porém, em que ela fosse uma expansão imperiosa da força imaginativa, e nada mais, proibia receber nenhum salário, pois equivalia a fazer pagar a transpiração. Todas as formas de respeito foram condenadas por ele, como elementos possíveis de um certo decoro social e pessoal; salva, todavia, a única exceção do interesse. Mas essa mesma exceção foi logo eliminada, pela consideração de que o interesse, convertendo o respeito em simples adulação, era este o sentimento aplicado e não aquele.

Para rematar a obra, entendeu o Diabo que lhe cumpria cortar por toda a solidariedade humana. Com efeito, o amor do próximo era um obstáculo grave à nova instituição. Ele mostrou que essa regra era uma simples invenção de parasitas e negociantes insolváveis; não se devia dar ao próximo senão indiferença; em alguns casos, ódio ou desprezo. Chegou mesmo à demonstração de que a noção de próximo era errada, e citava esta frase de um padre de Nápoles, aquele fino e letrado Galiani, que escrevia a uma das marquesas do antigo regime: "Leve a breca o próximo! Não há próximo!" A única hipótese em que ele permitia amar ao próximo era quando se tratasse de amar as damas alheias, porque essa espécie de amor tinha a particularidade de não ser outra coisa mais do que o amor do indivíduo a si mesmo. E como alguns discípulos achassem que uma tal explicação, por metafísica, escapava à compreensão das turbas, o Diabo recorreu a um apólogo: – Cem pessoas tomam ações de um banco, para as operações comuns; mas cada acionista não cuida realmente senão nos seus dividendos: é o que acontece aos adúlteros. Este apólogo foi incluído no livro da sabedoria.

IV
FRANJAS E FRANJAS

A previsão do Diabo verificou-se. Todas as virtudes cuja capa de veludo acabava em franja de algodão, uma vez puxadas pela franja, deitavam a capa às urtigas e vinham alistar-se na igreja nova. Atrás foram chegando as outras, e o tempo abençoou a instituição. A igreja fundara-se; a doutrina propagava-se; não havia uma região do globo que não a conhecesse, uma língua que não a traduzisse, uma raça que não a amasse. O Diabo alçou brados de triunfo.

Um dia, porém, longos anos depois notou o Diabo que muitos dos seus fiéis, às escondidas, praticavam as antigas virtudes. Não as praticavam todas, nem integralmente, mas algumas, por partes, e, como digo, às ocultas. Certos glutões recolhiam-se a comer frugalmente três ou quatro vezes por ano, justamente em dias de preceito católico; muitos avaros davam esmolas, à noite, ou nas ruas mal povoadas; vários dilapidadores do erário restituíam-lhe pequenas quantias; os fraudulentos falavam, uma ou outra vez, com o coração nas mãos, mas com o mesmo rosto dissimulado, para fazer crer que estavam embaçando os outros.

A descoberta assombrou o Diabo. Meteu-se a conhecer mais diretamente o mal, e viu que lavrava muito. Alguns casos eram até incompreensíveis, como o de um droguista do Levante, que envenenara longamente uma geração inteira, e, com o produto das drogas socorria os filhos das vítimas. No Cairo achou um perfeito ladrão de camelos, que tapava a cara para ir às mesquitas. O Diabo deu com ele à entrada de uma, lançou-lhe em rosto o procedimento; ele negou, dizendo que ia ali roubar o camelo de um *drogman*; roubou-o, com efeito, à vista do Diabo e foi dá-lo de presente a um muezim, que rezou por ele a Alá. O manuscrito beneditino cita muitas outras descobertas extraordinárias, entre elas esta, que desorientou completamente o Diabo. Um dos seus melhores apóstolos era um calabrês, varão de cinquenta anos, insigne falsificador de documentos, que possuía uma bela casa na campanha romana, telas, estátuas, biblioteca, etc. Era a fraude em pessoa; chegava a meter-se na cama para não confessar que estava são. Pois esse homem, não só não furtava ao jogo, como ainda dava gratificações aos criados. Tendo angariado a amizade de um cônego, ia todas as semanas confessar-se com ele, numa capela solitária; e, conquanto não lhe desvendasse nenhuma das suas ações secretas, benzia-se duas vezes, ao ajoelhar-se, e ao levantar-se. O Diabo mal pôde crer tamanha aleivosia. Mas não havia duvidar; o caso era verdadeiro.

Não se deteve um instante. O pasmo não lhe deu tempo de refletir, comparar e concluir do espetáculo presente alguma coisa análoga ao passado. Voou de novo ao céu, trêmulo de raiva, ansioso de conhecer a causa secreta de tão singular fenômeno. Deus ouviu-o com infinita complacência; não o interrompeu, não o repreendeu, não triunfou, sequer, daquela agonia satânica. Pôs os olhos nele, e disse:

– Que queres tu, meu pobre Diabo? As capas de algodão têm agora franjas de seda, como as de veludo tiveram franjas de algodão. Que queres tu? É a eterna contradição humana.

HISTÓRIAS SEM DATA (1884)

CANTIGA DE ESPONSAIS

Imagine a leitora que está em 1813, na igreja do Carmo, ouvindo uma daquelas boas festas antigas, que eram todo o recreio público e toda a arte musical. Sabem o que é uma missa cantada; podem imaginar o que seria uma missa cantada daqueles anos remotos. Não lhe chamo a atenção para os padres e os sacristães, nem para o sermão, nem para os olhos das moças cariocas, que já eram bonitos nesse tempo, nem para as mantilhas das senhoras graves, os calções, as cabeleiras, as sanefas, as luzes, o incensos, nada. Não falo sequer da orquestra, que é excelente; limito-me a mostrar-lhes uma cabeça branca, a cabeça desse velho que rege a orquestra, com alma e devoção.

Chama-se Romão Pires; terá sessenta anos, não menos, nasceu no Valongo, ou por esses lados. É bom músico e bom homem; todos os músicos gostam dele. Mestre Romão é o nome familiar; e dizer familiar e público era a mesma coisa em tal matéria e naquele tempo. "Quem rege a missa é mestre Romão" – equivalia a esta outra forma de anúncio, anos depois: "Entra em cena o ator João Caetano"; – ou então: "O ator Martinho cantará uma de suas melhores árias". Era o tempero certo, o chamariz delicado e popular. Mestre Romão rege a festa! Quem não conhecia mestre Romão, com o seu ar circunspecto, olhos no chão, riso triste, e passo demorado? Tudo isso desaparecia à frente da orquestra; então a vida derramava-se por todo o corpo e todos os gestos do mestre; o olhar acendia-se, o riso iluminava-se: era outro. Não que a missa fosse dele; esta, por exemplo, que ele rege agora no Carmo é de José Maurício; mas ele rege-a com o mesmo amor que empregaria, se a missa fosse sua.

Acabou a festa; é como se acabasse um clarão intenso, e deixasse o rosto apenas alumiado da luz ordinária. Ei-lo que desce do coro, apoiado na bengala; vai à sacristia beijar a mão aos padres e aceita um lugar à mesa do jantar. Tudo isso indiferente e calado. Jantou, saiu, caminhou para a rua da Mãe dos Homens, onde reside, com um preto velho, pai José, que é a sua verdadeira mãe, e que neste momento conversa com uma vizinha.

– Mestre Romão lá vem, pai José – disse a vizinha.

– Eh! eh! adeus, sinhá, até logo.

Pai José deu um salto, entrou em casa, e esperou o senhor, que daí a pouco entrava com o mesmo ar do costume. A casa não era rica naturalmente; nem alegre. Não tinha o menor vestígio de mulher, velha ou moça, nem passarinhos que cantassem, nem flores, nem cores vivas ou jucundas. Casa sombria e nua. O mais alegre era um cravo, onde o mestre Romão tocava algumas vezes, estudando. Sobre uma cadeira, ao pé, alguns papéis de música; nenhuma dele...

Ah! se mestre Romão pudesse seria um grande compositor. Parece que há duas sortes de vocação, as que têm língua e as que a não têm. As primeiras realizam-se; as últimas representam uma luta constante estéril entre o impulso interior e a ausência de um modo de comunicação com os homens. Romão era destas. Tinha a vocação íntima da música; trazia dentro de si muitas óperas e missas, um mundo de harmonias novas e originais, que não alcançava exprimir e pôr no papel. Esta era a causa única da tristeza de mestre Romão. Naturalmente o vulgo não atinava com ela; uns diziam isto, outros aquilo: doença, falta de dinheiro, algum desgosto antigo; mas a verdade é esta: – a causa da melancolia de mestre Romão era não poder compor, não possuir o meio de traduzir o que sentia. Não é que não rabiscasse muito papel e não interrogasse o cravo, durante horas; mas tudo lhe saía informe, sem ideia nem harmonia. Nos últimos tempos tinha até vergonha da vizinhança, e não tentava mais nada.

E, entretanto, se pudesse, acabaria ao menos uma certa peça, um canto esponsalício, começado três dias depois de casado, em 1779. A mulher, que tinha então vinte e um anos, e morreu com vinte e três, não era muito bonita, nem pouco, mas extremamente simpática, e amava-o tanto como ele a ela. Três dias depois de casado, mestre Romão sentiu em si alguma coisa parecida com inspiração. Ideou então o canto esponsalício, e quis compô-lo; mas a inspiração não pôde sair. Como um pássaro que acaba de ser preso, e forceja por transpor as paredes da gaiola, abaixo, acima, impaciente, aterrado, assim batia a inspiração do nosso músico, encerrada nele sem poder sair, sem achar uma porta, nada. Algumas notas chegaram a ligar-se; ele escreveu-as; obra de uma folha de papel, não mais. Teimou no dia seguinte, dez dias depois, vinte vezes durante o tempo de casado. Quando a mulher morreu, ele releu essas primeiras notas conjugais, e ficou ainda mais triste, por não ter podido fixar no papel a sensação de felicidade extinta.

– Pai José – disse ele ao entrar –, sinto-me hoje adoentado.

– Sinhô comeu alguma coisa que fez mal...

– Não; já de manhã não estava bom. Vai à botica...

O boticário mandou alguma coisa, que ele tomou à noite; no dia seguinte mestre Romão não se sentia melhor. É preciso dizer que ele padecia do coração: – moléstia grave e crônica. Pai José ficou aterrado, quando viu que o incômodo não cedera ao remédio, nem ao repouso, e quis chamar o médico.

– Para quê? – disse o mestre – Isto passa.

O dia não acabou pior; e a noite suportou-a ele bem, não assim o preto, que mal pôde dormir duas horas. A vizinhança, apenas soube do incômodo, não quis outro motivo de palestra; os que entretinham relações com o mestre foram visitá-lo. E diziam-lhe que não era nada, que eram macacoas do tempo; um acrescentava graciosamente que era manha, para fugir aos capotes que o boticário lhe dava no gamão – outro que eram amores. Mestre Romão sorria, mas consigo mesmo dizia que era o final.

– Está acabado – pensava ele.

Um dia de manhã, cinco depois da festa, o médico achou-o realmente mal; e foi isso o que ele lhe viu na fisionomia por trás das palavras enganadoras:

– Isto não é nada; é preciso não pensar em músicas...

Em músicas! justamente esta palavra do médico deu ao mestre um pensamento. Logo que ficou só, com o escravo, abriu a gaveta onde guardava desde 1779 o canto esponsalício começado. Releu essas notas arrancadas a custo, e não concluídas. E então teve uma ideia singular: – rematar a obra agora, fosse como fosse; qualquer coisa servia, uma vez que deixasse um pouco de alma na terra.

– Quem sabe? Em 1880, talvez se toque isto, e se conte que um mestre Romão...

O princípio do canto rematava em um certo lá; este lá, que lhe caía bem no lugar, era a nota derradeiramente escrita. Mestre Romão ordenou que lhe levassem o cravo para a sala do fundo, que dava para o quintal: era-lhe preciso ar. Pela janela viu na janela dos fundos de outra casa dois casadinhos de oito dias, debruçados, com os braços por cima dos ombros, e duas mãos presas. Mestre Romão sorriu com tristeza.

– Aqueles chegam. – disse ele, eu saio – Comporei ao menos este canto que eles poderão tocar...

Sentou-se ao cravo; reproduziu as notas e chegou ao *lá*...

– *Lá, lá, lá*...

Nada, não passava adiante. E contudo, ele sabia música como gente. *Lá, dó... lá, mi... lá, si, dó, ré... ré... ré*...

Impossível! nenhuma inspiração. Não exigia uma peça profundamente original, mas enfim alguma coisa, que não fosse de outro e se ligasse ao pensamento começado. Voltava ao princípio, repetia as notas, buscava reaver um retalho da sensação extinta, lembrava-se da mulher, dos primeiros tempos. Para completar a ilusão, deitava os olhos pela janela para o lado dos casadinhos. Estes continuavam ali, com as mãos presas e os braços passados nos ombros um do outro; a diferença é que se miravam agora, em vez de olhar para baixo. Mestre Romão, ofegante da moléstia e de impaciência, tornava ao cravo; mas a vista do casal não lhe suprira a inspiração, e as notas seguintes não soavam.

– *Lá... lá... lá*...

Desesperado, deixou o cravo, pegou do papel escrito e rasgou-o. Nesse momento, a moça embebida no olhar do marido, começou a cantarolar à toa, inconscientemente, uma coisa nunca antes cantada nem sabida, na qual coisa um certo lá trazia após si uma linda frase musical, justamente a que mestre Romão procurara durante anos sem achar nunca. O mestre ouviu-a com tristeza, abanou a cabeça, e à noite expirou.

HISTÓRIAS SEM DATA (1884)

NOITE DE ALMIRANTE

Deolindo Venta-Grande (era uma alcunha de bordo) saiu do arsenal de marinha e enfiou pela rua de Bragança. Batiam três horas da tarde. Era a fina flor dos marujos e, demais, levava um grande ar de felicidade nos olhos. A corveta dele voltou de uma longa viagem de instrução, e Deolindo veio à terra tão depressa alcançou licença. Os companheiros disseram-lhe, rindo:

– Ah! Venta-Grande! Que noite de almirante vai você passar! ceia, viola e os braços de Genoveva. Colozinho de Genoveva...

Deolindo sorriu. Era assim mesmo, uma noite de almirante, como eles dizem, uma dessas grandes noites de almirante que o esperava em terra. Começara a paixão três meses antes de sair a corveta. Chamava-se Genoveva, caboclinha de vinte anos, esperta, olho negro e atrevido. Encontraram-se em casa de terceiro e ficaram morrendo um pelo outro, a tal ponto que estiveram prestes a dar uma cabeçada, ele deixaria o serviço e ela o acompanharia para a vila mais recôndita do interior.

A velha Inácia, que morava com ela, dissuadiu-os disso; Deolindo não teve remédio senão seguir em viagem de instrução. Eram oito ou dez meses de ausência. Como fiança recíproca, entenderam dever fazer um juramento de fidelidade.

– Juro por Deus que está no céu. E você?

– Eu também.

– Diz direito.

– Juro por Deus que está no céu; a luz me falte na hora da morte.

Estava celebrado o contrato. Não havia descrer da sinceridade de ambos; ela chorava doidamente, ele mordia o beiço para dissimular.

Afinal separaram-se, Genoveva foi ver sair a corveta e voltou para casa com um tal aperto no coração que parecia que "lhe ia dar uma coisa". Não lhe deu nada, felizmente; os dias foram passando, as semanas, os meses, dez meses, ao cabo dos quais, a corveta tornou e Deolindo com ela.

Lá vai ele agora, pela rua de Bragança, Prainha e Saúde, até ao princípio da Gamboa, onde mora Genoveva. A casa é uma rotulazinha escura, portal rachado do sol, passando o cemitério dos Ingleses; lá deve estar Genoveva, debruçada à janela, esperando por ele. Deolindo prepara uma palavra que lhe diga. Já formulou esta: "Jurei cumpri", mas procura outra melhor. Ao mesmo tempo lembra as mulheres que viu por esse mundo de Cristo, italianas, marselhesas ou turcas, muitas delas bonitas, ou que lhe pareciam tais. Concorda que nem todos seriam para os beiços dele, mas algumas eram, e nem por isso fez caso de nenhuma. Só pensava em Genoveva. A mesma casinha dela, tão pequenina, e a mobília de pé quebrado, tudo velho e pouco, isso mesmo lhe lembrava diante dos palácios de outras terras. Foi à custa de muita economia que comprou em Trieste um par de brincos, que leva agora no bolso com algumas bugigangas. E ela que lhe guardaria? Pode ser que um lenço marcado com o nome dele e uma âncora na ponta, porque ela sabia marcar muito bem. Nisto chegou à Gamboa, passou o cemitério e deu com a casa fechada. Bateu, falou-lhe uma voz conhecida, a da velha Inácia, que veio abrir-lhe a porta com grandes exclamações de prazer. Deolindo, impaciente, perguntou por Genoveva.

– Não me fale nessa maluca. – arremeteu a velha – Estou bem satis-feita com o conselho que lhe dei. Olhe lá se fugisse. Estava agora como o lindo amor.

– Mas que foi? que foi?

A velha disse-lhe que descansasse, que não era nada, uma dessas coisas que aparecem na vida; não valia a pena zangar-se. Genoveva andava com a cabeça virada...

– Mas virada por quê?

– Está com um mascate, José Diogo. Conheceu José Diogo, mas-cate de fazendas? Está com ele. Não imagina a paixão que eles têm um pelo outro. Ela então anda maluca. Foi o motivo da nossa briga. José Diogo não me saía da porta; eram conversas e mais conversas, até que eu um dia disse que não queria a minha casa difamada. Ah! meu pai do céu! foi um dia de juízo. Genoveva investiu para mim com uns olhos deste tamanho, dizendo que nunca difamou ninguém e não precisava de esmolas. Que esmolas, Genoveva? O que digo é que não quero esses cochichos à porta, desde as ave-marias... Dois dias depois estava mudada e brigada comigo.

– Onde mora ela?

– Na praia Formosa, antes de chegar à pedreira, uma rótula pintada de novo.

Deolindo não quis ouvir mais nada. A velha Inácia, um tanto arrependida, ainda lhe deu avisos de prudência, mas ele não os escutou e foi andando. Deixo de notar o que pensou em todo o caminho; não pensou nada. As ideias marinhavam-lhe no cérebro, como em hora de temporal, no meio de uma confusão de ventos e apitos. Entre elas rutilou a faca de bordo, ensanguentada e vingadora. Tinha passado a Gamboa, o saco do Alferes, entrara na praia Formosa. Não sabia o número da casa, mas era perto da pedreira, pintada de novo, e com auxílio da vizinhança poderia achá-la. Não contou com o acaso que pegou de Genoveva e fê-la sentar à janela, cosendo, no momento em que Deolindo ia passando. Ele conheceu-a e parou; ela, vendo o vulto de um homem, levantou os olhos e deu com o marujo.

– Que é isso? – exclamou espantada – Quando chegou? Entre, seu Deolindo.

E, levantando-se, abriu a rótula e fê-lo entrar. Qualquer outro homem ficaria alvoroçado de esperanças, tão francas eram as maneiras da rapariga; podia ser que a velha se enganasse ou mentisse: podia ser mesmo que a cantiga do mascate estivesse acabada. Tudo isso lhe passou pela cabeça, sem a forma precisa do raciocínio ou da reflexão, mas em tumulto e rápido. Genoveva deixou a porta aberta: fê-lo sentar-se, pediu-lhe notícias da viagem e achou-o mais gordo: nenhuma comoção nem intimidade. Deolindo perdeu a última esperança. Em falta de faca, bastavam-lhe as mãos para estrangular Genoveva, que era um pedacinho de gente, e durante os primeiros minutos não pensou em outra coisa.

– Sei tudo – disse ele.

– Quem lhe contou?

Deolindo levantou os ombros.

– Fosse quem fosse – tornou ela –, disseram-lhe que eu gostava muito de um moço?

– Disseram.

– Disseram a verdade.

Deolindo chegou a ter um ímpeto; ela fê-lo parar só com a ação dos olhos. Em seguida disse que, se lhe abrira a porta, é porque contava que era homem de juízo. Contou-lhe então tudo, as saudades que curtira, as propostas do mascate, as suas recusas, até que um dia, sem saber como, amanhecera gostando dele.

– Pode crer que pensei muito e muito em você. Sinhá Inácia que lhe diga se não chorei muito... Mas o coração mudou... Mudou... Conto-lhe tudo isto, como se estivesse diante do padre – concluiu sorrindo.

Não sorria de escárnio. A expressão das palavras é que era uma mescla de candura e cinismo, de insolência e simplicidade, que desisto de definir melhor. Creio até que insolência e cinismo são mal aplicados. Genoveva não se defendia de um erro ou de um perjúrio; não se defendia de nada; faltava-lhe o padrão moral das ações. O que dizia, em resumo, é que era melhor não ter mudado, dava-se bem com a afeição do Deolindo, a prova é que quis fugir com ele; mas, uma vez que o mascate venceu o marujo, a razão era do mascate, e cumpria declará-lo. Que vos parece? O pobre marujo citava o juramento de despedida, como uma obrigação eterna, diante da qual consentira em não fugir e embarcar: "Juro por Deus que está no céu; a luz me falte na hora da morte". Se embarcou, foi porque ela lhe jurou isso. Com essas palavras é que andou, viajou, esperou e tornou; foram elas que lhe deram a força de viver. Juro por Deus que está no céu; a luz me falte na hora da morte...

– Pois, sim, Deolindo, era verdade. Quando jurei, era verdade. Tanto era verdade que eu queria fugir com você para o sertão. Só Deus sabe se era verdade! Mas vieram outras coisas... Veio este moço e eu comecei a gostar dele...

– Mas a gente jura é para isso mesmo; é para não gostar de mais ninguém...

– Deixa disso, Deolindo. Então você só se lembrou de mim? Deixa de partes...

– A que horas volta José Diogo?

– Não volta hoje.

– Não?

– Não volta; está lá para os lados de Guaratiba com a caixa; deve voltar sexta-feira ou sábado... E por que é que você quer saber? Que mal lhe fez ele?

Pode ser que qualquer outra mulher tivesse igual palavra; poucas lhe dariam uma expressão tão cândida, não de propósito, mas involuntariamente. Vede que estamos aqui muito próximos da natureza. Que mal lhe fez ele? Que mal lhe fez esta pedra que caiu de cima? Qualquer mestre de física lhe explicaria a queda das pedras. Deolindo declarou, com um gesto de desespero, que queria matá-lo. Genoveva olhou para ele com desprezo, sorriu de leve e deu um muxoxo; e, como ele lhe falasse de ingratidão e perjúrio, não pôde disfarçar o pasmo. Que perjúrio? Que ingratidão? Já lhe tinha dito e repetia que quando jurou era verdade. Nossa Senhora, que ali estava, em cima da cômoda, sabia se era verdade ou não. Era assim que lhe pagava o que padeceu? E ele que tanto enchia a boca de fidelidade, tinha-se lembrado dela por onde andou?

A resposta dele foi meter a mão no bolso e tirar o pacote que lhe trazia. Ela abriu-o, aventou as bugigangas, uma por uma, e por fim deu com os brincos. Não eram nem poderiam ser ricos; eram mesmo de mau gosto, mas faziam uma vista de todos os diabos. Genoveva pegou deles, contente, deslumbrada, mirou-os por um lado e outro, perto e longe dos olhos, e afinal enfiou-os nas orelhas; depois foi ao espelho de pataca, suspenso na parede, entre a janela e a rótula, para ver o efeito que lhe faziam. Recuou, aproximou-se, voltou a cabeça da direita para a esquerda e da esquerda para a direita.

– Sim, senhor, muito bonito – disse ela, fazendo uma grande mesura de agradecimento. – Onde é que comprou?

Creio que ele não respondeu nada, nem teria tempo para isso, porque ela disparou mais duas ou três perguntas, uma atrás da outra, tão confusa estava de receber um mimo a troco de um esquecimento. Confusão de cinco ou quatro minutos; pode ser que dois. Não tardou que tirasse os brincos, e os contemplasse e pusesse na caixinha em cima da mesa redonda que estava no meio da sala. Ele pela sua parte começou a crer que, assim como a perdeu, estando ausente, assim o outro, ausente, podia também perdê-la; e, provavelmente, ela não lhe jurara nada.

– Brincando, brincando, é noite – disse Genoveva.

Com efeito, a noite ia caindo rapidamente. Já não podiam ver o hospital dos Lázaros e mal distinguiam a ilha dos Melões; as mesmas lanchas e canoas, postas em seco, defronte da casa, confundiram-se com a terra e o lodo da praia. Genoveva acendeu uma vela. Depois foi sentar-se na soleira da porta e pediu-lhe que contasse alguma coisa das terras por onde andara. Deolindo recusou a princípio; disse que se ia embora, levantou-se e deu alguns passos na sala. Mas o demônio da esperança mordia e babujava o coração do pobre-diabo, e ele voltou a sentar-se, para dizer duas ou três anedotas de bordo. Genoveva escutava com atenção. Interrompidos por uma mulher da vizinhança, que ali veio, Genoveva fê-la sentar-se também para ouvir "as bonitas histórias que o senhor Deolindo estava contando".

Não houve outra apresentação. A grande dama que prolonga a vigília para concluir a leitura de um livro ou de um capítulo, não vive mais intimamente a vida dos personagens do que a antiga amante do marujo vivia as cenas que ele ia contando, tão livremente interessada e presa, como se entre ambos não houvesse mais que uma narração de episódios. Que importa à grande dama o autor do livro? Que importava a esta rapariga o contador dos episódios?

A esperança, entretanto, começava a desampará-lo e ele levantou-se definitivamente para sair. Genoveva não quis deixá-lo sair antes que a amiga visse os brincos, e foi mostrar-lhos com grandes encarecimentos. A outra ficou encantada, elogiou-os muito, perguntou se os comprara em França e pediu a Genoveva que os pusesse.

– Realmente, são muito bonitos.

Quero crer que o próprio marujo concordou com essa opinião. Gostou de os ver, achou que pareciam feitos para ela e, durante alguns segundos, saboreou o prazer exclusivo e superfino de haver dado um bom presente; mas foram só alguns segundos.

Como ele se despedisse, Genoveva acompanhou-o até à porta para lhe agradecer ainda uma vez o mimo, e provavelmente dizer-lhe algumas coisas meigas e inúteis. A amiga, que deixara ficar na sala, apenas lhe ouviu esta palavra: "Deixa disso, Deolindo"; e esta outra do marinheiro: "Você verá". Não pôde ouvir o resto, que não passou de um sussurro.

Deolindo seguiu, praia fora, cabisbaixo e lento, não já o rapaz impetuoso da tarde, mas com um ar velho e triste, ou, para usar outra metáfora de marujo, como um homem "que vai do meio caminho para terra". Genoveva entrou logo depois, alegre e barulhenta. Contou à outra a anedota dos seus amores marítimos, gabou muito o gênio do Deolindo e os seus bonitos modos; a amiga declarou achá-lo grandemente simpático.

– Muito bom rapaz, insistiu Genoveva. Sabe o que ele me disse agora?

– Que foi?

– Que vai matar-se.

– Jesus!

– Qual o quê! Não se mata, não. Deolindo é assim mesmo; diz as coisas, mas não faz. Você verá que não se mata. Coitado, são ciúmes. Mas os brincos são muito engraçados.

– Eu aqui ainda não vi destes.

– Nem eu. – concordou Genoveva, examinando-os à luz. Depois guardou-os e convidou a outra a coser – Vamos coser um bocadinho, quero acabar o meu corpinho azul...

A verdade é que o marinheiro não se matou. No dia seguinte, alguns dos companheiros bateram-lhe no ombro, cumprimentando-o pela noite de almirante, e pediram-lhe notícias de Genoveva, se estava mais bonita, se chorara muito na ausência, etc. Ele respondia a tudo com um sorriso satisfeito e discreto, um sorriso de pessoa que viveu uma grande noite. Parece que teve vergonha da realidade e preferiu mentir.

HISTÓRIAS SEM DATA (1884)

AS ACADEMIAS DE SIÃO

Conhecem as academias de Sião? Bem sei que em Sião nunca houve academias: mas suponhamos que sim, e que eram quatro, e escutem-me.

I

As estrelas, quando viam subir, através da noite, muitos vaga-lumes cor de leite, costumavam dizer que eram os suspiros do rei de Sião, que se divertia com as suas trezentas concubinas. E, piscando o olho umas às outras, perguntavam:

– Reais suspiros, em que é que se ocupa esta noite o lindo Kalaphangko?

Ao que os vaga-lumes respondiam com gravidade:

– Nós somos os pensamentos sublimes das quatro academias de Sião; trazemos conosco toda a sabedoria do universo.

Uma noite, foram em tal quantidade os vaga-lumes, que as estrelas, de medrosas, refugiaram-se nas alcovas, e eles tomaram conta de uma parte do espaço, onde se fixaram para sempre com o nome de Via Láctea.

Deu lugar a essa enorme ascensão de pensamentos o fato de quererem as quatro academias de Sião resolver este singular problema: – por que é que há homens femininos e mulheres másculas? E o que as induziu a isso foi a índole do jovem rei. Kalaphangko era virtualmente uma dama. Tudo nele respirava a mais esquisita feminidade: tinha os olhos doces, a voz argentina, atitudes moles e obedientes e um cordial horror às armas. Os guerreiros siameses gemiam, mas a nação vivia alegre, tudo eram danças, comédias e cantigas, à maneira do rei que não cuidava de outra coisa. Daí a ilusão das estrelas.

Vai senão quando, uma das academias achou esta solução ao problema:

– Umas almas são masculinas, outras femininas. A anomalia que se observa é uma questão de corpos errados.

– Nego – bradaram as outras três –, a alma é neutra; nada tem com o contraste exterior.

Não foi preciso mais para que as vielas e águas de Bangkok se tingissem de sangue acadêmico. Veio primeiramente a controvérsia, depois a descompostura, e finalmente a pancada. No princípio da descompostura tudo andou menos mal; nenhuma das rivais arremessou um impropério que não fosse escrupulosamente derivado do sânscrito, que era a língua acadêmica, o latim de Sião. Mas dali em diante perderam a vergonha. A rivalidade desgrenhou-se, pôs as mãos na cintura, baixou à lama, à pedrada, ao murro, ao gesto vil, até que a academia sexual, exasperada, resolveu dar cabo das outras, organizou um plano sinistro... Ventos que passais, se quisésseis levar convosco estas folhas de papel, para que eu não contasse a tragédia de Sião! Custa-me (ai de mim!), custa-me escrever a singular desforra. Os acadêmicos armaram-se em segredo, e foram ter com os outros, justamente quando estes, curvados sobre o famoso problema, faziam subir ao céu uma nuvem de vaga-lumes. Nem preâmbulo, nem piedade. Caíram-lhes em cima, espumando de raiva. Os que puderam fugir, não fugiram por muitas horas; perseguidos e atacados, morreram na beira do rio, a bordo das lanchas, ou nas vielas escusas. Ao todo, trinta e oito cadáveres. Cortaram uma orelha aos principais, e fizeram delas colar e braceletes para o presidente vencedor, o sublime U-Tong. Ébrios da vitória, celebraram o feito com um grande festim, no qual cantaram este hino magnífico: "Glória a nós, que somos o arroz da ciência e a luminária do universo".

A cidade acordou estupefata. O terror apoderou-se da multidão. Ninguém podia absolver uma ação tão crua e feia; alguns chegavam mesmo a duvidar do que viam... Uma só pessoa aprovou tudo: foi a bela Kinnara, a flor das concubinas régias.

II

Molemente deitado aos pés da bela Kinnara, o jovem rei pedia-lhe uma cantiga.

– Não dou outra cantiga que não seja esta: creio na alma sexual.

– Crês no absurdo, Kinnara.

– Vossa Majestade crê então na alma neutra?

– Outro absurdo, Kinnara. Não, não creio na alma neutra, nem na alma sexual.

– Mas então em que é que vossa majestade crê, se não crê em nenhuma delas?

– Creio nos teus olhos, Kinnara que são o sol e a luz do universo.

– Mas cumpre-lhe escolher: – ou crer na alma neutra, e punir a academia viva, ou crer na alma sexual, e absolvê-la.

– Que deliciosa que é a tua boca, minha doce Kinnara! Creio na tua boca: é a fonte da sabedoria.

Kinnara levantou-se agitada. Assim como o rei era o homem feminino, ela era a mulher máscula – um búfalo com penas de cisne. Era o búfalo que andava agora no aposento, mas daí a pouco foi o cisne que parou, e, inclinando o pescoço, pediu e obteve do rei, entre duas carícias, um decreto em que a doutrina da alma sexual foi declarada legítima e ortodoxa, e a outra absurda e perversa. Nesse mesmo dia, foi o decreto mandado à academia triunfante, aos pagodes, aos mandarins, a todo o reino. A academia pôs luminárias; restabeleceu-se a paz pública.

III

Entretanto, a bela Kinnara tinha um plano engenhoso e secreto. Uma noite, como o rei examinasse alguns papéis do Estado, perguntou-lhe ela se os impostos eram pagos com pontualidade.

– *Ohimé*! – exclamou ele, repetindo essa palavra que lhe ficara de um missionário italiano. – Poucos impostos têm sido pagos. Eu não quisera mandar cortar a cabeça aos contribuintes... Não, isso nunca... Sangue? sangue? não, não quero sangue...

– E se eu lhe der um remédio a tudo?

– Qual?

– Vossa majestade decretou que as almas eram femininas e masculinas – disse Kinnara depois de um beijo. – Suponha que os nossos corpos estão trocados. Basta restituir cada alma ao corpo que lhe pertence. Troquemos os nossos...

Kalaphangko riu muito da ideia, e perguntou-lhe como é que fariam a troca. Ela respondeu que pelo método Mukunda, rei dos hindus, que se meteu no cadáver de um brâmane, enquanto um truão se metia no dele Mukunda, – velha lenda passada aos turcos, persas e cristãos. Sim, mas a fórmula da invocação? Kinnara declarou que a possuía; um velho bonzo achara cópia dela nas ruínas de um templo.

– Valeu?

– Não creio no meu próprio decreto – redarguiu ele rindo –, mas vá lá, se for verdade, troquemos... mas por um semestre, não mais. No fim do semestre destrocaremos os corpos.

Ajustaram que seria nessa mesma noite. Quando toda a cidade dormia, eles mandaram vir a piroga real, meteram-se dentro e deixaram-se ir à toa. Nenhum dos remadores os via. Quando a aurora começou a aparecer, fustigando as vacas rútilas, Kinnara proferiu a misteriosa invocação; a alma desprendeu-se-lhe, e ficou pairando, à espera que o corpo do rei vagasse também. O dela caíra no tapete.

– Pronto? – disse Kalaphangko.

– Pronto, aqui estou no ar esperando. Desculpe vossa majestade a indignidade da minha pessoa...

Mas a alma do rei não ouviu o resto. Lépida e cintilante, deixou o seu vaso físico e penetrou no corpo de Kinnara, enquanto a desta se apoderava do despojo real. Ambos os corpos ergueram-se e olharam um para o outro, imagine-se com que assombro. Era a situação do Buoso e da cobra, segundo conta o velho Dante; mas vede aqui a minha audácia. O poeta manda calar Ovídio e Lucano, por achar que a sua metamorfose vale mais que a deles dois. Eu mando-os calar a todos três. Buoso e a cobra não se encontram mais, ao passo que os meus dois heróis, uma vez trocados continuam a falar e a viver juntos – coisa evidentemente mais dantesca, em que me pese à modéstia.

– Realmente – disse Kalaphangko –, isto de olhar para mim mesmo e dar-me majestade é esquisito. Vossa majestade não sente a mesma coisa?

Um e outro estavam bem, como pessoas que acham finalmente uma casa adequada. Kalaphangko espreguiçava-se todo nas curvas femininas de Kinnara. Esta inteiriçava-se no tronco rijo de Kalaphangko. Sião tinha, finalmente, um rei.

IV

A primeira ação de Kalaphangko (daqui em diante entenda-se que é o corpo do rei com a alma de Kinnara, e Kinnara o corpo da bela siamesa com a alma do Kalaphangko) foi nada menos que dar as maiores honrarias à academia sexual. Não elevou os seus membros ao mandarinato, pois eram mais homens de pensamento que de ação e administração, dados à filosofia e à literatura, mas decretou que todos se prosternassem diante deles, como é de uso aos mandarins. Além disso, fez-lhes grandes presentes, coisas raras ou de valia, crocodilos empalhados, cadeiras de marfim, aparelhos de esmeralda para almoço, diamantes, relíquias. A academia, grata a tantos benefícios, pediu mais o direito de usar oficialmente o título de Claridade do Mundo, que lhe foi outorgado.

Feito isso, cuidou Kalaphangko da fazenda pública, da justiça, do culto e do cerimonial. A nação começou de sentir o peso grosso, para falar como o excelso Camões, pois nada menos de onze contribuintes remissos foram logo decapitados. Naturalmente os outros, preferindo a cabeça ao dinheiro, correram a pagar as taxas, e tudo se regularizou. A justiça e a legislação tiveram grandes melhoras. Construíram-se novos pagodes e a religião pareceu até ganhar outro impulso, desde que Kalaphangko, copiando as antigas artes espanholas, mandou queimar uma dúzia de pobres missionários cristãos que por lá andavam; ação que os bonzos da terra chamaram a pérola do reinado.

Faltava uma guerra. Kalaphangko, com um pretexto mais ou menos diplomático, atacou a outro reino, e fez a campanha mais breve e gloriosa do século. Na volta a Bangkok, achou grandes festas esplêndidas. Trezentos barcos, forrados de seda escarlate e azul, foram recebê-lo. Cada um destes tinha na proa um cisne ou um dragão de ouro, e era tripulado pela mais fina gente da cidade; músicas e aclamações atroaram os ares. De noite, acabadas as festas, sussurrou-lhe ao ouvido a bela concubina:

– Meu jovem guerreiro, paga-me as saudades que curti na ausência; dize-me que a melhor das festas é a tua meiga Kinnara.

Kalaphangko respondeu com um beijo.

– Os teus beiços têm o frio da morte ou do desdém – suspirou ela.

Era verdade, o rei estava distraído e preocupado; meditava uma tragédia. Ia-se aproximando o termo do prazo em que deviam destrocar os corpos, e ele cuidava em iludir a cláusula, matando a linda siamesa. Hesitava por não saber se padeceria com a morte dela visto que o corpo era seu, ou mesmo se teria de sucumbir também. Era esta a dúvida de Kalaphangko; mas a ideia da morte sombreava-lhe a fronte, enquanto ele afagava ao peito um frasquinho com veneno, imitado dos Bórgias.

De repente, pensou na douta academia; podia consultá-la, não claramente, mas por hipótese. Mandou chamar os acadêmicos; vieram todos menos o presidente, o ilustre U-Tong, que estava enfermo. Eram treze; prosternaram-se e disseram ao modo de Sião:

– Nós, desprezíveis palhas, corremos ao chamado de Kalaphangko.

– Erguei-vos – disse benevolamente o rei.

– O lugar da poeira é o chão – teimaram eles com os cotovelos e joelhos em terra.

– Pois serei o vento que subleva a poeira – redarguiu Kalaphangko; e, com um gesto cheio de graça e tolerância, estendeu-lhes as mãos.

Em seguida, começou a falar de coisas diversas, para que o principal assunto viesse de si mesmo; falou nas últimas notícias do ocidente e nas leis de Manu. Referindo-se a U-Tong, perguntou-lhes se realmente era um grande sábio, como parecia; mas, vendo que mastigavam a resposta, ordenou-lhes que dissessem a verdade inteira. Com exemplar unanimidade, confessaram eles que U-Tong era um dos mais singulares estúpidos do reino, espírito raso, sem valor, nada sabendo e incapaz de aprender nada. Kalaphangko estava pasmado. Um estúpido?

– Custa-nos dizê-lo, mas não é outra coisa; é um espírito raso e chocho. O coração é excelente, caráter puro, elevado...

Kalaphangko, quando voltou a si do espanto, mandou embora os acadêmicos, sem lhes perguntar o que queria. Um estúpido? Era mister tirá-lo da cadeira sem molestá-lo. Três dias depois, U-Tong compareceu ao chamado do rei. Este perguntou-lhe carinhosamente pela saúde, depois disse que queria mandar alguém ao Japão estudar uns documentos, negócio que só podia ser confiado a pessoa esclarecida. Qual dos seus colegas da academia lhe parecia idôneo para tal mister? Compreende-se o plano artificioso do rei: era ouvir dois ou três nomes, e concluir que a todos preferia o do próprio U-Tong; mas eis o que este lhe respondeu:

– Real Senhor, perdoai a familiaridade da palavra: são treze camelos, com a diferença que os camelos são modestos, e eles não; comparam-se ao sol e à lua. Mas, na verdade, nunca a lua nem o sol cobriram mais singulares pulhas do que esses treze... Compreendo o assombro de vossa majestade; mas eu não seria digno de mim se não dissesse isto com lealdade, embora confidencialmente...

Kalaphangko tinha a boca aberta. Treze camelos? Treze, treze. U-Tong ressalvou tão-somente o coração de todos, que declarou excelente; nada superior a eles pelo lado do caráter. Kalaphangko, com um fino gesto de complacência, despediu o sublime U-Tong, e ficou pensativo. Quais fossem as suas reflexões, não o soube ninguém. Sabe-se que ele mandou chamar os outros acadêmicos, mas desta vez separadamente, a fim de não dar na vista, e para obter maior expansão. O primeiro que chegou, ignorando aliás a opinião de U-Tong, confirmou-a integralmente com a única emenda de serem doze os camelos, ou treze, contando o próprio U-Tong. O segundo não teve opinião diferente, nem o terceiro, nem os restantes acadêmicos. Diferiam no estilo; uns diziam camelos, outros usavam circunlóquios e metáforas, que vinham a dar na mesma coisa. E, entretanto, nenhuma injúria ao caráter moral das pessoas. Kalaphangko estava atônito.

Mas não foi esse o último espanto do rei. Não podendo consultar a academia, tratou de deliberar por si, no que gastou dois dias, até que a linda Kinnara lhe segredou que era mãe. Esta notícia fê-lo recuar do crime. Como destruir o vaso eleito da flor que tinha de vir com a primavera próxima? Jurou ao céu e à terra que o filho havia de nascer e viver. Chegou ao fim do semestre; chegou o momento de destrocar os corpos.

Como da primeira vez, meteram-se no barco real, à noite, e deixaram-se ir águas abaixo, ambos de má vontade, saudosos do corpo que iam restituir um ao outro. Quando as vacas cintilantes da madrugada começaram de pisar vagarosamente o céu, proferiram eles a fórmula misteriosa, e cada alma foi devolvida ao corpo anterior. Kinnara, tornando ao seu, teve a comoção materna, como tivera a paterna, quando ocupava o corpo de Kalaphangko. Parecia-lhe até que era ao mesmo tempo mãe e pai da criança.

– Pai e mãe? – repetiu o príncipe restituído à forma anterior.

Foram interrompidos por uma deleitosa música, ao longe. Era algum junco ou piroga que subia o rio, pois a música aproximava-se rapidamente. Já então o sol alagava de luz as águas e as margens verdes, dando ao quadro um tom de vida e renascença, que de algum modo fazia esquecer aos dois amantes a restituição psíquica. E a música vinha chegando, agora mais distinta, até que numa curva do rio, apareceu aos olhos de ambos um barco magnífico, adornado de plumas e flâmulas. Vinham dentro os quatorze membros da academia (contando U-Tong) e todos em coro mandavam aos ares o velho hino: "Glória a nós, que somos o arroz da ciência e a claridade do mundo!"

A bela Kinnara (antigo Kalaphangko) tinha os olhos esbugalhados de assombro. Não podia entender como é que quatorze varões reunidos em academia eram a claridade do mundo, e separadamente uma multidão de camelos. Kalaphangko, consultado por ela, não achou explicação. Se alguém descobrir alguma, pode obsequiar uma das mais graciosas damas do Oriente, mandando-lha em carta fechada, e, para maior segurança, sobrescritada ao nosso cônsul em Xangai, China.

GAZETA DE NOTÍCIAS,
6 DE JUNHO DE 1884; MACHADO DE ASSIS

A CARTOMANTE

Hamlet observa a Horácio que há mais coisas no céu e na terra do que sonha a nossa filosofia. Era a mesma explicação que dava a bela Rita ao moço Camilo, numa sexta-feira de novembro de 1869, quando este ria dela, por ter ido na véspera consultar uma cartomante; a diferença é que o fazia por outras palavras.

— Ria, ria. Os homens são assim; não acreditam em nada. Pois saiba que fui, e que ela adivinhou o motivo da consulta, antes mesmo que eu lhe dissesse o que era. Apenas começou a botar as cartas, disse-me: "A senhora gosta de uma pessoa..." Confessei que sim, e então ela continuou a botar as cartas, combinou-as, e no fim declarou-me que eu tinha medo de que você me esquecesse, mas que não era verdade...

— Errou! — interrompeu Camilo, rindo.

— Não diga isso, Camilo. Se você soubesse como eu tenho andado, por sua causa. Você sabe; já lhe disse. Não ria de mim, não ria...

Camilo pegou-lhe nas mãos, e olhou para ela sério e fixo. Jurou que lhe queria muito, que os seus sustos pareciam de criança; em todo o caso, quando tivesse algum receio, a melhor cartomante era ele mesmo. Depois, repreendeu-a; disse-lhe que era imprudente andar por essas casas. Vilela podia sabê-lo, e depois...

— Qual saber! tive muita cautela, ao entrar na casa.

— Onde é a casa?

— Aqui perto, na rua da Guarda Velha; não passava ninguém nessa ocasião. Descansa; eu não sou maluca.

Camilo riu outra vez:

— Tu crês deveras nessas coisas? — perguntou-lhe.

Foi então que ela, sem saber que traduzia Hamlet em vulgar, disse-lhe que havia muita coisa misteriosa e verdadeira neste mundo. Se ele não acreditava, paciência; mas o certo é que a cartomante adivinhara tudo. Que mais? A prova é que ela agora estava tranquila e satisfeita.

Cuido que ele ia falar, mas reprimiu-se. Não queria arrancar-lhe as ilusões. Também ele, em criança, e ainda depois, foi supersticioso, teve um arsenal inteiro de crendices, que a mãe lhe incutiu e que aos vinte anos desapareceram. No dia em que deixou cair toda essa vegetação parasita, e ficou só o tronco da religião, ele, como tivesse recebido da mãe ambos os ensinos, envolveu-os na mesma dúvida, logo depois em uma só negação total. Camilo não acreditava em nada. Por quê? Não poderia dizê-lo, não possuía um só argumento; limitava-se a negar tudo. E digo mal, porque negar é ainda afirmar, ele não formulava a incredulidade; diante do mistério, contentou-se em levantar os ombros, e foi andando.

Separaram-se contentes, ele ainda mais que ela. Rita estava certa de ser amada; Camilo, não só o estava, mas via-a estremecer e arriscar-se por ele, correr às cartomantes, e, por mais que a repreendesse, não podia deixar de sentir-se lisonjeado. A casa do encontro era na antiga rua dos Barbonos, onde morava uma comprovinciana de Rita. Esta desceu pela rua das Mangueiras, na direção de Botafogo, onde residia; Camilo desceu pela da Guarda Velha, olhando de passagem para a casa da cartomante.

Vilela, Camilo e Rita, três nomes, uma aventura e nenhuma explicação das origens. Vamos a ela. Os dois primeiros eram amigos de infância. Vilela seguiu a carreira de magistrado. Camilo entrou no funcionalismo, contra a vontade do pai, que queria vê-lo médico; mas o pai morreu, e Camilo preferiu não ser nada, até que a mãe lhe arranjou um emprego público. No princípio de 1869, voltou Vilela da província, onde casara com uma dama formosa e tonta: abandonou a magistratura e veio abrir banca de advogado. Camilo arranjou-lhe casa para os lados de Botafogo, e foi a bordo recebê-lo.

– É o senhor? – exclamou Rita, estendendo-lhe a mão – Não imagina como meu marido é seu amigo; falava sempre do senhor.

Camilo e Vilela olharam-se com ternura. Eram amigos deveras. Depois, Camilo confessou de si para si que a mulher do Vilela não desmentia as cartas do marido. Realmente, era graciosa e viva nos gestos, olhos cálidos, boca fina e interrogativa. Era um pouco mais velha que ambos: contava trinta anos, Vilela vinte e nove e Camilo vinte e seis. Entretanto, o porte grave de Vilela fazia-o parecer mais velho que a mulher, enquanto Camilo era um ingênuo na vida moral prática. Faltava-lhe tanto a ação do tempo, como os óculos de cristal, que a natureza põe no berço de alguns para adiantar os anos. Nem experiência, nem intuição.

Uniram-se os três. Convivência trouxe intimidade. Pouco depois morreu a mãe de Camilo, e nesse desastre, que o foi, os dois mostraram-se grandes amigos dele. Vilela cuidou do enterro, dos sufrágios e do inventário; Rita tratou especialmente do coração, e ninguém faria melhor.

Como daí chegaram ao amor, não o soube ele nunca. A verdade é que gostava de passar as horas ao lado dela; era a sua enfermeira moral, quase uma irmã, mas principalmente era mulher e bonita. *Odor di femmina*: eis o que ele aspirava nela, e em volta dela, para incorporá-lo em si próprio. Liam os mesmos livros, iam juntos a teatros e passeios. Camilo ensinou-lhe as damas e o xadrez e jogavam às noites; – ela mal, – ele, para lhe ser agradável, pouco menos mal. Até aí as coisas. Agora a ação da pessoa, os olhos teimosos de Rita, que procuravam muita vez os dele, que os consultavam antes de o fazer ao marido, as mãos frias, as atitudes insólitas. Um dia, fazendo ele anos, recebeu de Vilela uma rica bengala de presente, de Rita apenas um cartão com um vulgar cumprimento a lápis, e foi então que ele pôde ler no próprio coração; não conseguia arrancar os olhos do bilhetinho. Palavras vulgares; mas há vulgaridades sublimes, ou, pelo menos, deleitosas. A velha caleça de praça, em que pela primeira vez passeaste com a mulher amada, fechadinhos ambos, vale o carro de Apolo. Assim é o homem, assim são as coisas que o cercam.

Camilo quis sinceramente fugir, mas já não pôde. Rita, como uma serpente, foi-se acercando dele, envolveu-o todo, fez-lhe estalar os ossos num espasmo, e pingou-lhe o veneno na boca. Ele ficou atordoado e subjugado. Vexame, sustos, remorsos, desejos, tudo sentiu de mistura; mas a batalha foi curta e a vitória delirante. Adeus, escrúpulos! Não tardou que o sapato se acomodasse ao pé, e aí foram ambos, estrada fora, braços dados, pisando folgadamente por cima de ervas e pedregulhos, sem padecer nada mais que algumas saudades, quando estavam ausentes um do outro. A confiança e estima de Vilela continuavam a ser as mesmas.

Um dia, porém, recebeu Camilo uma carta anônima, que lhe chamava imoral e pérfido, e dizia que a aventura era sabida de todos. Camilo teve medo, e, para desviar as suspeitas, começou a rarear as visitas à casa de Vilela. Este notou-lhe as ausências. Camilo respondeu que o motivo era uma paixão frívola de rapaz. Candura gerou astúcia. As ausências prolongaram-se, e as visitas cessaram inteiramente. Pode ser que entrasse também nisso um pouco de amor-próprio, uma intenção de diminuir os obséquios do marido, para tornar menos dura a aleivosia do ato.

Foi por esse tempo que Rita, desconfiada e medrosa, correu à cartomante para consultá-la sobre a verdadeira causa do procedimento de Camilo. Vimos que a cartomante restituiu-lhe a confiança, que o rapaz repreendeu-a por ter feito o que fez. Correram ainda algumas semanas. Camilo recebeu mais duas ou três cartas anônimas, tão apaixonadas, que não podiam ser advertência da virtude, mas despeito de algum pretendente; tal foi a opinião de Rita, que, por outras palavras mal compostas, formulou este pensamento: – a virtude é preguiçosa e avara, não gasta tempo nem papel; só o interesse é ativo e pródigo.

Nem por isso Camilo ficou mais sossegado; temia que o anônimo fosse ter com Vilela, e a catástrofe viria então sem remédio. Rita concordou que era possível.

– Bem – disse ela –, eu levo os sobrescritos para comparar a letra com as das cartas que lá aparecerem; se alguma for igual, guardo-a rasgo-a...

Nenhuma apareceu; mas daí a algum tempo Vilela começou a mostrar-se sombrio, falando pouco, como desconfiado. Rita deu-se pressa em dizê-lo ao outro, e sobre isso deliberaram. A opinião dela é que Camilo devia tornar à casa deles, tatear o marido, e pode ser até que lhe ouvisse a confidência de algum negócio particular. Camilo divergia; aparecer depois de tantos meses era confirmar a suspeita ou denúncia. Mais valia acautelarem-se, sacrificando-se por algumas semanas. Combinaram os meios de se corresponderem, em caso de necessidade, e separaram-se com lágrimas.

No dia seguinte, estando na repartição, recebeu Camilo este bilhete de Vilela: "Vem já, já, à nossa casa; preciso falar-te sem demora." Era mais de meio-dia. Camilo saiu logo; na rua, advertiu que teria sido mais natural chamá-lo ao escritório; por que em casa? Tudo indicava matéria especial, e a letra, fosse realidade ou ilusão, afigurou-se-lhe trêmula. Ele combinou todas essas coisas com a notícia da véspera.

– Vem já, já, à nossa casa; preciso falar-te sem demora – repetia ele com os olhos no papel.

Imaginariamente, viu a ponta da orelha de um drama, Rita subjugada e lacrimosa, Vilela indignado, pegando da pena e escrevendo o bilhete, certo de que ele acudiria, e esperando-o para matá-lo. Camilo estremeceu, tinha medo: depois sorriu amarelo, e em todo caso repugnava-lhe a ideia de recuar, e foi andando. De caminho, lembrou-se de ir a casa; podia achar algum recado de Rita, que lhe explicasse tudo. Não achou nada, nem ninguém. Voltou à rua, e a ideia de estarem descobertos parecia-lhe cada vez mais verossímil; era natural uma denúncia anônima, até da própria pessoa que o ameaçara antes; podia ser que Vilela conhecesse agora tudo. A mesma suspensão das suas visitas, sem motivo aparente, apenas com um pretexto fútil, viria confirmar o resto.

Camilo ia andando inquieto e nervoso. Não relia o bilhete, mas as palavras estavam decoradas, diante dos olhos, fixas; ou então – o que era ainda pior – eram-lhe murmuradas ao ouvido, com a própria voz de Vilela. "Vem já, já, à nossa casa; preciso falar-te sem demora." Ditas assim, pela voz do outro, tinham um tom de mistério e ameaça. Vem, já, já, para quê? Era perto de uma hora da tarde. A comoção crescia de minuto a minuto. Tanto imaginou o que se iria passar, que chegou a crê-lo e vê-lo. Positivamente, tinha medo. Entrou a cogitar em ir armado, considerando que, se nada houvesse, nada perdia, e a precaução era útil. Logo depois rejeitava a ideia, vexado de si mesmo, e seguia, picando o passo, na direção do largo da Carioca, para entrar num tílburi. Chegou, entrou e mandou seguir a trote largo.

– Quanto antes, melhor – pensou ele –, não posso estar assim...

Mas o mesmo trote do cavalo veio agravar-lhe a comoção. O tempo voava, e ele não tardaria a entestar com o perigo. Quase no fim da rua da Guarda Velha, o tílburi teve de parar; a rua estava atravancada com uma carroça, que caíra. Camilo, em si mesmo, estimou o obstáculo, e esperou. No fim de cinco minutos, reparou que ao lado, à esquerda, ao pé do tílburi, ficava a casa da cartomante, a quem Rita consultara uma vez, e nunca ele desejou tanto crer na lição das cartas. Olhou, viu as janelas fechadas, quando todas as outras estavam abertas e pejadas de curiosos do incidente da rua. Dir-se-ia a morada do indiferente Destino.

Camilo reclinou-se no tílburi, para não ver nada. A agitação dele era grande, extraordinária, e do fundo das camadas morais emergiam alguns fantasmas de outro tempo, as velhas crenças, as superstições antigas. O cocheiro propôs-lhe voltar à primeira travessa, e ir por outro caminho; ele respondeu que não, que esperasse. E inclinava-se para fitar a casa... Depois fez um gesto incrédulo: era a ideia de ouvir a cartomante, que lhe passava ao longe, muito longe, com vastas asas cinzentas; desapareceu, reapareceu, e tornou a esvair-se no cérebro; mas daí a pouco moveu outra vez as asas, mais perto, fazendo uns giros concêntricos... Na rua, gritavam os homens, safando a carroça:

– Anda! agora! empurra! vá! vá!

Daí a pouco estaria removido o obstáculo. Camilo fechava os olhos, pensava em outras coisas; mas a voz do marido sussurrava-lhe às orelhas as palavras da carta: "Vem, já, já..." E ele via as contorções do drama e tremia. A casa olhava para ele. As pernas queriam descer e entrar... Camilo achou-se diante de um longo véu opaco... pensou rapidamente no inexplicável de tantas coisas. A voz da mãe repetia-lhe uma porção de casos extraordinários; e a mesma frase do príncipe de Dinamarca reboava-lhe dentro: "Há mais coisas no céu e na terra do que sonha a filosofia..." Que perdia ele, se...?

Deu por si na calçada, ao pé da porta; disse ao cocheiro que esperasse, e rápido enfiou pelo corredor, e subiu a escada. A luz era pouca, os degraus comidos dos pés, o corrimão pegajoso; mas ele não viu nem sentiu nada. Trepou e bateu. Não aparecendo ninguém, teve ideia de descer; mas era tarde, a curiosidade fustigava-lhe o sangue, as fontes latejavam-lhe; ele tornou a bater uma, duas, três pancadas. Veio uma mulher; era a cartomante. Camilo disse que ia consultá-la, ela fê-lo entrar. Dali subiram ao sótão, por uma escada ainda pior que a primeira e mais escura. Em cima, havia uma salinha, mal alumiada por uma janela, que dava para o telhado dos fundos. Velhos trastes, paredes sombrias, um ar de pobreza, que antes aumentava do que destruía o prestígio.

A cartomante fê-lo sentar diante da mesa, e sentou-se do lado oposto, com as costas para a janela, de maneira que a pouca luz de fora batia em cheio no rosto de Camilo. Abriu uma gaveta e tirou um baralho de cartas compridas e enxovalhadas. Enquanto as baralhava, rapidamente, olhava para ele, não de rosto, mas por baixo dos olhos. Era uma mulher de quarenta anos, italiana, morena e magra, com grandes olhos sonsos e agudos. Voltou três cartas sobre a mesa, e disse-lhe:

– Vejamos primeiro o que é que o traz aqui. O senhor tem um grande susto...

Camilo, maravilhado, fez um gesto afirmativo.

– E quer saber – continuou ela –, se lhe acontecerá alguma coisa ou não...

– A mim e a ela – explicou vivamente ele.

A cartomante não sorriu; disse-lhe só que esperasse. Rápido pegou outra vez das cartas e baralhou-as, com os longos dedos finos, de unhas descuradas; baralhou-as bem, transpôs os maços, uma, duas, três vezes; depois começou a estendê-las. Camilo tinha os olhos nela, curioso e ansioso.

– As cartas dizem-me...

Camilo inclinou-se para beber uma a uma as palavras. Então ela declarou-lhe que não tivesse medo de nada. Nada aconteceria nem a um nem a outro; ele, o terceiro, ignorava tudo. Não obstante, era indispensável muita cautela; ferviam invejas e despeitos. Falou-lhe do amor que os ligava, da beleza de Rita ... Camilo estava deslumbrado. A cartomante acabou, recolheu as cartas e fechou-as na gaveta.

– A senhora restituiu-me a paz ao espírito – disse ele estendendo a mão por cima da mesa e apertando a da cartomante.

Esta levantou-se, rindo.

– Vá, disse ela; vá, ragazzo innamorato...

E de pé, com o dedo indicador, tocou-lhe na testa. Camilo estremeceu, como se fosse a mão da própria sibila, e levantou-se também. A cartomante foi à cômoda, sobre a qual estava um prato com passas, tirou um cacho destas, começou a despencá-las e comê-las, mostrando duas fileiras de dentes que desmentiam as unhas. Nessa mesma ação comum, a mulher tinha um ar particular. Camilo, ansioso por sair, não sabia como pagasse; ignorava o preço.

– Passas custam dinheiro. – disse ele afinal, tirando a carteira – Quantas quer mandar buscar?

– Pergunte ao seu coração – respondeu ela.

Camilo tirou uma nota de dez mil-réis, e deu-lha. Os olhos da cartomante fuzilaram. O preço usual era dois mil-réis.

– Vejo bem que o senhor gosta muito dela... E faz bem; ela gosta muito do senhor. Vá, vá, tranquilo. Olhe a escada, é escura; ponha o chapéu...

A cartomante tinha já guardado a nota na algibeira, e descia com ele, falando, com um leve sotaque. Camilo despediu-se dela embaixo, e desceu a escada que levava à rua, enquanto a cartomante, alegre com a paga, tornava acima, cantarolando uma barcarola. Camilo achou o tílburi esperando; a rua estava livre. Entrou e seguiu a trote largo.

Tudo lhe parecia agora melhor, as outras coisas traziam outro aspecto, o céu estava límpido e as caras joviais. Chegou a rir dos seus receios, que chamou pueris; recordou os termos da carta de Vilela e reconheceu que eram íntimos e familiares. Onde é que ele lhe descobrira a ameaça? Advertiu também que eram urgentes, e que fizera mal em demorar-se tanto; podia ser algum negócio grave e gravíssimo.

– Vamos, vamos depressa – repetia ele ao cocheiro.

E consigo, para explicar a demora ao amigo, engenhou qualquer coisa; parece que formou também o plano de aproveitar o incidente para tornar à antiga assiduidade... De volta com os planos, reboavam-lhe na alma as palavras da cartomante. Em verdade, ela adivinhara o objeto da consulta, o estado dele, a existência de um terceiro; por que não adivinharia o resto? O presente que se ignora vale o futuro. Era assim, lentas e contínuas, que as velhas crenças do rapaz iam tornando ao de cima, e o mistério empolgava-o com as unhas de ferro. Às vezes queria rir, e ria de si mesmo, algo vexado; mas a mulher, as cartas, as palavras secas e afirmativas, a exortação: – Vá, vá, *ragazzo innamorato*; e no fim, ao longe, a barcarola da despedida, lenta e graciosa, tais eram os elementos recentes, que formavam, com os antigos, uma fé nova e vivaz.

A verdade é que o coração ia alegre e impaciente, pensando nas horas felizes de outrora e nas que haviam de vir. Ao passar pela Glória, Camilo olhou para o mar, estendeu os olhos para fora, até onde a água e o céu dão um abraço infinito, e teve assim uma sensação do futuro, longo, longo, interminável.

Daí a pouco chegou à casa de Vilela. Apeou-se, empurrou a porta de ferro do jardim e entrou. A casa estava silenciosa. Subiu os seis degraus de pedra, e mal teve tempo de bater, a porta abriu-se, e apareceu-lhe Vilela.

– Desculpa, não pude vir mais cedo; que há?

Vilela não lhe respondeu; tinha as feições decompostas; fez-lhe sinal, e foram para uma saleta interior. Entrando, Camilo não pôde sufocar um grito de terror: – ao fundo sobre o canapé, estava Rita morta e ensanguentada. Vilela pegou-o pela gola, e, com dois tiros de revólver, estirou-o morto no chão.

VÁRIAS HISTÓRIAS (1896)

UNS BRAÇOS

Inácio estremeceu, ouvindo os gritos do solicitador, recebeu o prato que este lhe apresentava e tratou de comer, debaixo de uma trovoada de nomes, malandro, cabeça-de-vento, estúpido, maluco.

– Onde anda que nunca ouve o que lhe digo? Hei de contar tudo a seu pai, para que lhe sacuda a preguiça do corpo com uma boa vara de marmelo, ou um pau; sim, ainda pode apanhar, não pense que não. Estúpido! maluco!

– Olhe que lá fora é isto mesmo que você vê aqui. – continuou, voltando-se para d. Severina, senhora que vivia com ele maritalmente, há anos – Confunde-me os papéis todos, erra as casas, vai a um escrivão em vez de ir a outro, troca os advogados: é o diabo! É o tal sono pesado e contínuo. De manhã é o que se vê; primeiro que acorde é preciso quebrar-lhe os ossos... Deixe; amanhã hei de acordá-lo a pau de vassoura!

D. Severina tocou-lhe no pé, como pedindo que acabasse. Borges espeitorou ainda alguns impropérios, e ficou em paz com Deus e os homens.

Não digo que ficou em paz com os meninos, porque o nosso Inácio não era propriamente menino. Tinha quinze anos feitos e bem feitos. Cabeça inculta, mas bela, olhos de rapaz que sonha, que adivinha, que indaga, que quer saber e não acaba de saber nada. Tudo isso posto sobre um corpo não destituído de graça, ainda que mal vestido. O pai é barbeiro na Cidade Nova, e pô-lo de agente, escrevente, ou que quer que era, do solicitador Borges, com esperança de vê-lo no foro, porque lhe parecia que os procuradores de causas ganhavam muito. Passava-se isto na rua da Lapa, em 1870.

Durante alguns minutos não se ouviu mais que o tinir dos talheres e o ruído da mastigação. Borges abarrotava-se de alface e vaca; interrompia-se para virgular a oração com um golpe de vinho e continuava logo calado.

Inácio ia comendo devagarinho, não ousando levantar os olhos do prato, nem para colocá-los onde eles estavam no momento em que o terrível Borges o descompôs. Verdade é que seria agora muito arriscado. Nunca ele pôs os olhos nos braços de d. Severina que se não esquecesse de si e de tudo.

Também a culpa era antes de d. Severina em trazê-los assim nus, constantemente. Usava mangas curtas em todos os vestidos de casa, meio palmo abaixo do ombro; dali em diante ficavam-lhe os braços à mostra. Na verdade, eram belos e cheios, em harmonia com a dona, que era antes grossa que fina, e não perdiam a cor nem a maciez por viverem ao ar; mas é justo explicar que ela os não trazia assim por faceira, senão porque já gastara todos os vestidos de mangas compridas. De pé, era muito vistosa; andando, tinha meneios engraçados; ele, entretanto, quase que só a via à mesa, onde, além dos braços, mal poderia mirar-lhe o busto. Não se pode dizer que era bonita; mas também não era feia. Nenhum adorno; o próprio penteado consta de mui pouco; alisou os cabelos, apanhou-os, atou-os e fixou-os no alto da cabeça com o pente de tartaruga que a mãe lhe deixou. Ao pescoço, um lenço escuro; nas orelhas, nada. Tudo isso com vinte e sete anos floridos e sólidos.

Acabaram de jantar. Borges, vindo o café, tirou quatro charutos da algibeira, comparou-os, apertou-os entre os dedos, escolheu um e guardou os restantes. Aceso o charuto, fincou os cotovelos na mesa e falou a d. Severina de trinta mil coisas que não interessavam nada ao nosso Inácio; mas enquanto falava, não o descompunha e ele podia devanear à larga.

Inácio demorou o café o mais que pôde. Entre um e outro gole, alisava a toalha, arrancava dos dedos pedacinhos de pele imaginários, ou passava os olhos pelos quadros da sala de jantar, que eram dois, um são Pedro e um são João, registros trazidos de festas e encaixilhados em casa. Vá que disfarçasse com são João, cuja cabeça moça alegra as imaginações católicas; mas com o austero são Pedro era demais. A única defesa do moço Inácio é que ele não via nem um nem outro; passava os olhos por ali como por nada. Via só os braços de d. Severina – ou porque sorrateiramente olhasse para eles, ou porque andasse com eles impressos na memória.

– Homem, você não acaba mais? – bradou de repente o solicitador.

Não havia remédio; Inácio bebeu a última gota, já fria, e retirou-se, como de costume, para o seu quarto, nos fundos da casa. Entrando, fez um gesto de zanga e desespero e foi depois encostar-se a uma das duas janelas que davam para o mar. Cinco minutos depois, a vista das águas próximas e das montanhas ao longe restituía-lhe o sentimento confuso, vago, inquieto, que lhe doía e fazia bem, alguma coisa que deve sentir a planta, quando abotoa a primeira flor. Tinha vontade de ir embora e de ficar. Havia cinco semanas que ali morava, e a vida era sempre a mesma, sair de manhã com o Borges, andar por audiências e cartórios, correndo, levando papéis ao selo, ao distribuidor, aos escrivães, aos oficiais de justiça. Voltava à tarde, jantava e recolhia-se ao quarto, até a hora da ceia; ceava e ia dormir. Borges não lhe dava intimidade na família, que se compunha apenas de d. Severina, nem Inácio a via mais de três vezes por dia, durante as refeições. Cinco semanas de solidão, de trabalho sem gosto, longe da mãe e das irmãs; cinco semanas de silêncio, porque ele só falava uma ou outra vez na rua; em casa, nada.

– Deixe estar – pensou ele um dia –, fujo daqui e não volto mais.

Não foi; sentiu-se agarrado e acorrentado pelos braços de d. Severina. Nunca vira outros tão bonitos e tão frescos. A educação que tivera não lhe permitia encará-los logo abertamente, parece até que a princípio afastava os olhos, vexado. Encarou-os pouco a pouco, ao ver que eles não tinham outras mangas, e assim os foi descobrindo, mirando e amando. No fim de três semanas eram eles, moralmente falando, as suas tendas de repouso. Aguentava toda a trabalheira de fora, toda a melancolia da solidão e do silêncio, toda a grosseria do patrão, pela única paga de ver, três vezes por dia, o famoso par de braços.

Naquele dia, enquanto a noite ia caindo e Inácio estirava-se na rede (não tinha ali outra cama), d. Severina, na sala da frente, recapitulava o episódio do jantar e, pela primeira vez, desconfiou alguma coisa. Rejeitou a ideia logo, uma criança! Mas há ideias que são da família das moscas teimosas: por mais que a gente as sacuda, elas tornam e pousam. Criança? Tinha quinze anos; e ela advertiu que entre o nariz e a boca do rapaz havia um princípio de rascunho de buço. Que admira que começasse a amar? E não era ela bonita? Esta outra ideia não foi rejeitada, antes afagada e beijada. E recordou então os modos dele, os esquecimentos, as distrações, e mais um incidente, e mais outro, tudo eram sintomas, e concluiu que sim.

– Que é que você tem? – disse-lhe o solicitador, estirado no canapé, ao cabo de alguns minutos de pausa.

– Não tenho nada.

– Nada? Parece que cá em casa anda tudo dormindo! Deixem estar, que eu sei de um bom remédio para tirar o sono aos dorminhocos...

E foi por ali, no mesmo tom zangado, fuzilando ameaças, mas realmente incapaz de as cumprir, pois era antes grosseiro que mau. D. Severina interrompia-o que não, que era engano, não estava dormindo, estava pensando na comadre Fortunata. Não a visitavam desde o Natal; por que não iriam lá uma daquelas noites? Borges redarguia que andava cansado, trabalhava como um negro, não estava para visitas de parola; e descompôs a comadre, descompôs o compadre, descompôs o afilhado, que não ia ao colégio, com dez anos! Ele, Borges, com dez anos, já sabia ler, escrever e contar, não muito bem, é certo, mas sabia. Dez anos! Havia de ter um bonito fim: – vadio, e o côvado e meio nas costas. A tarimba é que viria ensiná-lo.

D. Severina apaziguava-o com desculpas, a pobreza da comadre, o caiporismo do compadre, e fazia-lhe carinhos, a medo, que eles podiam irritá-lo mais. A noite caíra de todo; ela ouviu o *tlic* do lampião do gás da rua, que acabavam de acender, e viu o clarão dele nas janelas da casa fronteira. Borges, cansado do dia, pois era realmente um trabalhador de primeira ordem, foi fechando os olhos e pegando no sono, e deixou-a só na sala, às escuras, consigo e com a descoberta que acaba de fazer.

Tudo parecia dizer à dama que era verdade; mas essa verdade, desfeita a impressão do assombro, trouxe-lhe uma complicação moral, que ela só conheceu pelos efeitos, não achando meio de discernir o que era. Não podia entender-se nem equilibrar-se, chegou a pensar em dizer tudo ao solicitador, e ele que mandasse embora o fedelho. Mas que era tudo? Aqui estacou: realmente, não havia mais que suposição, coincidência e possivelmente ilusão. Não, não, ilusão não era. E logo recolhia os indícios vagos, as atitudes do mocinho, o acanhamento, as distrações, para rejeitar a ideia de estar enganada. Daí a pouco (capciosa natureza!), refletindo que seria mau acusá-lo sem fundamento, admitiu que se iludisse, para o único fim de observá-lo melhor e averiguar bem a realidade das coisas.

Já nessa noite, d. Severina mirava por baixo dos olhos os gestos de Inácio; não chegou a achar nada, porque o tempo do chá era curto e o rapazinho não tirou os olhos da xícara. No dia seguinte pôde observar melhor, e nos outros otimamente. Percebeu que sim, que era amada e temida, amor adolescente e virgem, retido pelos liames sociais e por um sentimento de inferioridade que o impedia de reconhecer-se a si mesmo.

D. Severina compreendeu que não havia recear nenhum desacato, e concluiu que o melhor era não dizer nada ao solicitador; poupava-lhe um desgosto, e outro à pobre criança. Já se persuadia bem que ele era criança, e assentou de o tratar tão secamente como até ali, ou ainda mais. E assim fez; Inácio começou a sentir que ela fugia com os olhos, ou falava áspero, quase tanto como o próprio Borges. De outras vezes, é verdade que o tom da voz saía brando e até meigo, muito meigo; assim como o olhar geralmente esquivo, tanto errava por outras partes, que, para descansar, vinha pousar na cabeça dele; mas tudo isso era curto.

– Vou-me embora – repetia ele na rua como nos primeiros dias.

Chegava a casa e não se ia embora. Os braços de d. Severina fechavam-lhe um parênteses no meio do longo e fastidioso período da vida que levava, e essa oração intercalada trazia uma ideia original e profunda, inventada pelo céu unicamente para ele. Deixava-se estar e ia andando. Afinal, porém, teve de sair, e para nunca mais; eis aqui como e por quê.

D. Severina tratava-o desde alguns dias com benignidade. A rudeza da voz parecia acabada, e havia mais do que brandura, havia desvelo e carinho. Um dia recomendava-lhe que não apanhasse ar, outro que não bebesse água fria depois do café quente, conselhos, lembranças, cuidados de amiga e mãe, que lhe lançaram na alma ainda maior inquietação e confusão. Inácio chegou ao extremo de confiança de rir um dia à mesa, coisa que jamais fizera; e o solicitador não o tratou mal dessa vez, porque era ele que contava um caso engraçado, e ninguém pune a outro pelo aplauso que recebe. Foi então que d. Severina viu que a boca do mocinho, graciosa estando calada, não o era menos quando ria.

A agitação de Inácio ia crescendo, sem que ele pudesse acalmar-se nem entender-se. Não estava bem em parte nenhuma. Acordava de noite, pensando em d. Severina. Na rua, trocava de esquinas, errava as portas, muito mais que dantes, e não via mulher, ao longe ou ao perto, que lha não trouxesse à memória. Ao entrar no corredor da casa, voltando do trabalho, sentia sempre algum alvoroço, às vezes grande, quando dava com ela no topo da escada, olhando através das grades de pau da cancela, como tendo acudido a ver quem era.

Um domingo – nunca ele esqueceu esse domingo – estava só no quarto, à janela, virado para o mar, que lhe falava a mesma linguagem obscura e nova de d. Severina. Divertia-se em olhar para as gaivotas, que faziam grandes giros no ar, ou pairavam em cima d'água, ou avoaçavam somente. O dia estava lindíssimo. Não era só um domingo cristão; era um imenso domingo universal.

Inácio passava-os todos ali no quarto ou à janela, ou relendo um dos três folhetos que trouxera consigo, contos de outros tempos, comprados a tostão, debaixo do passadiço do largo do Paço. Eram duas horas da tarde. Estava cansado, dormira mal a noite, depois de haver andado muito na véspera; estirou-se na rede, pegou em um dos folhetos, a *Princesa Magalona*, e começou a ler. Nunca pôde entender por que é que todas as heroínas dessas velhas histórias tinham a mesma cara e talhe de d. Severina, mas a verdade é que os tinham. Ao cabo de meia hora, deixou cair o folheto e pôs os olhos na parede, donde, cinco minutos depois, viu sair a dama dos seus cuidados. O natural era que se espantasse; mas não se espantou. Embora com as pálpebras cerradas viu-a desprender-se de todo, parar, sorrir e andar para a rede. Era ela mesma; eram os seus mesmos braços.

É certo, porém, que d. Severina, tanto não podia sair da parede, dado que houvesse ali porta ou rasgão, que estava justamente na sala da frente ouvindo os passos do solicitador que descia as escadas. Ouviu-o descer; foi à janela vê-lo sair e só se recolheu quando ele se perdeu ao longe, no caminho da rua das Mangueiras. Então entrou e foi sentar-se no canapé. Parecia fora do natural, inquieta, quase maluca; levantando-se, foi pegar na jarra que estava em cima do aparador e deixou-a no mesmo lugar; depois caminhou até à porta, deteve-se e voltou, ao que parece, sem plano. Sentou-se outra vez, cinco ou dez minutos. De repente, lembrou-se que Inácio comera pouco ao almoço e tinha o ar abatido, e advertiu que podia estar doente; podia ser até que estivesse muito mal.

Saiu da sala, atravessou rasgadamente o corredor e foi até o quarto do mocinho, cuja porta achou escancarada. D. Severina parou, espiou, deu com ele na rede, dormindo, com o braço para fora e o folheto caído no chão. A cabeça inclinava-se um pouco do lado da porta, deixando ver os olhos fechados, os cabelos revoltos e um grande ar de riso e de beatitude.

D. Severina sentiu bater-lhe o coração com veemência e recuou. Sonhara de noite com ele; pode ser que ele estivesse sonhando com ela. Desde madrugada que a figura do mocinho andava-lhe diante dos olhos como uma tentação diabólica. Recuou ainda, depois voltou, olhou dois, três, cinco minutos, ou mais. Parece que o sono dava à adolescência de Inácio uma expressão mais acentuada, quase feminina, quase pueril. Uma criança! disse ela a si mesma, naquela língua sem palavras que todos trazemos conosco. E esta ideia abateu-lhe o alvoroço do sangue e dissipou-lhe em parte a turvação dos sentidos.

– Uma criança!

E mirou-o lentamente, fartou-se de vê-lo, com a cabeça inclinada, o braço caído; mas, ao mesmo tempo que o achava criança, achava-o bonito, muito mais bonito que acordado, e uma dessas ideias corrigia ou corrompia a outra. De repente estremeceu e recuou assustada: ouvira um ruído ao pé, na saleta do engomado; foi ver, era um gato que deitara uma tigela ao chão. Voltando devagarinho a espiá-lo, viu que dormia profundamente. Tinha o sono duro a criança! O rumor que a abalara tanto, não o fez sequer mudar de posição. E ela continuou a vê-lo dormir – dormir e talvez sonhar.

Que não possamos ver os sonhos uns dos outros! D. Severina ter-se-ia visto a si mesma na imaginação do rapaz; ter-se-ia visto diante da rede, risonha e parada; depois inclinar-se, pegar-lhe nas mãos, levá-las ao peito, cruzando ali os braços, os famosos braços. Inácio, namorado deles, ainda assim ouvia as palavras dela, que eram lindas, cálidas, principalmente novas – ou, pelo menos, pertenciam a algum idioma que ele não conhecia, posto que o entendesse. Duas, três e quatro vezes a figura esvaía-se, para tornar logo, vindo do mar ou de outra parte, entre gaivotas, ou atravessando o corredor, com toda a graça robusta de que era capaz. E tornando, inclinava-se, pegava-lhe outra vez das mãos e cruzava ao peito os braços, até que, inclinando-se, ainda mais, muito mais, abrochou os lábios e deixou-lhe um beijo na boca.

Aqui o sonho coincidiu com a realidade, e as mesmas bocas uniram-se na imaginação e fora dela. A diferença é que a visão não recuou, e a pessoa real tão depressa cumprira o gesto, como fugiu até a porta, vexada e medrosa. Dali passou à sala da frente, aturdida do que fizera, sem olhar fixamente para nada. Afiava o ouvido, ia até fim do corredor, a ver se escutava algum rumor que lhe dissesse que ele acordara, e só depois de muito tempo é que o medo foi passando. Na verdade, a criança tinha o sono duro; nada lhe abria os olhos, nem os fracassos contíguos, nem os beijos de verdade. Mas, se o medo foi passando, o vexame ficou e cresceu. D. Severina não acabava de crer que fizesse aquilo; parece que embrulhara os seus desejos na ideia de que era uma criança namorada que ali estava sem consciência nem imputação; e, meio mãe, meio amiga, inclinara-se beijara-o. Fosse como fosse, estava confusa, irritada, aborrecida, mal consigo e mal com ele. O medo de que ele podia estar fingindo que dormia apontou-lhe na alma e deu-lhe um calefrio.

Mas a verdade é que dormiu ainda muito, e só acordou para jantar. Sentou-se à mesa lépido. Conquanto achasse d. Severina calada e severa e o solicitador tão ríspido como nos outros dias, nem a rispidez de um, nem a severidade da outra podiam dissipar-lhe a visão graciosa que ainda trazia consigo, ou amortecer-lhe a sensação do beijo. Não reparou que d. Severina tinha um xale que lhe cobria os braços; reparou depois, na segunda-feira, e na terça-feira, também, até sábado, que foi o dia em que Borges mandou dizer ao pai que não podia ficar com ele; e não o fez zangado, porque o tratou relativamente bem e ainda lhe disse à saída:

– Quando precisar de mim para alguma coisa, procure-me.

– Sim, senhor. A senhora dona Severina...

– Está lá para o quarto, com muita dor de cabeça. Venha amanhã ou depois despedir-se dela.

Inácio saiu sem entender nada. Não entendia a despedida, nem a completa mudança de d. Severina, em relação a ele, nem o xale, nem nada. Estava tão bem! falava-lhe com tanta amizade! Como é que, de repente... Tanto pensou que acabou supondo de sua parte algum olhar indiscreto, alguma distração que a ofendera; não era outra coisa; e daqui a cara fechada e o xale que cobria os braços tão bonitos... Não importa; levava consigo o sabor do sonho. E através dos anos, por meio de outros amores, mais efetivos e longos, nenhuma sensação achou nunca igual à daquele domingo, na rua da Lapa, quando ele tinha quinze anos. Ele mesmo exclama às vezes, sem saber que se engana:

– E foi um sonho! um simples sonho!

VÁRIAS HISTÓRIAS (1896)

A CAUSA SECRETA

Garcia, em pé, mirava e estalava as unhas; Fortunato, na cadeira de balanço, olhava para o teto; Maria Luísa, perto da janela, concluía um trabalho de agulha. Havia já cinco minutos que nenhum deles dizia nada. Tinham falado do dia, que estivera excelente, – de Catumbi, onde morava o casal Fortunato, e de uma casa de saúde, que adiante se explicará. Como os três personagens aqui presentes estão agora mortos e enterrados, tempo é de contar a história sem rebuço.

Tinham falado também de outra coisa, além daquelas três, coisa tão feia e grave, que não lhes deixou muito gosto para tratar do dia, do bairro e da casa de saúde. Toda a conversação a este respeito foi constrangida. Agora mesmo, os dedos de Maria Luísa parecem ainda trêmulos, ao passo que há no rosto de Garcia uma expressão de severidade, que lhe não é habitual. Em verdade, o que se passou foi de tal natureza, que para fazê-lo entender, é preciso remontar a origem da situação.

Garcia tinha-se formado em medicina, no ano anterior, 1861. No de 1860, estando ainda na Escola, encontrou-se com Fortunato, pela primeira vez, à porta da Santa Casa; entrava, quando o outro saía. Fez-lhe impressão a figura; mas, ainda assim, tê-la-ia esquecido, se não fosse o segundo encontro, poucos dias depois. Morava na rua de Dom Manuel. Uma de suas raras distrações era ir ao teatro de São Januário, que ficava perto, entre essa rua e a praia; ia uma ou duas vezes por mês, e nunca achava acima de quarenta pessoas. Só os mais intrépidos ousavam estender os passos até aquele recanto da cidade. Uma noite, estando nas cadeiras, apareceu ali Fortunato, e sentou-se ao pé dele.

A peça era um dramalhão, cosido a facadas, ouriçado de imprecações e remorsos; mas Fortunato ouviu-a com singular interesse. Nos lances dolorosos, a atenção dele redobrava, os olhos iam avidamente de um personagem a outro, a tal ponto que o estudante suspeitou haver na peça reminiscências pessoais do vizinho. No fim do drama, veio uma farsa; mas Fortunato não esperou por ela e saiu; Garcia saiu atrás dele. Fortunato foi pelo beco do Cotovelo, rua de São José, até o largo da Carioca. Ia devagar, cabisbaixo, parando às vezes, para dar uma bengalada em algum cão que dormia; cão ficava ganindo e ele ia andando. No largo da Carioca entrou num tílburi, e seguiu para os lados da praça da Constituição. Garcia voltou para casa sem saber mais nada.

Decorreram algumas semanas. Uma noite, eram nove horas, estava em casa, quando ouviu rumor de vozes na escada; desceu logo do sótão, onde morava, ao primeiro andar, onde vivia um empregado do arsenal de guerra. Era este, que alguns homens conduziam, escada acima, ensanguentado. O preto que o servia, acudiu a abrir a porta; homem gemia, as vozes eram confusas, a luz pouca. Deposto o ferido na cama, Garcia disse que era preciso chamar um médico.

— Já aí vem um — acudiu alguém.

Garcia olhou: era o próprio homem da Santa Casa e do teatro. Imaginou que seria parente ou amigo do ferido; mas, rejeitou a suposição, desde que lhe ouvira perguntar se este tinha família ou pessoa próxima. Disse-lhe o preto que não, e ele assumiu a direção do serviço, pediu às pessoas estranhas que se retirassem, pagou aos carregadores, e deu as primeiras ordens. Sabendo que o Garcia era vizinho e estudante de medicina pediu-lhe que ficasse para o ajudar médico. Em seguida contou o que se passara.

— Foi uma malta de capoeiras. Eu vinha do quartel de Moura, onde fui visitar um primo, quando ouvi um barulho muito grande, logo depois um ajuntamento. Parece que eles feriram também a um sujeito que passava, e que entrou por um daqueles becos; mas eu só vi a este senhor, que atravessava a rua no momento em que um dos capoeiras, roçando por ele, meteu-lhe o punhal. Não caiu logo; disse onde morava, e, como era a dois passos, achei melhor trazê-lo.

— Conhecia-o antes? — perguntou Garcia.

— Não, nunca o vi. Quem é?

— É um bom homem, empregado no arsenal de guerra. Chama-se Gouveia.

— Não sei quem é.

Médico e subdelegado vieram daí a pouco; fez-se o curativo, e tomaram-se as informações. O desconhecido declarou chamar-se Fortunato Gomes da Silveira, ser capitalista, solteiro, morador em Catumbi. A ferida foi reconhecida grave. Durante o curativo, ajudado pelo estudante, Fortunato serviu de criado, segurando a bacia, a vela, os panos, sem perturbar nada, olhando friamente para o ferido, que gemia muito. No fim, entendeu-se particularmente com o médico, acompanhou-o até o patamar da escada, e reiterou ao subdelegado a declaração de estar pronto a auxiliar as pesquisas da polícia. Os dois saíram, ele e o estudante ficaram no quarto.

Garcia estava atônito. Olhou para ele, viu-o sentar-se tranquilamente, estirar as pernas, meter as mãos nas algibeiras das calças, e fitar os olhos no ferido. Os olhos eram claros, cor de chumbo, moviam-se devagar, e tinham a expressão dura, seca e fria. Cara magra e pálida; uma tira estreita de barba, por baixo do queixo, e de uma têmpora a outra, curta, ruiva e rara. Teria quarenta anos. De quando em quando, voltava-se para o estudante, e perguntava alguma coisa acerca do ferido; mas tornava logo a olhar para ele, enquanto o rapaz lhe dava a resposta. A sensação que o estudante recebia era de repulsa ao mesmo tempo que de curiosidade; não podia negar que estava assistindo a um ato de rara dedicação, e se era desinteressado como parecia, não havia mais que aceitar o coração humano como um poço de mistérios.

Fortunato saiu pouco antes de uma hora; voltou nos dias seguintes, mas a cura fez-se depressa, e, antes de concluída, desapareceu sem dizer ao obsequiado onde morava. Foi o estudante que lhe deu as indicações do nome, rua e número.

– Vou agradecer-lhe a esmola que me fez, logo que possa sair – disse o convalescente.

Correu a Catumbi daí a seis dias. Fortunato recebeu-o constrangido, ouviu impaciente as palavras de agradecimento, deu-lhe uma resposta enfastiada e acabou batendo com as borlas do chambre no joelho. Gouveia, defronte dele, sentado e calado, alisava o chapéu com os dedos, levantando os olhos de quando em quando, sem achar mais nada que dizer. No fim de dez minutos, pediu licença para sair, e saiu.

– Cuidado com os capoeiras! – disse-lhe o dono da casa, rindo-se.

O pobre-diabo saiu de lá mortificado, humilhado, mastigando a custo o desdém, forcejando por esquecê-lo, explicá-lo ou perdoá-lo, para que no coração só ficasse a memória do benefício; mas o esforço era vão. O ressentimento, hóspede novo e exclusivo, entrou e pôs fora o benefício, de tal modo que o desgraçado não teve mais que trepar à cabeça e refugiar-se ali como uma simples ideia. Foi assim que o próprio benfeitor insinuou a este homem o sentimento da ingratidão.

Tudo isso assombrou o Garcia. Este moço possuía, em germe, a faculdade de decifrar os homens, de decompor os caracteres, tinha o amor da análise, e sentia o regalo, que dizia ser supremo, de penetrar muitas camadas morais, até apalpar o segredo de um organismo. Picado de curiosidade, lembrou-se de ir ter com o homem de Catumbi, mas advertiu que nem recebera dele o oferecimento formal da casa. Quando menos, era-lhe preciso um pretexto, e não achou nenhum.

Tempos depois, estando já formado, e morando na rua de Matacavalos, perto da do Conde, encontrou Fortunato em uma gôndola, encontrou-o ainda outras vezes, e a frequência trouxe a familiaridade. Um dia Fortunato convidou-o a ir visitá-lo ali perto, em Catumbi.

– Sabe que estou casado?

– Não sabia.

– Casei-me há quatro meses, podia dizer quatro dias. Vá jantar conosco domingo.

– Domingo?

– Não esteja forjando desculpas; não admito desculpas. Vá domingo.

Garcia foi lá domingo. Fortunato deu-lhe um bom jantar, bons charutos e boa palestra, em companhia da senhora, que era interessante. A figura dele não mudara; os olhos eram as mesmas chapas de estanho, duras e frias; as outras feições não eram mais atraentes que dantes. Os obséquios, porém, se não resgatavam a natureza, davam alguma compensação, e não era pouco. Maria Luísa é que possuía ambos os feitiços, pessoa e modos. Era esbelta, airosa, olhos meigos e submissos; tinha vinte e cinco anos e parecia não passar de dezenove. Garcia, à segunda vez que lá foi, percebeu que entre eles havia alguma dissonância de caracteres, pouca ou nenhuma afinidade moral, e da parte da mulher para com o marido uns modos que transcendiam o respeito e confinavam na resignação e no temor. Um dia, estando os três juntos, perguntou Garcia a Maria Luísa se tivera notícia das circunstâncias em que ele conhecera o marido.

– Não – respondeu a moça.

– Vai ouvir uma ação bonita.

– Não vale a pena – interrompeu Fortunato.

– A senhora vai ver se vale a pena. – insistiu o médico.

Contou o caso da rua de Dom Manuel. A moça ouviu-o espantada. Insensivelmente estendeu a mão e apertou o pulso ao marido, risonha e agradecida, como se acabasse de descobrir-lhe o coração. Fortunato sacudia os ombros, mas não ouvia com indiferença. No fim contou ele próprio a visita que o ferido lhe fez, com todos os pormenores da figura, dos gestos, das palavras atadas, dos silêncios, em suma, um estúrdio. E ria muito ao contá-la. Não era o riso da dobrez. A dobrez é evasiva e oblíqua; o riso dele era jovial e franco.

– Singular homem! – pensou Garcia.

Maria Luísa ficou desconsolada com a zombaria do marido; mas o médico restituiu-lhe a satisfação anterior, voltando a referir a dedicação deste e as suas raras qualidades de enfermeiro; tão bom enfermeiro, concluiu ele, que, se algum dia fundar uma casa de saúde, irei convidá-lo.

– Valeu? – perguntou Fortunato.

– Valeu o quê?

– Vamos fundar uma casa de saúde?

– Não valeu nada; estou brincando.

– Podia-se fazer alguma coisa; e para o senhor, que começa a clínica, acho que seria bem bom. Tenho justamente uma casa que vai vagar, e serve.

Garcia recusou nesse e no dia seguinte; mas a ideia tinha-se metido na cabeça ao outro, e não foi possível recuar mais. Na verdade, era uma boa estreia para ele, e podia vir a ser um bom negócio para ambos. Aceitou finalmente, daí a dias, e foi uma desilusão para Maria Luísa. Criatura nervosa e frágil, padecia só com a ideia de que o marido tivesse de viver em contato com enfermidades humanas, mas não ousou opor-se-lhe, e curvou a cabeça. O plano fez-se e cumpriu-se depressa. Verdade é que Fortunato não curou de mais nada, nem então, nem depois. Aberta a casa, foi ele o próprio administrador e chefe de enfermeiros, examinava tudo, ordenava tudo, compras e caldos, drogas e contas.

Garcia pôde então observar que a dedicação ao ferido da rua de Dom Manuel não era um caso fortuito, mas assentava na própria natureza deste homem. Via-o servir como nenhum dos fâmulos. Não recuava diante de nada, não conhecia moléstia aflitiva ou repelente, e estava sempre pronto para tudo, a qualquer hora do dia ou da noite. Toda a gente pasmava e aplaudia. Fortunato estudava, acompanhava as operações, e nenhum outro curava os cáusticos. – Tenho muita fé nos cáusticos – dizia ele.

A comunhão dos interesses apertou os laços da intimidade. Garcia tornou-se familiar na casa; ali jantava quase todos os dias, ali observava a pessoa e a vida de Maria Luísa, cuja solidão moral era evidente. E a solidão como que lhe duplicava o encanto. Garcia começou a sentir que alguma coisa o agitava, quando ela aparecia, quando falava, quando trabalhava, calada, ao canto da janela, ou tocava ao piano umas músicas tristes. Manso e manso, entrou-lhe o amor no coração. Quando deu por ele, quis expeli-lo, para que entre ele e Fortunato não houvesse outro laço que o da amizade; mas não pôde. Pôde apenas trancá-lo; Maria Luísa compreendeu ambas as coisas, a afeição e o silêncio, mas não se deu por achada.

No começo de outubro deu-se um incidente que desvendou ainda mais aos olhos do médico a situação da moça. Fortunato metera-se a estudar anatomia e fisiologia, e ocupava-se nas horas vagas em rasgar e envenenar gatos e cães. Como os guinchos dos animais atordoavam os doentes, mudou o laboratório para casa, e a mulher, compleição nervosa, teve de os sofrer. Um dia, porém, não podendo mais, foi ter com o médico e pediu-lhe que, como coisa sua, alcançasse do marido a cessação de tais experiências.

– Mas a senhora mesma...

Maria Luísa acudiu, sorrindo:

– Ele naturalmente achará que sou criança. O que eu queria é que o senhor, como médico, lhe dissesse que isso me faz mal; e creia que faz...

Garcia alcançou prontamente que o outro acabasse com tais estudos. Se os foi fazer em outra parte, ninguém o soube, mas pode ser que sim. Maria Luísa agradeceu ao médico, tanto por ela como pelos animais, que não podia ver padecer. Tossia de quando em quando; Garcia perguntou-lhe se tinha alguma coisa, ela respondeu que nada.

– Deixe ver o pulso.

– Não tenho nada.

Não deu o pulso, e retirou-se. Garcia ficou apreensivo. Cuidava, ao contrário, que ela podia ter alguma coisa, que era preciso observá-la e avisar o marido em tempo.

Dois dias depois – exatamente o dia em que os vemos agora – Garcia foi lá jantar. Na sala disseram-lhe que Fortunato estava no gabinete, e ele caminhou para ali; ia chegando à porta, no momento em que Maria Luísa saía aflita.

– Que é? – perguntou-lhe.

– O rato! o rato! – exclamou a moça sufocada e afastando-se.

Garcia lembrou-se que, na véspera, ouvira ao Fortunato queixar-se de um rato, que lhe levara um papel importante; mas estava longe de esperar o que viu. Viu Fortunato sentado à mesa, que havia no centro do gabinete, e sobre a qual pusera um prato com espírito de vinho. O líquido flamejava. Entre o polegar e o índice da mão esquerda segurava um barbante, de cuja ponta pendia o rato atado pela cauda. Na direita tinha uma tesoura. No momento em que o Garcia entrou, Fortunato cortava ao rato uma das patas; em seguida desceu o infeliz até a chama, rápido, para não matá-lo, e dispôs-se a fazer o mesmo à terceira, pois já lhe havia cortado a primeira. Garcia estacou horrorizado.

– Mate-o logo! – disse-lhe.

– Já vai.

E com um sorriso único, reflexo de alma satisfeita, alguma coisa que traduzia a delícia íntima das sensações supremas, Fortunato cortou a terceira pata ao rato, e fez pela terceira vez o mesmo movimento até a chama. O miserável estorcia-se, guinchando, ensanguentado, chamusca-do, e não acabava de morrer. Garcia desviou os olhos, depois voltou-os novamente, e estendeu a mão para impedir que o suplício continuasse, mas não chegou a fazê-lo, porque o diabo do homem impunha medo, com toda aquela serenidade radiosa da fisionomia. Faltava cortar a última pata; Fortunato cortou-a muito devagar, acompanhando a tesoura com os olhos; a pata caiu, e ele ficou olhando para o rato meio cadáver. Ao descê-lo pela quarta vez, até a chama, deu ainda mais rapidez ao gesto, para salvar, se pudesse, alguns farrapos de vida.

Garcia, defronte, conseguia dominar a repugnância do espetáculo para fixar a cara do homem. Nem raiva, nem ódio; tão-somente um vasto prazer, quieto e profundo, como daria a outro a audição de uma bela sonata ou a vista de uma estátua divina, alguma coisa parecida com a pura sensação estética. Pareceu-lhe, e era verdade, que Fortunato havia-o inteiramente esquecido. Isto posto, não estaria fingindo, e devia ser aquilo mesmo. A chama ia morrendo, o rato podia ser que tivesse ainda um re-síduo de vida, sombra de sombra; Fortunato aproveitou-o para cortar-lhe o focinho e pela última vez chegar a carne ao fogo. Afinal deixou cair o cadáver no prato, e arredou de si toda essa mistura de chamusco e sangue.

Ao levantar-se deu com o médico e teve um sobressalto. Então, mostrou-se enraivecido contra o animal, que lhe comera o papel; mas a cólera evidentemente era fingida.

– Castiga sem raiva – pensou o médico – pela necessidade de achar uma sensação de prazer, que só a dor alheia lhe pode dar: é o segredo deste homem.

Fortunato encareceu a importância do papel, a perda que lha trazia, perda de tempo, é certo, mas o tempo agora era-lhe preciosíssimo. Garcia ouvia só, sem dizer nada, nem lhe dar crédito. Relembrava os atos dele, graves e leves, achava a mesma explicação para todos. Era a mesma troca das teclas da sensibilidade, um diletantismo *sui generis*, uma redução de Calígula.

Quando Maria Luísa voltou ao gabinete, daí a pouco, o marido foi ter com ela, rindo, pegou-lhe nas mãos e falou-lhe mansamente:

– Fracalhona!

E voltando-se para o médico:

– Há de crer que quase desmaiou?

Maria Luísa defendeu-se a medo, disse que era nervosa e mulher; depois foi sentar-se à janela com as suas lãs e agulhas, e os dedos ainda trêmulos, tal qual a vimos no começo desta história. Hão de lembrar-se que, depois de terem falado de outras coisas, ficaram calados os três, o marido sentado e olhando para o teto, o médico estalando as unhas. Pouco depois foram jantar; mas o jantar não foi alegre. Maria Luísa cismava e tossia; o médico indagava de si mesmo se ela não estaria exposta a algum excesso na companhia de tal homem. Era apenas possível; mas o amor trocou-lhe a possibilidade em certeza; tremeu por ela e cuidou de os vigiar.

Ela tossia, tossia, e não se passou muito tempo que a moléstia não tirasse a máscara. Era a tísica, velha dama insaciável, que chupa a vida toda, até deixar um bagaço de ossos. Fortunato recebeu a notícia como um golpe; amava deveras a mulher, a seu modo, estava acostumado com ela, custava-lhe perdê-la. Não poupou esforços, médicos, remédios, ares, todos os recursos e todos os paliativos. Mas foi tudo vão. A doença era mortal.

Nos últimos dias, em presença dos tormentos supremos da moça, a índole do marido subjugou qualquer outra afeição. Não a deixou mais; fitou o olho baço e frio naquela decomposição lenta e dolorosa da vida, bebeu uma a uma as aflições da bela criatura, agora magra e transparente, devorada de febre e minada de morte. Egoísmo aspérrimo, faminto de sensações, não lhe perdoou um só minuto de agonia, nem lhos pagou com uma só lágrima, pública ou íntima. Só quando ela expirou, é que ele ficou aturdido. Voltando a si, viu que estava outra vez só.

De noite, indo repousar uma parenta de Maria Luísa, que a ajudara a morrer, ficaram na sala Fortunato e Garcia, velando o cadáver, ambos pensativos; mas o próprio marido estava fatigado, o médico disse-lhe que repousasse um pouco.

– Vá descansar, passe pelo sono uma hora ou duas: eu irei depois.

Fortunato saiu, foi deitar-se no sofá da saleta contígua, e adormeceu logo. Vinte minutos depois acordou, quis dormir outra vez, cochilou alguns minutos, até que se levantou e voltou à sala. Caminhava nas pontas dos pés para não acordar a parenta, que dormia perto. Chegando à porta, estacou assombrado.

Garcia tinha-se chegado ao cadáver, levantara o lenço e contemplara por alguns instantes as feições defuntas. Depois, como se a morte espiritualizasse tudo, inclinou-se e beijou-a na testa. Foi nesse momento que Fortunato chegou à porta. Estacou assombrado; não podia ser o beijo da amizade, podia ser o epílogo de um livro adúltero. Não tinha ciúmes, note-se; a natureza compô-lo de maneira que lhe não deu ciúmes nem inveja, mas dera-lhe vaidade, que não é menos cativa ao ressentimento. Olhou assombrado, mordendo os beiços.

Entretanto, Garcia inclinou-se ainda para beijar outra vez o cadáver, mas então não pôde mais. O beijo rebentou em soluços, e os olhos não puderam conter as lágrimas, que vieram em borbotões, lágrimas de amor calado, e irremediável desespero. Fortunato, à porta, onde ficara, saboreou tranquilo essa explosão de dor moral que foi longa, muito longa, deliciosamente longa.

VÁRIAS HISTÓRIAS (1896)

TRIO EM LÁ MENOR

I
ADAGIO CANTABILE

Maria Regina acompanhou a avó até o quarto, despediu-se e recolheu-se ao seu. A mucama que a servia, apesar da familiaridade que existia entre elas, não pôde arrancar-lhe uma palavra, e saiu, meia hora depois, dizendo que Nhanhã estava muito séria. Logo que ficou só, Maria Regina sentou-se ao pé da cama, com as pernas estendidas, os pés cruzados, pensando.

A verdade pede que diga que esta moça pensava amorosamente em dois homens ao mesmo tempo. Um de vinte e sete anos, Maciel – outro de cinquenta, Miranda. Convenho que é abominável, mas não posso alterar a feição das coisas, não posso negar que se os dois homens estão namorados dela, ela não o está menos de ambos. Uma esquisita, em suma; ou, para falar como as suas amigas de colégio, uma desmiolada. Ninguém lhe nega coração excelente e claro espírito; mas a imaginação é que é o mal, uma imaginação adusta e cobiçosa, insaciável principalmente, avessa à realidade, sobrepondo às coisas da vida outras de si mesmas; daí curiosidades irremediáveis.

A visita dos dois homens (que a namoravam de pouco) durou cerca de uma hora. Maria Regina conversou alegremente com eles, e tocou ao piano uma peça clássica, uma sonata, que fez a avó cochilar um pouco. No fim discutiram música. Miranda disse coisas pertinentes acerca da música moderna e antiga; a avó tinha a religião de Bellini e da *Norma*, e falou das toadas do seu tempo, agradáveis, saudosas e principalmente claras. A neta ia com as opiniões do Miranda; Maciel concordou polidamente com todos.

Ao pé da cama, Maria Regina reconstruía agora tudo isso, a visita, a conversação, a música, o debate, os modos de ser de um e de outro, as palavras do Miranda e os belos olhos do Maciel. Eram onze horas, a única luz do quarto era a lamparina, tudo convidava ao sonho e ao devaneio. Maria Regina, à força de recompor a noite, viu ali dois homens ao pé dela, ouviu-os, e conversou com eles durante uma porção de minutos, trinta ou quarenta, ao som da mesma sonata tocada por ela: lá, lá, lá...

II
ALLEGRO MA NON TROPO

No dia seguinte a avó e a neta foram visitar uma amiga na Tijuca. Na volta a carruagem derribou um menino que atravessava a rua, correndo. Uma pessoa que viu isto, atirou-se aos cavalos e, com perigo de si própria, conseguiu detê-los e salvar a criança, que apenas ficou ferida e desmaiada. Gente, tumulto, a mãe do pequeno acudiu em lágrimas. Maria Regina desceu do carro e acompanhou o ferido até à casa da mãe, que era ali ao pé.

Quem conhece a técnica do destino adivinha logo que a pessoa que salvou o pequeno foi um dos dois homens da outra noite; foi o Maciel. Feito o primeiro curativo, o Maciel acompanhou a moça até à carruagem e aceitou o lugar que a avó lhe ofereceu até à cidade. Estavam no Engenho Velho. Na carruagem é que Maria Regina viu que o rapaz trazia a mão ensanguentada. A avó inquiria a miúdo se o pequeno estava muito mal, se escaparia; Maciel disse-lhe que os ferimentos eram leves. Depois contou o acidente: estava parado, na calçada, esperando que passasse um tílburi, quando viu o pequeno atravessar a rua por diante dos cavalos; compreendeu o perigo, e tratou de conjurá-lo, ou diminuí-lo.

– Mas está ferido – disse a velha.

– Coisa de nada.

– Está, está – acudiu a moça –, podia ter-se curado também.

– Não é nada – teimou ele –, foi um arranhão, enxugo isto com o lenço.

Não teve tempo de tirar o lenço; Maria Regina ofereceu-lhe o seu. Maciel, comovido, pegou nele, mas hesitou em maculá-lo. Vá, vá, dizia-lhe ela; e vendo-o acanhado, tirou-lho e enxugou-lhe, ela mesma, o sangue da mão.

A mão era bonita, tão bonita como o dono; mas parece que ele estava menos preocupado com a ferida da mão que com o amarrotado dos punhos. Conversando, olhava para eles disfarçadamente e escondia-os. Maria Regina não via nada, via-o ele, via-lhe principalmente a ação que acabava de praticar, e que lhe punha uma auréola. Compreendeu que a natureza generosa saltara por cima dos hábitos pausados e elegantes do moço, para arrancar à morte uma criança que ele nem conhecia. Falaram do assunto até a porta da casa delas; Maciel recusou, agradecendo, a carruagem que elas lhe ofereciam, e despediu-se até a noite.

– Até a noite! – repetiu Maria Regina.

Esperou-o ansiosa. Ele chegou, por volta de oito horas, trazendo uma fita preta enrolada na mão, e pediu desculpa de vir assim; mas disseram-lhe que era bom pôr alguma coisa e obedeceu.

– Mas está melhor!

– Estou bom, não foi nada.

– Venha, venha – disse-lhe a avó, do outro lado da sala –. Sente-se aqui ao pé de mim: o senhor é um herói.

Maciel ouvia sorrindo. Tinha passado o ímpeto generoso, começava a receber os dividendos do sacrifício. O maior deles era a admiração de Maria Regina, tão ingênua e tamanha, que esquecia a avó e a sala. Maciel sentara-se ao lado da velha, Maria Regina defronte de ambos. Enquanto a avó, restabelecida do susto, contava as comoções que padecera, a princípio sem saber de nada, depois imaginando que a criança teria morrido, os dois olhavam um para o outro, discretamente, e afinal esquecidamente. Maria Regina perguntava a si mesma onde acharia melhor noivo. A avó, que não era míope, achou a contemplação excessiva, e falou de outra coisa; pediu ao Maciel algumas notícias de sociedade.

III

ALLEGRO APPASSIONATO

Maciel era homem, como ele mesmo dizia em francês, *très répandu*; sacou da algibeira uma porção de novidades miúdas e interessantes. A maior de todas foi a de estar desfeito o casamento de certa viúva.

– Não me diga isso! – exclamou a avó – E ela?

– Parece que foi ela mesma que o desfez: o certo é que esteve anteontem no baile, dançou e conversou com muita animação. Oh! abaixo da notícia, o que fez mais sensação em mim foi o colar que ela levava, magnífico...

– Com uma cruz de brilhantes? – perguntou a velha – Conheço; é muito bonito.

– Não, não é esse.

Maciel conhecia o da cruz, que ela levara à casa de um Mascarenhas; não era esse. Este outro ainda há poucos dias estava na loja do Resende, uma coisa linda. E descreveu-o todo, número, disposição e facetado das pedras; concluiu dizendo que foi a joia da noite.

– Para tanto luxo era melhor casar – ponderou maliciosamente a avó.

– Concordo que a fortuna dela não dá para isso. Ora, espere! Vou amanhã, ao Resende, por curiosidade, saber o preço por que o vendeu. Não foi barato, não podia ser barato.

– Mas por que é que se desfez o casamento?

– Não pude saber; mas tenho de jantar sábado com o Venancinho Correia, e ele conta-me tudo. Sabe que ainda é parente dela? Bom rapaz; está inteiramente brigado com o barão...

A avó não sabia da briga; Maciel contou-lha de princípio a fim, com todas as suas causas e agravantes. A última gota no cálice foi um dito à mesa de jogo, uma alusão ao defeito do Venancinho, que era canhoto. Contaram-lhe isto, e ele rompeu inteiramente as relações com o barão. O bonito é que os parceiros do barão acusaram-se uns aos outros de terem ido contar as palavras deste. Maciel declarou que era regra sua não repetir o que ouvia à mesa do jogo, porque é lugar em que há certa franqueza.

Depois fez a estatística da rua do Ouvidor, na véspera, entre uma e quatro horas da tarde. Conhecia os nomes das fazendas e todas as cores modernas. Citou as principais toaletes do dia. A primeira foi a de mme. Pena Maia, baiana distinta, *très pschutt*. A segunda foi a de mlle. Pedrosa, filha de um desembargador de São Paulo, *adorable*. E apontou mais três, comparou depois as cinco, deduziu e concluiu. Às vezes esquecia-se e falava francês; pode mesmo ser que não fosse esquecimento, mas propósito; conhecia bem a língua, exprimia-se com facilidade e formulara um dia este axioma etnológico – que há parisienses em toda a parte. De caminho, explicou um problema de voltarete.

– A senhora tem cinco trunfos de espadilha e manilha, tem rei e dama de copas...

Maria Regina ia descambando da admiração no fastio: agarrava-se aqui e ali, contemplava a figura moça do Maciel, recordava a bela ação daquele dia, mas ia sempre escorregando; o fastio não tardava a absorvê-la. Não havia remédio. Então recorreu a um singular expediente. Tratou de combinar os dois homens, o presente com o ausente, olhando para um, e escutando o outro de memória; recurso violento e doloroso, mas tão eficaz, que ela pôde contemplar por algum tempo uma criatura perfeita e única.

Nisto apareceu o outro, o próprio Miranda. Os dois homens cumprimentaram-se friamente; Maciel demorou-se ainda uns dez minutos e saiu.

Miranda ficou. Era alto e seco, fisionomia dura e gelada. Tinha o rosto cansado, os cinquenta anos confessavam-se tais, nos cabelos grisalhos, nas rugas e na pele. Só os olhos continham alguma coisa menos caduca. Eram pequenos, e escondiam-se por baixo da vasta arcada do sobrolho; mas lá, ao fundo, quando não estavam pensativos, centelhavam de mocidade. A avó perguntou-lhe, logo que Maciel saiu, se já tinha notícia do acidente do Engenho Velho, e contou-lho com grandes encarecimentos, mas o outro ouvia tudo sem admiração nem inveja.

– Não acha sublime? – perguntou ela, no fim.

– Acho que ele salvou talvez a vida a um desalmado que algum dia, sem o conhecer, pode meter-lhe uma faca na barriga.

– Oh! – protestou a avó.

– Ou mesmo conhecendo – emendou ele.

– Não seja mau – acudiu Maria Regina –, o senhor era bem capaz de fazer o mesmo, se ali estivesse.

Miranda sorriu de um modo sardônico. O riso acentuou-lhe a dureza da fisionomia. Egoísta e mau, este Miranda primava por um lado único: espiritualmente, era completo. Maria Regina achava nele o tradutor maravilhoso e fiel de uma porção de ideias que lutavam dentro dela, vagamente, sem forma ou expressão. Era engenhoso e fino e até profundo, tudo sem pedantice, e sem meter-se por matos cerrados, antes quase sempre na planície das conversações ordinárias; tão certo é que as coisas valem pelas ideias que nos sugerem. Tinham ambos os mesmos gostos artísticos; Miranda estudara direito para obedecer ao pai; a sua vocação era a música.

A avó, prevendo a sonata, aparelhou a alma para alguns cochilos. Demais, não podia admitir tal homem no coração; achava-o aborrecido e antipático. Calou-se no fim de alguns minutos. A sonata veio, no meio de uma conversação que Maria Regina achou deleitosa, e não veio senão porque ele lhe pediu que tocasse; ele ficaria de bom grado a ouvi-la.

– Vovó – disse ela –, agora há de ter paciência...

Miranda aproximou-se do piano. Ao pé das arandelas, a cabeça dele mostrava toda a fadiga dos anos, ao passo que a expressão da fisionomia era muito mais de pedra e fel. Maria Regina notou a graduação, e tocava sem olhar para ele; difícil coisa, porque, se ele falava, as palavras entravam-lhe tanto pela alma, que a moça insensivelmente levantava os olhos, e dava logo com um velho ruim. Então é que se lembrava do Maciel, dos seus anos em flor, da fisionomia franca, meiga e boa, e afinal da ação daquele dia. Comparação tão cruel para o Miranda, como fora para o Maciel o cotejo dos seus espíritos. E a moça recorreu ao mesmo expediente. Completou um pelo outro; escutava a este com o pensamento naquele; a música ia ajudando a ficção, indecisa a princípio, mas logo viva e acabada. Assim Titânia, ouvindo namorada a cantiga do tecelão, admirava-lhe as belas formas, sem advertir que a cabeça era de burro.

IV
MENUETTO

Dez, vinte, trinta dias passaram depois daquela noite, e ainda mais vinte, e depois mais trinta. Não há cronologia certa; melhor é ficar no vago. A situação era a mesma. Era a mesma insuficiência individual dos dois homens, e o mesmo complemento ideal por parte dela; daí um terceiro homem, que ela não conhecia.

Maciel e Miranda desconfiavam um do outro, detestavam-se a mais e mais, e padeciam muito, Miranda principalmente, que era paixão da última hora. Afinal acabaram aborrecendo a moça. Esta viu-os ir pouco a pouco. A esperança ainda os fez relapsos, mas tudo morre, até a esperança, e eles saíram para nunca mais. As noites foram passando, passando... Maria Regina compreendeu que estava acabado.

A noite em que se persuadiu bem disto foi uma das mais belas daquele ano, clara, fresca, luminosa. Não havia lua; mas nossa amiga aborrecia a lua – não se sabe bem por quê – ou porque brilha de empréstimo, ou porque toda a gente a admira, e pode ser que por ambas as razões. Era uma das suas esquisitices. Agora outra.

Tinha lido de manhã, em uma notícia de jornal, que há estrelas duplas, que nos parecem um só astro. Em vez de ir dormir, encostou-se à janela do quarto, olhando para o céu, a ver se descobria alguma delas; baldado esforço. Não a descobrindo no céu, procurou-a em si mesma, fechou os olhos para imaginar o fenômeno; astronomia fácil e barata, mas não sem risco. O pior que ela tem é pôr os astros ao alcance da mão; por modo que, se a pessoa abre os olhos e eles continuam a fulgurar lá em cima, grande é o desconsolo e certa a blasfêmia. Foi o que sucedeu aqui. Maria Regina viu dentro de si a estrela dupla e única. Separadas, valiam bastante; juntas, davam um astro esplêndido. E ela queria o astro esplêndido. Quando abriu os olhos e viu que o firmamento ficava tão alto, concluiu que a criação era um livro falho e incorreto, e desesperou.

No muro da chácara viu então uma coisa parecida com dois olhos de gato. A princípio teve medo, mas advertiu logo que não era mais que a reprodução externa dos dois astros que ela vira em si mesma que tinham ficado impressos na retina. A retina desta moça fazia refletir cá fora todas as suas imaginações. Refrescando o vento recolheu-se, fechou a janela e meteu-se na cama.

Não dormiu logo, por causa de duas rodelas de opala que estavam incrustadas na parede; percebendo que era ainda uma ilusão, fechou os olhos e dormiu. Sonhou que morria, que a alma dela, levada aos ares, voava na direção de uma bela estrela dupla. O astro desdobrou-se, e ela voou para uma das duas porções; não achou ali a sensação primitiva e despenhou-se para outra; igual resultado, igual regresso, ei-la a andar de uma para outra das duas estrelas separadas. Então uma voz surgiu do abismo, com palavras que ela não entendeu:

– É a tua pena, alma curiosa de perfeição; a tua pena é oscilar por toda a eternidade entre dois astros incompletos, ao som desta velha sonata do absoluto: lá, lá, lá...

VÁRIAS HISTÓRIAS (1896)

CONTO DE ESCOLA

A escola era na rua do Costa, um sobradinho de grade de pau. O ano era de 1840. Naquele dia – uma segunda-feira, do mês de maio – deixei-me estar alguns instantes na rua da Princesa a ver onde iria brincar amanhã. Hesitava entre o morro de São Diogo e o campo de Sant'Ana, que não era então esse parque atual, construção de *gentleman*, mas um espaço rústico, mais ou menos infinito, alastrado de lavadeiras, capim e burros soltos. Morro ou campo? Tal era o problema. De repente disse comigo que o melhor era a escola. E guiei para a escola. Aqui vai a razão.

Na semana anterior tinha feito dois suetos, e, descoberto o caso, recebi o pagamento das mãos de meu pai, que me deu uma sova de vara de marmeleiro. As sovas de meu pai doíam por muito tempo. Era um velho empregado do arsenal de guerra, ríspido e intolerante. Sonhava para mim uma grande posição comercial, e tinha ânsia de me ver com os elementos mercantis, ler, escrever e contar, para me meter de caixeiro. Citava-me nomes de capitalistas que tinham começado ao balcão. Ora, foi a lembrança do último castigo que me levou naquela manhã para o colégio. Não era um menino de virtudes.

Subi a escada com cautela, para não ser ouvido do mestre, e cheguei a tempo; ele entrou na sala três ou quatro minutos depois. Entrou com o andar manso do costume, em chinelas de cordovão, com a jaqueta de brim lavada e desbotada, calça branca e tesa e grande colarinho caído. Chamava-se Policarpo e tinha perto de cinquenta anos ou mais. Uma vez sentado, extraiu da jaqueta a boceta de rapé e o lenço vermelho, pô-los na gaveta; depois relanceou os olhos pela sala. Os meninos, que se conservaram de pé durante a entrada dele, tornaram a sentar-se. Tudo estava em ordem; começaram os trabalhos.

– Seu Pilar, eu preciso falar com você – disse-me baixinho o filho do mestre.

Chamava-se Raimundo este pequeno, e era mole, aplicado, inteligência tarda. Raimundo gastava duas horas em reter aquilo que a outros levava apenas trinta ou cinquenta minutos; vencia com o tempo o que não podia fazer logo com o cérebro. Reunia a isso um grande medo ao pai. Era uma criança fina, pálida, cara doente; raramente estava alegre. Entrava na escola depois do pai e retirava-se antes. O mestre era mais severo com ele do que conosco.

– O que é que você quer?

– Logo – respondeu ele com voz trêmula.

Começou a lição de escrita. Custa-me dizer que eu era dos mais adiantados da escola; mas era. Não digo também que era dos mais inteligentes, por um escrúpulo fácil de entender e de excelente efeito no estilo, mas não tenho outra convicção. Note-se que não era pálido nem mofino: tinha boas cores e músculos de ferro. Na lição de escrita, por exemplo, acabava sempre antes de todos, mas deixava-me estar a recortar narizes no papel ou na tábua, ocupação sem nobreza nem espiritualidade, mas em todo caso ingênua. Naquele dia foi a mesma coisa; tão depressa acabei, como entrei a reproduzir o nariz do mestre, dando-lhe cinco ou seis atitudes diferentes, das quais recordo a interrogativa, a admirativa, a dubitativa e a cogitativa. Não lhes punha esses nomes, pobre estudante de primeiras letras que era; mas, instintivamente, dava-lhes essas expressões. Os outros foram acabando; não tive remédio senão acabar também, entregar a escrita, voltar para o meu lugar.

Com franqueza, estava arrependido de ter vindo. Agora que ficava preso, ardia por andar lá fora, e recapitulava o campo e o morro, pensava nos outros meninos vadios, o Chico Telha, o Américo, o Carlos das Escadinhas, a fina flor do bairro e do gênero humano. Para cúmulo de desespero, vi através das vidraças da escola, no claro azul do céu, por cima do morro do Livramento, um papagaio de papel, alto e largo, preso de uma corda imensa, que bojava no ar, uma coisa soberba. E eu na escola, sentado, pernas unidas, com livro de leitura e a gramática nos joelhos.

– Fui um bobo em vir – disse eu ao Raimundo.

– Não diga isso – murmurou ele.

Olhei para ele; estava mais pálido. Então lembrou-me outra vez que queria pedir-me alguma coisa, e perguntei-lhe o que era. Raimundo estremeceu de novo, e, rápido, disse-me que esperasse um pouco; era uma coisa particular.

– Seu Pilar... – murmurou ele daí a alguns minutos.

– Que é?

– Você...

– Você quê?

Ele deitou os olhos ao pai, e depois a alguns outros meninos. Um destes, o Curvelo, olhava para ele, desconfiado, e o Raimundo, notando-me essa circunstância, pediu alguns minutos mais de espera. Confesso que começava a arder de curiosidade. Olhei para o Curvelo, vi que parecia atento; podia ser uma simples curiosidade vaga, natural indiscrição; mas podia ser também alguma coisa entre eles. Esse Curvelo era um pouco levado do diabo. Tinha onze anos, era mais velho que nós.

Que me quereria o Raimundo? Continuei inquieto, remexendo-me muito, falando-lhe baixo, com instância, que me dissesse o que era, que ninguém cuidava dele nem de mim. Ou então, de tarde...

– De tarde, não – interrompeu-me ele –, não pode ser de tarde.

– Então agora...

– Papai está olhando.

Na verdade, o mestre fitava-nos. Como era mais severo para o filho, buscava-o muitas vezes com os olhos, para trazê-lo mais aperreado. Mas nós também éramos finos; metemos o nariz no livro, e continuamos a ler. Afinal cansou e tomou as folhas do dia, três ou quatro, que ele lia devagar, mastigando as ideias e as paixões. Não esqueçam que estávamos então no fim da Regência, e que era grande a agitação pública. Policarpo tinha decerto algum partido, mas nunca pude averiguar esse ponto. O pior que ele podia ter, para nós, era a palmatória. E essa lá estava, pendurada do portal da janela, à direita, com os seus cinco olhos do diabo. Era só levantar a mão, despendurá-la e brandi-la, com a força do costume, que não era pouca. E daí, pode ser que alguma vez as paixões políticas dominassem nele a ponto de poupar-nos uma ou outra correção. Naquele dia, ao menos, pareceu-me que lia as folhas com muito interesse; levantava os olhos de quando em quando, ou tomava uma pitada, mas tornava logo aos jornais, e lia a valer.

No fim de algum tempo – dez ou doze minutos – Raimundo meteu a mão no bolso das calças e olhou para mim.

– Sabe o que tenho aqui?

– Não.

– Uma pratinha que mamãe me deu.

– Hoje?

– Não, no outro dia, quando fiz anos...

– Pratinha de verdade?

– De verdade.

Tirou-a vagarosamente, e mostrou-me de longe. Era uma moeda do tempo do rei, cuido que doze vinténs ou dois tostões, não me lembra; mas era uma moeda, e tão moeda que me fez pular o sangue no coração. Raimundo revolveu em mim o olhar pálido; depois perguntou-me se a queria para mim. Respondi-lhe que estava caçoando, mas ele jurou que não.

– Mas então você fica sem ela?

– Mamãe depois me arranja outra. Ela tem muitas que vovô lhe deixou, numa caixinha; algumas são de ouro. Você quer esta?

Minha resposta foi estender-lhe a mão disfarçadamente, depois de olhar para a mesa do mestre. Raimundo recuou a mão dele e deu à boca um gesto amarelo, que queria sorrir. Em seguida propôs-me um negócio, uma troca de serviços; ele me daria a moeda, eu lhe explicaria um ponto da lição de sintaxe. Não conseguira reter nada do livro, e estava com medo do pai. E concluía a proposta esfregando a pratinha nos joelhos...

Tive uma sensação esquisita. Não é que eu possuísse da virtude uma ideia antes própria de homem; não é também que não fosse fácil em empregar uma ou outra mentira de criança. Sabíamos ambos enganar ao mestre. A novidade estava nos termos da proposta, na troca de lição e dinheiro, compra franca, positiva, toma lá, dá cá; tal foi a causa da sensação. Fiquei a olhar para ele, à toa, sem poder dizer nada.

Compreende-se que o ponto da lição era difícil, e que o Raimundo, não o tendo aprendido, recorria a um meio que lhe pareceu útil para escapar ao castigo do pai. Se me tem pedido a coisa por favor, alcançá-la-ia do mesmo modo, como de outras vezes; mas parece que era a lembrança das outras vezes, o medo de achar a minha vontade frouxa ou cansada, e não aprender como queria – e pode ser mesmo que em alguma ocasião lhe tivesse ensinado mal –, parece que tal foi a causa da proposta. O pobre-diabo contava com o favor – mas queria assegurar-lhe a eficácia, e daí recorreu à moeda que a mãe lhe dera e que ele guardava como relíquia ou brinquedo; pegou dela e veio esfregá-la nos joelhos, à minha vista, como uma tentação... Realmente, era bonita, fina, branca, muito branca; e para mim, que só trazia cobre no bolso, quando trazia alguma coisa, um cobre feio, grosso, azinhavrado...

Não queria recebê-la, e custava-me recusá-la. Olhei para o mestre, que continuava a ler, com tal interesse, que lhe pingava o rapé do nariz. – Ande, tome – dizia-me baixinho o filho. E a pratinha fuzilava-lhe entre os dedos, como se fora diamante... Em verdade, se o mestre não visse nada, que mal havia? E ele não podia ver nada, estava agarrado aos jornais lendo com fogo, com indignação...

– Tome, tome...

Relanceei os olhos pela sala, e dei com os do Curvelo em nós; disse ao Raimundo que esperasse. Pareceu-me que o outro nos observava, então dissimulei; mas daí a pouco, deitei-lhe outra vez o olho, e – tanto se ilude a vontade! – não lhe vi mais nada. Então cobrei ânimo.

– Dê cá...

Raimundo deu-me a pratinha, sorrateiramente; eu meti-a na algibeira das calças, com um alvoroço que não posso definir. Cá estava ela comigo, pegadinha à perna. Restava prestar o serviço, ensinar a lição, e não me demorei em fazê-lo, nem o fiz mal, ao menos conscientemente; passava-lhe a explicação em um retalho de papel que ele recebeu com cautela e cheio de atenção. Sentia-se que despendia um esforço cinco ou seis vezes maior para aprender um nada; mas contanto que ele escapasse ao castigo, tudo iria bem.

De repente, olhei para o Curvelo e estremeci; tinha os olhos em nós, com um riso que me pareceu mau. Disfarcei; mas daí a pouco, voltando-me outra vez para ele, achei-o do mesmo modo, com o mesmo ar, acrescendo que entrava a remexer-se no banco, impaciente. Sorri para ele e ele não sorriu; ao contrário, franziu a testa, o que lhe deu um aspecto ameaçador. O coração bateu-me muito.

– Precisamos muito cuidado – disse eu ao Raimundo.

– Diga-me isto só – murmurou ele.

Fiz-lhe sinal que se calasse; mas ele instava, e a moeda, cá no bolso, lembrava-me o contrato feito. Ensinei-lhe o que era, disfarçando muito; depois, tornei a olhar para o Curvelo, que me pareceu ainda mais inquieto, e o riso, dantes mau, estava agora pior. Não é preciso dizer que também eu ficara em brasas, ansioso que a aula acabasse; mas nem o relógio andava como das outras vezes, nem o mestre fazia caso da escola; este lia os jornais, artigo por artigo, pontuando-os com exclamações, com gestos de ombros, com uma ou duas pancadinhas na mesa. E lá fora, no céu azul, por cima do morro, o mesmo eterno papagaio, guinando a um lado e outro, como se me chamasse a ir ter com ele. Imaginei-me ali com os livros e a pedra embaixo da mangueira, e a pratinha no bolso das calças, que eu não daria a ninguém, nem que me serrassem; guardá-la-ia em casa, dizendo a mamãe que a tinha achado na rua. Para que me não fugisse, ia-a apalpando, roçando-lhe os dedos pelo cunho, quase lendo pelo tacto a inscrição, com uma grande vontade de espiá-la.

– Oh! seu Pilar! – bradou o mestre com voz de trovão.

Estremeci como se acordasse de um sonho, e levantei-me às pressas. Dei com o mestre, olhando para mim, cara fechada, jornais dispersos, e ao pé da mesa, em pé, o Curvelo. Pareceu-me adivinhar tudo.

– Venha cá! – bradou o mestre.

Fui e parei diante dele. Ele enterrou-me pela consciência dentro um par de olhos pontudos; depois chamou o filho. Toda a escola tinha parado; ninguém mais lia, ninguém fazia um só movimento. Eu, conquanto não tirasse os olhos do mestre, sentia no ar a curiosidade e o pavor de todos.

– Então o senhor recebe dinheiro para ensinar as lições aos outros? – disse-me o Policarpo.

– Eu...

– Dê cá a moeda que este seu colega lhe deu! – clamou.

Não obedeci logo, mas não pude negar nada. Continuei a tremer muito. Policarpo bradou de novo que lhe desse a moeda, e eu não resisti mais, meti a mão no bolso, vagarosamente, saquei-a e entreguei-lha. Ele examinou-a de um e outro lado, bufando de raiva; depois estendeu o braço e atirou-a à rua. E então disse-nos uma porção de coisas duras, que tanto o filho como eu acabávamos de praticar uma ação feia, indigna, baixa, uma vilania, e para emenda e exemplo íamos ser castigados. Aqui pegou da palmatória.

– Perdão, *seu* mestre... – solucei eu.

– Não há perdão! Dê cá a mão! dê cá! vamos! sem-vergonha! dê cá a mão!

– Mas, *seu* mestre ...

– Olhe que é pior!

Estendi-lhe a mão direita, depois a esquerda, e fui recebendo os bolos uns por cima dos outros, até completar doze, que me deixaram as palmas vermelhas e inchadas. Chegou a vez do filho, e foi a mesma coisa; não lhe poupou nada, dois, quatro, oito, doze bolos. Acabou, pregou-nos outro sermão. Chamou-nos sem-vergonhas, desaforados, e jurou que se repetíssemos o negócio, apanharíamos tal castigo que nos havia de lembrar para todo o sempre. E exclamava: Porcalhões! tratantes! faltos de brio!

Eu por mim, tinha a cara no chão. Não ousava fitar ninguém, sentia todos os olhos em nós. Recolhi-me ao banco, soluçando, fustigado pelos impropérios do mestre. Na sala arquejava o terror; posso dizer que naquele dia ninguém faria igual negócio. Creio que o próprio Curvelo enfiara de medo. Não olhei logo para ele, cá dentro de mim jurava quebrar-lhe a cara, na rua, logo que saíssemos, tão certo como três e dois serem cinco.

Daí a algum tempo olhei para ele; ele também olhava para mim, mas desviou a cara, e penso que empalideceu. Compôs-se e entrou a ler em voz alta; estava com medo. Começou a variar de atitude, agitando-se à toa, coçando os joelhos, o nariz. Pode ser até que se arrependesse de nos ter denunciado; e na verdade, por que denunciar-nos? Em que é que lhe tirávamos alguma coisa?

– Tu me pagas! tão duro como osso! – dizia eu comigo.

Veio a hora de sair, e saímos; ele foi adiante, apressado, e eu não queria brigar ali mesmo, na rua do Costa, perto do colégio; havia de ser na rua Larga de São Joaquim. Quando, porém, cheguei à esquina, já o não vi; provavelmente escondera-se em algum corredor ou loja; entrei numa botica, espiei em outras casas, perguntei por ele a algumas pessoas, ninguém me deu notícia. De tarde faltou à escola.

Em casa não contei nada, é claro; mas para explicar as mãos inchadas, menti a minha mãe, disse-lhe que não tinha sabido a lição. Dormi nessa noite, mandando ao diabo os dois meninos, tanto o da denúncia como o da moeda. E sonhei com a moeda; sonhei que, ao tornar à escola, no dia seguinte, dera com ela na rua, e a apanhara, sem medo nem escrúpulos...

De manhã, acordei cedo. A ideia de ir procurar a moeda fez-me vestir depressa. O dia estava esplêndido, um dia de maio, sol magnífico, ar brando, sem contar as calças novas que minha mãe me deu, por sinal que eram amarelas. Tudo isso, e a pratinha... Saí de casa, como se fosse trepar ao trono de Jerusalém. Piquei o passo para que ninguém chegasse antes de mim à escola; ainda assim não andei tão depressa que amarrotasse as calças. Não, que elas eram bonitas! Mirava-as, fugia aos encontros, ao lixo da rua...

Na rua encontrei uma companhia do batalhão de fuzileiros, tambor à frente, rufando. Não podia ouvir isto quieto. Os soldados vinham batendo o pé rápido, igual, direita, esquerda, ao som do rufo; vinham, passaram por mim, e foram andando. Eu senti uma comichão nos pés, e tive ímpeto de ir atrás deles. Já lhes disse: o dia estava lindo, e depois o tambor... Olhei para um e outro lado; afinal, não sei como foi, entrei a marchar também ao som do rufo, creio que cantarolando alguma coisa: *Rato na Casaca*... Não fui à escola, acompanhei os fuzileiros, depois enfiei pela Saúde, e acabei a manhã na praia da Gamboa. Voltei para casa com as calças enxovalhadas, sem pratinha no bolso nem ressentimento na alma. E contudo a pratinha era bonita e foram eles, Raimundo e Curvelo, que me deram o primeiro conhecimento, um da corrupção, outro da delação; mas o diabo do tambor...

VÁRIAS HISTÓRIAS (1896)

UM APÓLOGO

Era uma vez uma agulha, que disse a um novelo de linha:

— Por que está você com esse ar, toda cheia de si, toda enrolada, para fingir que vale alguma coisa neste mundo?

— Deixe-me, senhora.

— Que a deixe? Que a deixe, por quê? Porque lhe digo que está com um ar insuportável? Repito que sim, e falarei sempre que me der na cabeça.

— Que cabeça, senhora? A senhora não é alfinete, é agulha. Agulha não tem cabeça. Que lhe importa o meu ar? Cada qual tem o ar que Deus lhe deu. Importe-se com a sua vida e deixe a dos outros.

— Mas você é orgulhosa.

— Decerto que sou.

— Mas por quê?

— É boa! Porque coso. Então os vestidos e enfeites de nossa ama, quem é que os cose, senão eu?

— Você? Esta agora é melhor. Você é que os cose? Você ignora que quem os cose sou eu, e muito eu?

— Você fura o pano, nada mais; eu é que coso, prendo um pedaço ao outro, dou feição aos babados...

— Sim, mas que vale isso? Eu é que furo o pano, vou adiante, puxando por você, que vem atrás, obedecendo ao que eu faço e mando...

— Também os batedores vão adiante do imperador.

— Você imperador?

— Não digo isso. Mas a verdade é que você faz um papel subalterno, indo adiante; vai só mostrando o caminho, vai fazendo o trabalho obscuro e ínfimo. Eu é que prendo, ligo, ajunto...

Estavam nisto, quando a costureira chegou à casa da baronesa. Não sei se disse que isto se passava em casa de uma baronesa, que tinha a modista ao pé de si, para não andar atrás dela. Chegou a costureira, pegou do pano, pegou da agulha, pegou da linha, enfiou a linha na agulha, e entrou a coser. Uma e outra iam andando orgulhosas, pelo pano adiante, que era a melhor das sedas, entre os dedos da costureira, ágeis como os galgos de Diana – para dar a isto uma cor poética. E dizia a agulha:

– Então senhora linha, ainda teima no que dizia há pouco? Não repara que esta distinta costureira só se importa comigo; eu é que vou aqui entre os dedos dela, unidinha a eles, furando abaixo e acima...

A linha não respondia nada; ia andando. Buraco aberto pela agulha era logo enchido por ela, silenciosa e ativa, como quem sabe o que faz, e não está para ouvir palavras loucas. A agulha, vendo que ela não lhe dava resposta, calou-se também, e foi andando. E era tudo silêncio na saleta de costura; não se ouvia mais que o *plic-plic-plic-plic* da agulha no pano. Caindo o sol, a costureira dobrou a costura, para o dia seguinte; continuou ainda nesse e no outro, até que no quarto acabou a obra, e ficou esperando o baile.

Veio a noite do baile, e a baronesa vestiu-se. A costureira, que a ajudou a vestir-se, levava a agulha espetada no corpinho, para dar algum ponto necessário. E enquanto compunha o vestido da bela dama, e puxava a um lado ou outro, arregaçava daqui ou dali, alisando, abotoando, acolchetando, a linha, para mofar da agulha, perguntou-lhe:

– Ora, agora, diga-me, quem é que vai ao baile, no corpo da baronesa, fazendo parte do vestido e da elegância? Quem é que vai dançar com ministros e diplomatas, enquanto você volta para a caixinha da costureira, antes de ir para o balaio das mucamas? Vamos, diga lá.

Parece que a agulha não disse nada; mas um alfinete, de cabeça grande e não menor experiência, murmurou à pobre agulha: – Anda, aprende, tola. Cansas-te em abrir caminho para ela e ela é que vai gozar da vida, enquanto aí ficas na caixinha de costura. Faze como eu, que não abro caminho para ninguém. Onde me espetam, fico.

Contei esta história a um professor de melancolia, que me disse, abanando a cabeça: – Também eu tenho servido de agulha a muita linha ordinária!

GAZETA DE NOTÍCIAS,
1º DE MARÇO DE 1885 (COM O TÍTULO
"A AGULHA E A LINHA"); MACHADO DE ASSIS

O CASO DA VARA

Damião fugiu do seminário às onze horas da manhã de uma sexta--feira de agosto. Não sei bem o ano; foi antes de 1850. Passados alguns minutos parou vexado; não contava com o efeito que produzia nos olhos da outra gente aquele seminarista que ia espantado, medroso, fugitivo. Desconhecia as ruas, andava e desandava; finalmente parou. Para onde iria? Para casa, não; lá estava o pai que o devolveria ao seminário, depois de um bom castigo. Não assentara no ponto de refúgio, porque a saída estava determinada para mais tarde; uma circunstância fortuita a apressou. Para onde iria? Lembrou-se do padrinho, João Carneiro, mas o padrinho era um moleirão sem vontade, que por si só não faria coisa útil. Foi ele que o levou ao seminário e o apresentou ao reitor:

— Trago-lhe o grande homem que há de ser — disse ele ao reitor.

— Venha — acudiu este —, venha o grande homem, contanto que seja também humilde e bom. A verdadeira grandeza é chã. Moço...

Tal foi a entrada. Pouco tempo depois fugiu o rapaz ao seminário. Aqui o vemos agora na rua, espantado, incerto, sem atinar com refúgio nem conselho; percorreu de memória as casas de parentes e amigos, sem se fixar em nenhuma. De repente, exclamou:

— Vou pegar-me com Sinhá Rita! Ela manda chamar meu padrinho, diz-lhe que quer que eu saia do seminário... Talvez assim...

Sinhá Rita era uma viúva, querida de João Carneiro; Damião tinha umas ideias vagas dessa situação e tratou de a aproveitar. Onde morava? Estava tão atordoado, que só daí a alguns minutos é que lhe acudiu a casa; era no largo do Capim.

– Santo nome de Jesus! Que é isto? – bradou Sinhá Rita, sentando-se na marquesa, onde estava reclinada.

Damião acabava de entrar espavorido; no momento de chegar à casa, vira passar um padre, e deu um empurrão à porta, que por fortuna não estava fechada a chave nem ferrolho. Depois de entrar espiou pela rótula, a ver o padre. Este não deu por ele e ia andando.

– Mas que é isto, senhor Damião? – bradou novamente a dona da casa, que só agora o conhecera. – Que vem fazer aqui?

Damião, trêmulo, mal podendo falar, disse que não tivesse medo, não era nada; ia explicar tudo.

– Descanse; e explique-se.

– Já lhe digo; não pratiquei nenhum crime, isso juro; mas espere.

Sinhá Rita olhava para ele espantada, e todas as crias, de casa, e de fora, que estavam sentadas em volta da sala, diante das suas almofadas de renda, todas fizeram parar os bilros e as mãos. Sinhá Rita vivia principalmente de ensinar a fazer renda, crivo e bordado. Enquanto o rapaz tomava fôlego, ordenou às pequenas que trabalhassem, e esperou. Afinal, Damião contou tudo, o desgosto que lhe dava o seminário; estava certo de que não podia ser bom padre; falou com paixão, pediu-lhe que o salvasse.

– Como assim? Não posso nada.

– Pode, querendo.

– Não – replicou ela abanando a cabeça –, não me meto em negócios de sua família, que mal conheço; e então seu pai, que dizem que é zangado!

Damião viu-se perdido... Ajoelhou-se-lhe aos pés, beijou-lhe as mãos, desesperado.

– Pode muito, Sinhá Rita; peço-lhe pelo amor de Deus, pelo que a senhora tiver de mais sagrado, por alma de seu marido, salve-me da morte, porque eu mato-me, se voltar para aquela casa.

Sinhá Rita, lisonjeada com as súplicas do moço, tentou chamá-lo a outros sentimentos. A vida de padre era santa e bonita, disse-lhe ela; o tempo lhe mostraria que era melhor vencer as repugnâncias e um dia... Não, nada, nunca! redarguia Damião, abanando a cabeça e beijando-lhe as mãos; e repetia que era a sua morte. Sinhá Rita hesitou ainda muito tempo; afinal perguntou-lhe por que não ia ter com o padrinho.

– Meu padrinho? Esse é ainda pior que papai; não me atende, duvido que atenda a ninguém...

– Não atende? – interrompeu Sinhá Rita ferida em seus brios – Ora, eu lhe mostro se atende ou não...

Chamou um moleque e bradou-lhe que fosse à casa do sr. João Carneiro chamá-lo, já e já; e se não estivesse em casa, perguntasse onde podia ser encontrado, e corresse a dizer-lhe que precisava muito de lhe falar imediatamente.

– Anda, moleque.

Damião suspirou alto e triste. Ela, para mascarar a autoridade com que dera aquelas ordens, explicou ao moço que o sr. João Carneiro fora amigo do marido e arranjara-lhe algumas crias para ensinar. Depois, como ele continuasse triste, encostado a um portal, puxou-lhe o nariz, rindo:

– Ande lá, seu padreco, descanse que tudo se há de arranjar.

Sinhá Rita tinha quarenta anos na certidão de batismo, e vinte e sete nos olhos. Era apessoada, viva, patusca, amiga de rir; mas, quando convinha, brava como diabo. Quis alegrar o rapaz, e, apesar da situação, não lhe custou muito. Dentro de pouco, ambos eles riam, ela contava-lhe anedotas, e pedia-lhe outras, que ele referia com singular graça. Uma destas, estúrdia, obrigada a trejeitos, fez rir a uma das crias de Sinhá Rita, que esquecera o trabalho, para mirar e escutar o moço. Sinhá Rita pegou de uma vara que estava ao pé da marquesa, e ameaçou-a:

– Lucrécia, olha a vara!

A pequena abaixou a cabeça, aparando o golpe, mas o golpe não veio. Era uma advertência; se à noitinha a tarefa não estivesse pronta, Lucrécia receberia o castigo do costume. Damião olhou para a pequena; era uma negrinha, magricela, um frangalho de nada, com uma cicatriz na testa e uma queimadura na mão esquerda. Contava onze anos. Damião reparou que tossia, mas para dentro, surdamente, a fim de não interromper a conversação. Teve pena da negrinha, e resolveu apadrinhá-la, se não acabasse a tarefa. Sinhá Rita não lhe negaria o perdão... Demais, ela rira por achar-lhe graça; a culpa era sua, se há culpa em ter chiste.

Nisto, chegou João Carneiro. Empalideceu quando viu ali o afilhado, e olhou para Sinhá Rita, que não gastou tempo com preâmbulos. Disse-lhe que era preciso tirar o moço do seminário, que ele não tinha vocação para a vida eclesiástica, e antes um padre de menos que um padre ruim. Cá fora também se podia amar e servir a Nosso Senhor. João Carneiro, assombrado, não achou que replicar durante os primeiros minutos; afinal, abriu a boca e repreendeu o afilhado por ter vindo incomodar "pessoas estranhas", e em seguida afirmou que o castigaria.

– Qual castigar, qual nada! – interrompeu Sinhá Rita – Castigar por quê? Vá, vá falar a seu compadre.

– Não afianço nada, não creio que seja possível...

– Há de ser possível, afianço eu. Se o senhor quiser – continuou ela com certo tom insinuativo –, tudo se há de arranjar. Peça-lhe muito, que ele cede. Ande, Senhor João Carneiro, seu afilhado não volta para o seminário; digo-lhe que não volta...

– Mas, minha senhora...

– Vá, vá.

João Carneiro não se animava a sair, nem podia ficar. Estava entre um puxar de forças opostas. Não lhe importava, em suma, que o rapaz acabasse clérigo, advogado ou médico, ou outra qualquer coisa, vadio que fosse; mas o pior é que lhe cometiam uma luta ingente com os sentimentos mais íntimos do compadre, sem certeza do resultado; e, se este fosse negativo, outra luta com Sinhá Rita, cuja última palavra era ameaçadora: "digo-lhe que ele não volta". Tinha de haver por força um escândalo. João Carneiro estava com a pupila desvairada, a pálpebra trêmula, o peito ofegante. Os olhares que deitava a Sinhá Rita eram de súplica, mesclados de um tênue raio de censura. Por que lhe não pedia outra coisa? Por que lhe não ordenava que fosse a pé, debaixo de chuva, à Tijuca, ou Jacarepaguá? Mas logo persuadir ao compadre que mudasse a carreira do filho... Conhecia o velho; era capaz de lhe quebrar uma jarra na cara. Ah! se o rapaz caísse ali, de repente, apoplético, morto! Era uma solução – cruel, é certo, mas definitiva.

– Então? – insistiu Sinhá Rita.

Ele fez-lhe um gesto de mão que esperasse. Coçava a barba, procurando um recurso. Deus do céu! um decreto do papa dissolvendo a Igreja, ou, pelo menos, extinguindo os seminários, faria acabar tudo em bem. João Carneiro voltaria para casa e ia jogar os três-setes. Imaginai que o barbeiro de Napoleão era encarregado de comandar a batalha de Austerlitz... Mas a Igreja continuava, os seminários continuavam, o afilhado continuava cosido à parede, olhos baixos, esperando, sem solução apoplética.

– Vá, vá – disse Sinhá Rita dando-lhe o chapéu e a bengala.

Não teve remédio. O barbeiro meteu a navalha no estojo, travou da espada e saiu à campanha. Damião respirou; exteriormente deixou-se estar na mesma, olhos fincados no chão, acabrunhado. Sinhá Rita puxou-lhe desta vez o queixo.

– Ande jantar, deixe-se de melancolias.

– A senhora crê que ele alcance alguma coisa?

– Há de alcançar tudo – redarguiu Sinhá Rita cheia de si – Ande, que a sopa está esfriando.

Apesar do gênio galhofeiro de Sinhá Rita, e do seu próprio espírito leve, Damião esteve menos alegre ao jantar que na primeira parte do dia. Não fiava do caráter mole do padrinho. Contudo, jantou bem; e, para o fim, voltou às pilhérias da manhã. À sobremesa, ouviu um rumor de gente na sala, e perguntou se o vinham prender.

– Hão de ser as moças.

Levantaram-se e passaram à sala. As moças eram cinco vizinhas que iam todas as tardes tomar café com Sinhá Rita, e ali ficavam até o cair da noite.

As discípulas, findo o jantar delas, tornaram às almofadas do trabalho. Sinhá Rita presidia a todo esse mulherio de casa e de fora. O sussurro dos bilros e o palavrear das moças eram ecos tão mundanos, tão alheios à teologia e ao latim, que o rapaz deixou-se ir por eles e esqueceu o resto. Durante os primeiros minutos, ainda houve da parte das vizinhas certo acanhamento; mas passou depressa. Uma delas cantou uma modinha, ao som da guitarra, tangida por Sinhá Rita, e a tarde foi passando depressa. Antes do fim, Sinhá Rita pediu a Damião que contasse certa anedota que lhe agradara muito. Era a tal que fizera rir Lucrécia.

– Ande, senhor Damião, não se faça de rogado, que as moças querem ir embora. Vocês vão gostar muito.

Damião não teve remédio senão obedecer. Malgrado o anúncio a expectação, que serviam a diminuir o chiste e o efeito, a anedota acabou entre risadas das moças. Damião, contente de si, não esqueceu Lucrécia e olhou para ela, a ver se rira também. Viu-a com a cabeça metida na almofada para acabar a tarefa. Não ria; ou teria rido para dentro, como tossia.

Saíram as vizinhas, e a tarde caiu de todo. A alma de Damião foi-se fazendo tenebrosa, antes da noite. Que estaria acontecendo? De instante a instante, ia espiar pela rótula, e voltava cada vez mais desanimado. Nem sombra do padrinho. Com certeza, o pai fê-lo calar, mandou chamar dois negros, foi à polícia pedir um pedestre, aí vinha pegá-lo à força e levá-lo ao seminário. Damião perguntou a Sinhá Rita se a casa não teria saída pelos fundos; correu ao quintal, calculou que podia saltar o muro. Quis ainda saber se haveria modo de fugir para a rua da Vala, ou se era melhor falar a algum vizinho que fizesse o favor de o receber. O pior era a batina; se Sinhá Rita lhe pudesse arranjar um rodaque, uma sobrecasaca velha... Sinhá Rita dispunha justamente de um rodaque, lembrança ou esquecimento de João Carneiro.

– Tenho um rodaque do meu defunto – disse ela, rindo –, mas para que está com esses sustos? Tudo se há de arranjar, descanse.

Afinal, à boca da noite, apareceu um escravo do padrinho, com uma carta para Sinhá Rita. O negócio ainda não estava composto; o pai ficou furioso e quis quebrar tudo; bradou que não, senhor, que o peralta havia de ir para o seminário, ou então metia-o no Aljube ou na presiganga. João Carneiro lutou muito para conseguir que o compadre não resolvesse logo, que dormisse a noite, e meditasse bem se era conveniente dar à religião um sujeito tão rebelde vicioso. Explicava na carta Que falou assim para melhor ganhar a causa. Não a tinha por ganha; mas no dia seguinte lá iria ver o homem, e teimar de novo. Concluía dizendo que o moço fosse para a casa dele.

Damião acabou de ler a carta e olhou para Sinhá Rita. Não tenho outra tábua de salvação, pensou ele. Sinhá Rita mandou vir um tinteiro de chifre, e na meia folha da própria carta escreveu esta resposta: "Joãozinho, ou você salva o moço, ou nunca mais nos vemos". Fechou a carta com obreia, e deu-a ao escravo, para que a levasse depressa. Voltou a reanimar o seminarista, que estava outra vez no capuz da humildade e da consternação. Disse-lhe que sossegasse, que aquele negócio era agora dela.

– Hão de ver para quanto presto! Não, que eu não sou de brincadeiras!

Era a hora de recolher os trabalhos. Sinhá Rita examinou-os; todas as discípulas tinham concluído a tarefa. Só Lucrécia estava ainda à almofada, meneando os bilros, já sem ver; Sinhá Rita chegou-se a ela, viu que a tarefa não estava acabada, ficou furiosa, e agarrou-a por uma orelha.

– Ah! malandra!

– Nhanhã, nhanhã! pelo amor de Deus! por Nossa Senhora que está no céu.

– Malandra! Nossa Senhora não protege vadias!

Lucrécia fez um esforço, soltou-se das mãos da senhora, e fugiu para dentro; a senhora foi atrás e agarrou-a.

– Anda cá!

– Minha senhora, me perdoe! – tossia a negrinha.

– Não perdoo, não. Onde está a vara?

E tornaram ambas à sala, uma presa pela orelha, debatendo-se, chorando e pedindo; a outra dizendo que não, que a havia de castigar.

– Onde está a vara?

A vara estava à cabeceira da marquesa, do outro lado da sala. Sinhá Rita, não querendo soltar a pequena, bradou ao seminarista:

– Senhor Damião, dê-me aquela vara, faz favor?

Damião ficou frio... Cruel instante! Uma nuvem passou-lhe pelos olhos. Sim, tinha jurado apadrinhar a pequena, que por causa dele, atrasara o trabalho...

– Dê-me a vara, senhor Damião!

Damião chegou a caminhar na direção da marquesa. A negrinha pediu-lhe então por tudo o que houvesse mais sagrado, pela mãe, pelo pai, por Nosso Senhor...

– Me acuda, meu sinhô moço!

Sinhá Rita, com a cara em fogo e os olhos esbugalhados, instava pela vara, sem largar a negrinha, agora presa de um acesso de tosse. Damião sentiu-se compungido; mas ele precisava tanto sair do seminário! Chegou à marquesa, pegou na vara e entregou-a a Sinhá Rita.

PÁGINAS RECOLHIDAS (1899)

ETERNO!

— Não me expliques nada — disse eu entrando no quarto —, é o negócio da baronesa.

Norberto enxugou os olhos e sentou-se na cama, com as pernas pendentes. Eu, cavalgando uma cadeira, pousei a barba no dorso, e proferi este breve discurso:

— Mas, meu pateta, quantas vezes queres que te diga que acabes com essa paixão ridícula e humilhante? Sim, senhor, humilhante e ridícula, porque ela não faz caso de ti; e demais, é arriscado. Não? Verás se o é, quando o barão desconfiar que lhe arrastas a asa à mulher. Olha que ele tem cara de maus bofes.

Norberto meteu as unhas na cabeça, desesperado. Tinha-me escrito cedo, pedindo que fosse confortá-lo e dar-lhe algum conselho; esperara-me na rua, até perto de uma hora da noite, defronte da casa de pensão em que eu morava; contava-me na carta que não dormira, que recebera um golpe terrível, falava em atirar-se ao mar. Eu, apesar de outro golpe que também recebera, acudi ao meu pobre Norberto. Éramos da mesma idade, estudávamos medicina, com a diferença que eu repetia o terceiro ano, que perdera, por vadio. Norberto vivia com os pais; não me cabendo igual fortuna, por havê-los perdido, vivia de uma mesada que me dava um tio da Bahia, e das dívidas que o bom velho pagava semestralmente. Pagava-as, e escrevia-me logo uma porção de coisas amargas, concluindo sempre que, pelo menos, fosse estudando até ser doutor. Doutor, para quê? dizia comigo. Pois se nem o sol, nem a lua, nem as moças, nem os bons charutos Villegas eram doutores, que necessidade tinha eu de o ser? E tocava a rir, a folgar, a deixar correr semanas e credores.

Falei de um golpe recebido. Era uma carta do tio, vinda com a do Norberto, naquela mesma manhã. Abri-a antes da outra, e li-a com pasmo. Já me não tuteava; dizia cerimoniosamente: "Sr. Simeão Antônio de Barros, estou farto de gastar à toa o meu dinheiro com o senhor. Se quiser concluir os estudos, venha matricular-se aqui, e morar comigo. Se não, procure por si mesmo recursos; não lhe dou mais nada." Amarrotei o papel, finquei os olhos numa litografia muito ruim do visconde de Sepetiba, que já achei pendente de um prego, no meu quarto de pensão, e disse-lhe os nomes mais feios, de maluco para baixo. Bradei que podia guardar o seu dinheiro, que eu tinha vinte anos – o primeiro dos direitos do homem, anterior aos tios e outras convenções sociais.

A imaginação, madre amiga, apontou-me logo uma infinidade de recursos, que bastavam a dispensar os magros cobres de um velho avarento; mas, passada essa primeira impressão, e relida a carta, entrei a ver que a solução era mais árdua do que parecia. Os recursos podiam ser bons e até certos; mas eu estava tão afeito a ir à rua da Quitanda receber a pensão mensal e a gastá-la em dobro, que mal podia adotar outro sistema.

Foi neste ponto que abri a carta do amigo Norberto e corri à casa dele. Já sabem o que lhe disse; viram que ele meteu as unhas na cabeça, desesperado. Saibam agora que, depois do gesto, disse com olhar sombrio que esperava de mim outros conselhos.

– Quais?

Não me respondeu.

– Que compres uma pistola ou uma gazua? algum narcótico?

– Para que estás caçoando comigo?

– Para fazer-te homem.

Norberto deu de ombros, com um laivozinho de escárnio ao canto da boca. Que homem? Que era ser homem senão amar a mais divina criatura do mundo e morrer por ela?

A baronesa de Magalhães, causa daquela demência, viera pouco antes da Bahia, com o marido, que antes do baronato, adquirido para satisfazer a noiva, era Antônio José Soares de Magalhães. Vinham casados de fresco; a baronesa tinha menos trinta anos que o barão; ia em vinte e quatro. Realmente era bela. Chamavam-lhe, em família, Iaiá Lindinha. Como o barão era velho amigo do pai de Norberto, as duas famílias uniram-se desde logo.

– Morrer por ela? – disse eu.

Jurou-me que sim; era capaz de matar-se. Mulher misteriosa! A voz dela entrava-lhe pelos ossos... E, dizendo isto, rolava na cama, batia com a cabeça, mordia os travesseiros. Às vezes, parava, arquejando; logo depois tornava às mesmas convulsões, abafando os soluços e os gritos, para que os não ouvissem do primeiro andar.

Já acostumado às lágrimas do meu amigo, desde a vinda da baronesa, esperei que elas acabassem, mas não acabavam. Descavalguei a cadeira, fui a ele, bradei-lhe que era uma criançada, e despedi-me; Norberto pegou-me na mão, para que ficasse, não me tinha dito ainda o principal.

– É verdade; que é?

– Vão-se embora. Estivemos lá ontem, e ouvi que embarcam sábado.

– Para a Bahia?

– Sim.

– Então, vão comigo.

Contei-lhe o caso da carta, e as ordens de meu tio para ir matricular-me na Bahia, e estudar ao pé dele. Norberto escutou-me alvoroçado. Na Bahia? Iríamos juntos; éramos íntimos, os pais não recusariam este favor à nossa jovem amizade. Confesso que o plano pareceu-me excelente, e demo-nos a ele com afinco. A mãe, apesar de muita lágrima que teria de verter ao despegar-se do filho, cedeu mais prontamente do que supúnhamos. O pai é que não cedeu nada. Não houve rogos nem empenhos; o próprio barão, que eu tive a arte de trazer ao nosso propósito, não alcançou do velho amigo que deixasse ir o filho, nem ainda com a promessa de o aposentar em casa e velar por ele. O pai foi inflexível.

Podem imaginar o desespero do meu amigo. Na noite de sexta-feira esteve em casa dela, com a família, até onze horas; mas, com o pretexto de passar comigo a última noite da minha estada aqui, veio realmente chorar tantas e tais lágrimas, como nunca as vi chorar jamais, nem antes nem depois. Não podia descrer da paixão, nem presumir consolá-la; era a primeira. Até então, ambos nós só conhecíamos os trocos miúdos do amor; e, por desgraça dele a primeira moeda grande que achara, não era ouro nem prata, senão ferro, duro ferro, como a do velho Licurgo, forjada como mesmo amargo vinagre.

Não dormimos. Norberto chorava, arrepelava-se, pedia a morte, construía planos absurdos ou terríveis. Eu, arranjando as malas, ia-lhe dizendo alguma coisa que o consolasse; era pior, era como se falasse de dança a uma perna dolorida. Consegui que fumasse um cigarro, depois outro, e afinal fumou-os às dúzias, sem acabar nenhum. Às três horas tratava do modo de fugir ao Rio de Janeiro – não logo, mas daí a dias, no primeiro vapor. Tirei-lhe essa ideia da cabeça unicamente no interesse dele próprio.

– Ainda se fosse útil, vá – disse-lhe eu –, mas ir sem certeza de nada, ir dar com o nariz na porta, porque a mulher, se não gosta de ti, e te vê lá, é capaz de perceber logo o motivo da tua viagem, e não te recebe.

– Que sabes tu?

– Pode receber-te, mas não há certeza, acho eu. Crês que ela goste de ti?

– Não digo que sim, nem que não.

Contou-me episódios, gestos, ditos, coisas ambíguas ou insignificantes; depois vinha uma reticência de lágrimas, murros no peito, clamor de angústia, a dor ia-se-me comunicando; padecia com ele, a razão cedia à compaixão, as nossas naturezas fundiam-se em uma só lástima. Daí esta promessa que lhe fiz.

– Tenho uma ideia. Vou com eles, já nos conhecemos, é provável que frequente a casa; eu então farei uma coisa: sondo-a a teu respeito. Se vir que nem pensa em ti, escrevo-te francamente que penses em outra coisa; mas se achar alguma inclinação, pouca que seja, aviso-te, e, ou por bem ou por mal, embarca.

Norberto aceitou alvoroçado a proposta; era uma esperança. Fez-me jurar que cumpriria tudo, que a observaria bem, sem temor, e, pela sua parte, jurou-me que não hesitaria um instante. E teimava comigo que não perdesse nada; que, às vezes, um indício pequeno valia muito, uma palavrinha era um livro; que, se pudesse, aludisse ao desespero em que o deixava. Para peitar a minha sagacidade, afirmou que o desengano matá-lo-ia, porque esse amor, eterno como era, iria fartar-se na morte e na eternidade. Não achei boca para replicar-lhe que isto era o mesmo que obrigar-me a só mandar boas notícias. Naquela ocasião, apenas sabia chorar com ele.

A aurora registrou o nosso pacto imoral. Não consenti que ele fosse a bordo despedir-se. Parti. Não falemos da viagem... O mares de Homero, flagelados por Euros, Bóreas e o violento Zéfiro, mares épicos, podeis sacudir Ulisses, mas não lhe dais as aflições do enjoo. Isso é bom para os mares de agora, e particularmente para aqueles que me levaram daqui à Bahia. Só depois de chegar ante a cidade, ousei aparecer à nossa dona magnífica, tão senhora de si, como se acabasse de dar um passeio apenas longo.

– Não tem saudades do Rio de Janeiro? – disse-lhe eu logo, de intróito.

– Certamente.

O barão veio indicar-me os lugares que a gente via do paquete – ou a direção de outros. Ofereceu-me a casa dele, no Bonfim. Meu tio veio a bordo, e, por mais que quisesse fazer-se tétrico, senti-lhe o coração amigo. Via-me, único filho da irmã finada – e via-me obediente. Não podia haver para mim melhores impressões de entrada. Divina juventude! as coisas novas pagavam-me em dobro as coisas velhas.

Dei os primeiros dias ao conhecimento da cidade; mas não tardou que uma carta do meu amigo Norberto me chamasse a atenção para ele. Fui ao Bonfim. A baronesa – ou Iaiá Lindiriha, que era ainda o nome dado por toda a gente – recebeu-me com tanta graça, e o marido era tão hospedeiro e bom, que me envergonhei da particular comissão que trazia. Mas durou pouco a vergonha, vi o desespero do meu amigo, e a necessidade de consolá-lo ou desenganá-lo era superior a qualquer outra consideração. Confesso até uma singularidade; agora que estavam separados entrou-me na alma a esperança de que ela não desgostasse dele – justamente o que eu negava antes. Talvez fosse o desejo de o ver feliz; podia ser uma instigação da vaidade que me acenasse com a vitória em favor do desgraçado.

Naturalmente, conversamos do Rio de Janeiro. Eu dizia-lhe as minhas saudades, falava das coisas que estava acostumado a ver, das ruas que faziam parte da minha pessoa, das caras de todos os dias, das casas, das afeições... Oh! as afeições eram os laços mais apertados. Tinha amigos: os pais de Norberto...

– Dois santos – interrompeu a moça –; meu marido, que conhece o velho desde muitos anos, conta dele coisas curiosas. Sabe que casou por uma paixão fortíssima?

– Adivinha-se. O filho é o fruto expressivo do amor dos dois. Conheceu bem o meu pobre Norberto?

– Conheci; ia lá à casa muitas vezes.

– Não conheceu.

Iaiá Lindinha franziu levemente a testa.

– Perdoe-me se a desminto – continuei com vivacidade –. Não conheceu a melhor alma, a mais pura e a mais ardente que Deus criou. Talvez que ache parcial por ser amigo. A verdade é que ninguém me prende mais ao Rio de Janeiro. Coitado do meu Norberto! Não imagina que homem talhado para dois ofícios ao mesmo tempo, arcanjo e herói – para dizer à terra as delícias do céu, e para escalar o céu, se for preciso ir lá levar as lamentações humanas...

Só no fim desta fala compreendi que era ridícula. Iaiá Lindinha, ou não a entendeu assim, ou disfarçou a opinião; disse-me somente que a minha amizade era entusiasta, mas que o meu amigo parecia boa pessoa. Não era alegre, ou tinha crises melancólicas. Disseram- lhe que ele estudava muito...

– Muito.

Não insisti para não atropelar os acontecimentos... Que o leitor me não condene sem remissão nem agravo. Sei que o papel que eu fazia não era bonito; mas já lá vão vinte e sete anos. Confio do Tempo, que é um insigne alquimista. Dá-se-lhe um punhado de lodo, ele o restitui em diamantes; quando menos, em cascalho. Assim é que, se um homem de Estado escrever e publicar as suas memórias, tão sem escrúpulo, que lhes não falte nada, nem confidências pessoais, nem segredos do governo, nem até amores, amores particularíssimos e inconfessáveis, verá que escândalo levanta o livro. Dirão, e dirão bem, que o autor é um cínico, indigno dos homens que confiaram nele e das mulheres que o amaram. Clamor sincero e legítimo, porque o caráter público impõe muitos resguardos; os bons costumes e o próprio respeito às mulheres amadas constrangem ao silêncio...

...Mas deixai pingar os anos na cuba de um século. Cheio o século, passa o livro a documento histórico, psicológico, anedótico. Hão de lê-lo a frio; estudar-se-á nele a vida íntima do nosso tempo, a maneira de amar, a de compor os ministérios e deitá-los abaixo, se as mulheres eram mais animosas que dissimuladas, como é que se faziam eleições e galanteios, se eram usados xales ou capas, que veículos tínhamos, se os relógios eram trazidos à direita ou à esquerda, e multidão de coisas interessantes para a nossa história pública íntima. Daí a esperança que me fica, de não ser condenado absolutamente pela consciência dos que me leem. Já lá vão vinte e sete anos!

Gastei mais de meio em bater à porta daquele coração, a ver se lá achava o Norberto; mas ninguém me respondia de dentro, nem o próprio marido. Não obstante, as cartas que mandava ao meu pobre amigo, se não levavam esperanças, também não levavam desenganos.

Houve-as até mais esperançosas que desenganadas. A afeição que lhe tinha e o meu amor-próprio conjugavam as forças todas para espertar nela a curiosidade e a sedução de um mistério remoto e possível.

Já então as nossas relações eram familiares. Visitava-os a miúdo. Quando lá não ia três noites seguidas, vivia aflito e inquieto; corria a vê-los na quarta noite, e era ela que me esperava ao portão da chácara, para dizer-me nomes feios, ingrato, preguiçoso, esquecido. Os nomes foram cessando, mas a pessoa não deixava de estar ali à espera, com a mão prestes a apertar a minha – às vezes, trêmula – ou seria a minha que tremia; não sei.

– Amanhã não posso vir, dizia-lhe algumas noites, à despedida, baixo, no vão de uma janela.

– Por quê?

Explicava-lhe a causa, estudo ou alguma obrigação de meu tio. Nunca tentou dissuadir-me de promessa, mas ficava desconsolada. Comecei a escrever menos ao Norberto e a falar pouco de Iaiá Lindinha, como quem não ia à casa dela. Tinha fórmulas diferentes: "Ontem encontrei o barão no largo do Palácio; disse-me que a mulher está boa". Ou então: "Sabes quem vi há três dias no teatro? A baronesa". Não relia as cartas, para não encarar a minha hipocrisia. Ele, pela sua parte, também ia escrevendo menos, e bilhetes curtos. Entre mim e a moça não aparecia mais o nome de Norberto; convencionamos, sem palavras, que era um defunto, e um triste defunto sem galas mortuárias

Beirávamos o abismo, ambos teimando que era um reflexo da cúpula celeste – incongruência para os que não andam namorados. A morte resolveu o problema, levando consigo o barão, por meio de um ataque de apoplexia, no dia vinte e três de março de 1861, às seis horas da tarde. Era um excelente homem, a quem a viúva pagou em preces o que lhe não dera em amor.

Quando eu lhe pedi, três meses depois, que, acabado o luto, casasse comigo, Iaiá Lindinha não estranhou nem me despediu. Ao contrário, respondeu que sim, mas não tão cedo; punha uma condição: que concluísse primeiro os estudos, que me formasse. E disse isto com os mesmos lábios, que pareciam ser o único livro do mundo, o livro universal, a melhor das academias, a escola das escolas. Apelei dela para ela; escutou-me inflexível. A razão que me deu foi que meu tio podia recear que, uma vez casado, interromperia a carreira.

– E com razão – concluiu–. Ouça-me: só me caso com um doutor.

Cumprimos ambos a promessa. Durante algum tempo andou ela pela Europa, com uma cunhada e o marido desta; e as saudades foram então as minhas disciplinas mais duras. Estudei pacientemente; despeguei-me de todas as vadiações antigas. Recebi o capelo na véspera da bênção matrimonial; e posso dizer, sem hipocrisia, que achei o latim do padre muito superior ao discurso acadêmico.

Semanas depois, pediu-me Iaiá Lindinha que viéssemos ao Rio de Janeiro. Cedi ao pedido, confesso que um pouco atordoado. Cá viria achar o meu amigo Norberto, se é que ele ainda residia aqui. Ia em mais de três anos que nos não escrevíamos; já antes disso as nossas cartas eram breves e sem interesse. Saberia do nosso casamento? Dos precedentes? Viemos; não contei nada a minha mulher.

Para quê? Era dar-lhe notícia da uma aleivosia oculta, dizia comigo. Ao chegar, pus esta questão a mim mesmo, se esperaria a visita dele, se iria visitá-lo antes; escolhi o segundo alvitre, para avisá-lo das coisas. Engenhei umas circunstâncias especiais, curiosas, acarretadas pela Providência, cujos fios ficam sempre ocultos aos homens. Não me ria, note-se bem; minha imaginação compunha tudo isso com seriedade.

No fim de quatro dias, soube que Norberto morava para os lados do Rio Comprido; estava casado. Tanto melhor. Corri a casa dele. Vi no jardim uma preta amamentando uma criança, outra criança de ano e meio, que recolhia umas pedrinhas do chão, acocorada.

– Nhô Bertinho, vai dizer a mamãe que está aqui um moço procurando papai.

O menino obedeceu; mas, antes que voltasse, chegava de fora o meu velho amigo Norberto. Conheci-o logo, apesar das grandes suíças que usava; lançamo-nos nos braços um do outro.

– Tu aqui? Quando chegaste?

– Ontem.

– Estás mais gordo, meu velho! Gordo e bonito. Entremos. Que é? – continuou ele inclinando-se para Nhô Bertinho, que lhe abraçava uma das pernas.

Pegou dele, alçou-o, deu-lhe trinta mil beijos ou pouco menos; depois, tendo-o num braço, apontou para mim.

– Conheces este moço?

Nhô Bertinho olhava espantado, com o dedo na boca. O pai contou-lhe então que eu era um amigo de papai, muito amigo, desde o tempo em que vovô e vovó eram vivos...

– Teus pais morreram?

Norberto fez-me sinal que sim, e acudiu ao filho, que com as mãozinhas espalmadas pegava da cara do pai, pedindo-lhe mais beijos. Depois, foi à criança que mamava, não a tirou do regaço da ama, mas disse-lhe muitas coisas ternas, chamou-me para vê-la; era uma menina. Revia-se nela, encantado. Tinha cinco meses por ora; mas se eu voltasse ali quinze anos depois, veria que mocetona. Que bracinhos! que dedos gordos! Não podendo ter-se, inclinou-se e beijou-a.

– Entra, anda ver minha mulher. Jantas conosco.

– Não posso.

– Mamãe, está espiando – disse Nhô Bertinho.

Olhei, vi uma moça à porta da sala, que dava para o jardim; a porta estava aberta, ela esperava-nos. Subimos os cinco degraus; entramos na sala. Norberto pegou-lhe nas mãos, e deu-lhes dois beijos. A moça quis recuar, não pôde, ficou muito corada.

– Não te vexes, Carmela – disse ele –. Sabes quem é este sujeito? É aquele Barros de quem te falei muitas vezes, um Simeão, estudante de medicina... A propósito, por que é que não me respondeste à participação do casamento?

– Não recebi nada – respondi.

– Pois afirmo que foi pelo correio.

Carmela ouvia o marido com admiração; ele tanto fez, que foi sentar-se ao pé dela, para lhe reter a mão, às escondidas. Eu fingia não ver nada; falava dos tempos acadêmicos, de alguns amigos, da política, da guerra, tudo para evitar que ele me perguntasse se estava ou não casado. Já me arrependia de ter ido ali; que lhe diria, se ele tocasse no ponto e indagasse da pessoa? Não me falou em nada; talvez soubesse tudo.

A conversação prolongou-se; mas eu teimei em sair, e levantei-me, Carmela despediu-se de mim com muita afabilidade. Era bela; os olhos pareciam dar-lhe um resplendor de santa. Certo é que o marido tinha-lhe adoração.

– Viste-a bem? – perguntou-me ele à porta do jardim – Não te digo o sentimento que nos prende, estas coisas sentem-se, não se exprimem. De que sorris? Achas-me naturalmente criança. Creio que sim; criança eterna, como é eterno o meu amor.

Entrei no tílburi, prometendo ir lá jantar um daqueles dias.

– Eterno! – disse comigo – Tal qual o amor que ele tinha a minha mulher.

E, voltando-me para o cocheiro, perguntei-lhe:

– O que é eterno?

– Com perdão de vossa senhoria – acudiu ele – mas eu acho que eterno é o fiscal da minha rua, um maroto que, se não lhe quebro a cara um destes dias, a minha alma se não salve. Pois o maroto parece eterno no lugar; tem aí não sei que compadres... Outros dizem que... Não me meto nisso... Lá quebrar-lhe a cara...

Não ouvi o resto; fui mergulhando em mim mesmo, ao zunzum do cocheiro. Quando dei por mim, estava na rua da Glória. O demônio continuava a falar; paguei, e desci até à praia da Glória, meti-me pela do Russell e fui sair à do Flamengo. O mar batia com força. Moderei o passo e pus-me a olhar para as ondas que vinham ali bater e morrer. Cá dentro, ressoava, como um trecho musical, a pergunta que fizera ao cocheiro: O que é eterno? As ondas, mais discretas que ele, não me contaram os seus particulares, vinham vindo, morriam, vinham vindo, morriam.

Cheguei ao hotel de Estrangeiros ao declinar da tarde. Minha mulher esperava-me para jantar. Eu, ao entrar no quarto, peguei-lhe das mãos, e perguntei-lhe:

– O que é eterno, Iaiá Lindinha?

Ela, suspirando:

– Ingrato! é o amor que te tenho.

Jantei sem remorsos; ao contrário, tranquilo e jovial. Coisas do Tempo! Dá-se-lhe um punhado de lodo, ele o restitui em diamantes.

PÁGINAS RECOLHIDAS (1899)

MISSA DO GALO

Nunca pude entender a conversação que tive com uma senhora, há muitos anos, contava eu dezessete, ela trinta. Era noite de Natal. Havendo ajustado com um vizinho irmos à missa do galo, preferi não dormir; combinei que eu iria acordá-lo à meia-noite.

A casa em que eu estava hospedado era a do escrivão Meneses, que fora casado, em primeiras núpcias, com uma de minhas primas. A segunda mulher, Conceição, e a mãe desta acolheram-me bem, quando vim de Mangaratiba para o Rio de Janeiro, meses antes, a estudar preparatórios. Vivia tranquilo, naquela casa assobradada da rua do Senado, com os meus livros, poucas relações, alguns passeios. A família era pequena, o escrivão, a mulher, a sogra e duas escravas. Costumes velhos. Às dez horas da noite toda a gente estava nos quartos; às dez e meia a casa dormia. Nunca tinha ido ao teatro, e mais de uma vez, ouvindo dizer ao Meneses que ia ao teatro, pedi-lhe que me levasse consigo. Nessas ocasiões, a sogra fazia uma careta, e as escravas riam à socapa; ele não respondia, vestia-se, saía e só tornava na manhã seguinte. Mais tarde é que eu soube que o teatro era um eufemismo em ação. Meneses trazia amores com uma senhora, separada do marido, e dormia fora de casa uma vez por semana. Conceição padecera, a princípio, com a existência da comborça; mas, afinal, resignara-se, acostumara-se, e acabou achando que era muito direito.

Boa Conceição! Chamavam-lhe "a santa", e fazia jus ao título, tão facilmente suportava os esquecimentos do marido. Em verdade, era um temperamento moderado, sem extremos, nem grandes lágrimas, nem grandes risos. No capítulo de que trato, dava para maometana; aceitaria um harém, com as aparências salvas. Deus me perdoe, se a julgo mal.

Tudo nela era atenuado e passivo. O próprio rosto era mediano, nem bonito nem feio. Era o que chamamos uma pessoa simpática. Não dizia mal de ninguém, perdoava tudo. Não sabia odiar; pode ser até que não soubesse amar.

Naquela noite de Natal foi o escrivão ao teatro. Era pelos anos de 1861 ou 1862. Eu já devia estar em Mangaratiba, em férias; mas fiquei até o Natal para ver "a missa do galo na corte". A família recolheu-se à hora do costume; eu meti-me na sala da frente, vestido e pronto. Dali passaria ao corredor da entrada e sairia sem acordar ninguém. Tinha três chaves a porta; uma estava com o escrivão, eu levaria outra, a terceira ficava em casa.

– Mas, senhor Nogueira, que fará você todo esse tempo? – perguntou-me a mãe de Conceição.

– Leio, dona Inácia.

Tinha comigo um romance, os *Três Mosqueteiros*, velha tradução creio do *Jornal do Commercio*. Sentei-me à mesa que havia no centro da sala, e à luz de um candeeiro de querosene, enquanto a casa dormia, trepei ainda uma vez ao cavalo magro de D'Artagnan e fui-me às aventuras. Dentro em pouco estava completamente ébrio de Dumas. Os minutos voavam, ao contrário do que costumam fazer, quando são de espera; ouvi bater onze horas, mas quase sem dar por elas, um acaso. Entretanto, um pequeno rumor que ouvi dentro veio acordar-me da leitura. Eram uns passos no corredor que ia da sala de visitas à de jantar; levantei a cabeça; logo depois vi assomar à porta da sala o vulto de Conceição.

– Ainda não foi? – perguntou ela.

– Não fui, parece que ainda não é meia-noite.

– Que paciência!

Conceição entrou na sala, arrastando as chinelinhas da alcova. Vestia um roupão branco, mal apanhado na cintura. Sendo magra, tinha um ar de visão romântica, não disparatada com o meu livro de aventuras. Fechei o livro; ela foi sentar-se na cadeira que ficava defronte de mim, perto do canapé. Como eu lhe perguntasse se a havia acordado, sem querer, fazendo barulho, respondeu com presteza:

– Não! qual! Acordei por acordar.

Fitei-a um pouco e duvidei da afirmativa. Os olhos não eram de pessoa que acabasse de dormir; pareciam não ter ainda pegado no sono. Essa observação, porém, que valeria alguma coisa em outro espírito, depressa a botei fora, sem advertir que talvez não dormisse justamente por minha causa, e mentisse para me não afligir ou aborrecer. Já disse que ela era boa, muito boa.

– Mas a hora já há de estar próxima – disse eu.

– Que paciência a sua de esperar acordado, enquanto o vizinho dorme! E esperar sozinho! Não tem medo de almas do outro mundo? Eu cuidei que se assustasse quando me viu.

– Quando ouvi os passos estranhei: mas a senhora apareceu logo.

– Que é que estava lendo? Não diga, já sei, é o romance dos *Mosqueteiros*.

– Justamente: é muito bonito.

– Gosta de romances?

– Gosto.

– Já leu a *Moreninha*?

– Do doutor Macedo? Tenho lá em Mangaratiba.

– Eu gosto muito de romances, mas leio pouco, por falta de tempo. Que romances é que você tem lido?

Comecei a dizer-lhe os nomes de alguns. Conceição ouvia-me com a cabeça reclinada no espaldar, enfiando os olhos por entre as pálpebras meio-cerradas, sem os tirar de mim. De vez em quando passava a língua pelos beiços, para umedecê-los. Quando acabei de falar, não me disse nada; ficamos assim alguns segundos. Em seguida, vi-a endireitar a cabeça, cruzar os dedos e sobre eles pousar o queixo, tendo os cotovelos nos braços da cadeira, tudo sem desviar de mim os grandes olhos espertos:

– Talvez esteja aborrecida – pensei eu.

E logo alto:

– Dona Conceição, creio que vão sendo horas, e eu...

– Não, não, ainda é cedo. Vi agora mesmo o relógio, são onze e meia. Tem tempo. Você, perdendo a noite, é capaz de não dormir de dia?

– Já tenho feito isso.

– Eu, não; perdendo uma noite, no outro dia estou que não posso, e, meia hora que seja, hei de passar pelo sono. Mas também estou ficando velha.

– Que velha o quê, dona Conceição?

Tal foi o calor da minha palavra que a fez sorrir. De costume tinha os gestos demorados e as atitudes tranquilas; agora, porém, ergueu-se rapidamente, passou para o outro lado da sala e deu alguns passos, entre a janela da rua e a porta do gabinete do marido. Assim, com o desalinho honesto que trazia, dava-me uma impressão singular. Magra embora, tinha não sei que balanço no andar, como quem lhe custa levar o corpo; essa feição nunca me pareceu tão distinta como naquela noite. Parava algumas vezes, examinando um trecho de cortina ou concertando a posição de algum objeto no aparador; afinal deteve-se, ante mim, com a mesa de permeio. Estreito era o círculo das suas ideias; tornou ao espanto de me ver esperar acordado; eu repeti-lhe o que ela sabia, isto é, que nunca ouvira missa do galo na corte, e não queria perdê-la.

– É a mesma missa da roça; todas as missas se parecem.

– Acredito; mas aqui há de haver mais luxo e mais gente também. Olhe, a semana santa na corte é mais bonita que na roça. São João não digo, nem Santo Antônio...

Pouco a pouco, tinha-se reclinado; fincara os cotovelos no mármore da mesa e metera o rosto entre as mãos espalmadas. Não estando abotoadas as mangas, caíram naturalmente, e eu vi-lhe metade dos braços, muito claros, e menos magros do que se poderiam supor.

A vista não era nova para mim, posto também não fosse comum; naquele momento, porém, a impressão que tive foi grande. As veias eram tão azuis, que apesar da pouca claridade, podia, contá-las do meu lugar. A presença de Conceição espertara-me ainda mais que o livro. Continuei a dizer o que pensava das festas da roça e da cidade, e de outras coisas que me iam vindo à boca. Falava emendando os assuntos, sem saber por quê, variando deles ou tornando aos primeiros, e rindo para fazê-la sorrir e ver-lhe os dentes que luziam de brancos, todos iguaizinhos. Os olhos dela não eram bem negros, mas escuros; o nariz, seco e longo, um tantinho curvo, dava-lhe ao rosto um ar interrogativo. Quando eu alteava um pouco a voz, ela reprimia-me:

– Mais baixo! mamãe pode acordar.

E não saía daquela posição, que me enchia de gosto, tão perto ficavam as nossas caras. Realmente, não era preciso falar alto para ser ouvido: cochichávamos os dois, eu mais que ela, porque falava mais; ela, às vezes, ficava séria, muito séria, com a testa um pouco franzida. Afinal, cansou; trocou de atitude e de lugar. Deu volta à mesa e veio sentar-se do meu lado, no canapé. Voltei-me, e pude ver, a furto, o bico das chinelas; mas foi só o tempo que ela gastou em sentar-se, o roupão era comprido e cobriu-as logo. Recordo-me que eram pretas. Conceição disse baixinho:

– Mamãe está longe, mas tem o sono muito leve; se acordasse agora, coitada, tão cedo não pegava no sono.

– Eu também sou assim.

– O quê? – perguntou ela inclinando o corpo para ouvir melhor.

Fui sentar-me na cadeira que ficava ao lado do canapé e repeti-lhe a palavra. Riu-se da coincidência; também ela tinha o sono leve; éramos três sonos leves.

– Há ocasiões em que sou como mamãe; acordando, custa-me dormir outra vez, rolo na cama, à toa, levanto-me, acendo vela, passeio, torno a deitar-me e nada.

– Foi o que lhe aconteceu hoje.

– Não, não – atalhou ela.

Não entendi a negativa; ela pode ser que também não a entendesse. Pegou das pontas do cinto e bateu com elas sobre os joelhos, isto é, o joelho direito, porque acabava de cruzar as pernas. Depois referiu uma história de sonhos, e afirmou-me que só tivera um pesadelo, em criança. Quis saber se eu os tinha. A conversa reatou-se assim lentamente, longamente, sem que eu desse pela hora nem pela missa. Quando eu acabava uma narração ou uma explicação, ela inventava outra pergunta ou outra matéria, e eu pegava novamente na palavra. De quando em quando, reprimia-me:

– Mais baixo, mais baixo...

Havia também umas pausas. Duas outras vezes, pareceu-me que a via dormir; mas o olhos, cerrados por um instante, abriam-se logo sem sono nem fadiga, como se ela os houvesse fechado para ver melhor. Uma dessas vezes creio que deu por mim embebido na sua pessoa, e lembra-me que os tornou a fechar, não sei se apressada ou vagarosamente. Há impressões dessa noite que me aparecem truncadas ou confusas. Contradigo-me, atrapalho-me. Uma das que ainda tenho frescas é que, em certa ocasião, ela, que era apenas simpática, ficou linda, ficou lindíssima. Estava de pé, os braços cruzados; eu, em respeito a ela, quis levantar-me; não consentiu, pôs uma das mãos no meu ombro, e obrigou-me a estar sentado. Cuidei que ia dizer alguma coisa; mas estremeceu, como se tivesse um arrepio de frio, voltou as costas e foi sentar-se na cadeira, onde me achara lendo. Dali relanceou a vista pelo espelho, que ficava por cima do canapé, falou de duas gravuras que pendiam da parede.

– Estes quadros estão ficando velhos. Já pedi a Chiquinho para comprar outros.

Chiquinho era o marido. Os quadros falavam do principal negócio deste homem. Um representava "Cleópatra"; não me recordo o assunto do outro, mas eram mulheres. Vulgares ambos; naquele tempo não me pareciam feios.

– São bonitos – disse eu.

– Bonitos são; mas estão manchados. E depois francamente, eu preferia duas imagens, duas santas. Estas são mais próprias para sala de rapaz ou de barbeiro.

– De barbeiro? A senhora nunca foi a casa de barbeiro.

– Mas imagino que os fregueses, enquanto esperam, falam de moças e namoros, e naturalmente o dono da casa alegra a vista deles com figuras bonitas. Em casa de família é que não acho próprio. É o que eu penso; mas eu penso muita coisa assim esquisita. Seja o que for, não gosto dos quadros. Eu tenho uma Nossa Senhora da Conceição, minha madrinha, muito bonita; mas é de escultura, não se pode pôr na parede, nem eu quero. Está no meu oratório.

A ideia do oratório trouxe-me a da missa, lembrou-me que podia ser tarde e quis dizê-lo. Penso que cheguei a abrir a boca, mas logo a fechei para ouvir o que ela contava, com doçura, com graça, com tal moleza que trazia preguiça à minha alma e fazia esquecer a missa e a igreja. Falava das suas devoções de menina e moça. Em seguida referia umas anedotas de baile, uns casos de passeio, reminiscências de Paquetá, tudo de mistura, quase sem interrupção. Quando cansou do passado, falou do presente, dos negócios da casa, das canseiras de família, que lhe diziam ser muitas, antes de casar, mas não eram nada. Não me contou, mas eu sabia que casara aos vinte e sete anos.

Já agora não trocava de lugar, como a princípio, e quase não saíra da mesma atitude. Não tinha os grandes olhos compridos, e entrou a olhar à toa para as paredes.

– Precisamos mudar o papel da sala – disse daí a pouco, como se falasse consigo.

Concordei, para dizer alguma coisa, para sair da espécie de sono magnético, ou o que quer que era que me tolhia a língua e os sentidos. Queria e não queria acabar a conversação; fazia esforço para arredar os olhos dela, e arredava-os por um sentimento de respeito; mas a ideia de parecer que era aborrecimento, quando não era, levava-me os olhos outra vez para Conceição. A conversa ia morrendo. Na rua, o silêncio era completo.

Chegamos a ficar por algum tempo – não posso dizer quanto – inteiramente calados. O rumor único e escasso, era um roer de camundongo no gabinete, que me acordou daquela espécie de sonolência; quis falar dele, mas não achei modo. Conceição parecia estar devaneando. Subitamente, ouvi uma pancada na janela, do lado de fora, e uma voz que bradava: "Missa do galo! missa do galo!"

– Aí está o companheiro – disse ela levantando-se. Tem graça; você é que ficou de ir acordá-lo, ele é que vem acordar você. Vá, que hão de ser horas; adeus.

– Já serão horas? – perguntei.

– Naturalmente.

– Missa do galo! – repetiram de fora, batendo.

– Vá, vá, não se faça esperar. A culpa foi minha. Adeus, até amanhã.

E com o mesmo balanço do corpo, Conceição enfiou pelo corredor dentro, pisando mansinho. Saí à rua e achei o vizinho que esperava. Guiamos dali para a igreja. Durante a missa, a figura de Conceição interpôs-se mais de uma vez, entre mim e o padre; fique isto à conta dos meus dezessete anos. Na manhã seguinte, ao almoço, falei da missa do galo e da gente que estava na igreja sem excitar a curiosidade de Conceição. Durante o dia, achei-a como sempre, natural, benigna, sem nada que fizesse lembrar a conversação da véspera. Pelo ano-bom fui para Mangaratiba. Quando tornei ao Rio de Janeiro em março, o escrivão tinha morrido de apoplexia. Conceição morava no Engenho Novo, mas nem a visitei nem a encontrei. Ouvi mais tarde que casara com o escrevente juramentado do marido.

PÁGINAS RECOLHIDAS (1899)

PAI CONTRA MÃE

A escravidão levou consigo ofícios e aparelhos, como terá sucedido a outras instituições sociais. Não cito alguns aparelhos senão por se ligarem a certo ofício. Um deles era o ferro ao pescoço, outro o ferro ao pé; havia também a máscara de folha-de-flandres. A máscara fazia perder o vício da embriaguez aos escravos, por lhes tapar a boca. Tinha só três buracos, dois para ver, um para respirar, e era fechada atrás da cabeça por um cadeado. Com o vício de beber, perdiam a tentação de furtar, porque geralmente era dos vinténs do senhor que eles tiravam com que matar a sede, e aí ficavam dois pecados extintos, e a sobriedade e a honestidade certas. Era grotesca tal máscara, mas a ordem social e humana nem sempre se alcança sem o grotesco, e alguma vez o cruel. Os funileiros as tinham penduradas, à venda, na porta das lojas. Mas não cuidemos de máscaras.

O ferro ao pescoço era aplicado aos escravos fujões. Imaginai uma coleira grossa, com a haste grossa também à direita ou à esquerda, até ao alto da cabeça e fechada atrás com chave. Pesava, naturalmente, mas era menos castigo que sinal. Escravo que fugia assim, onde quer que andasse, mostrava um reincidente, e com pouco era pegado.

Há meio século, os escravos fugiam com frequência. Eram muitos, e nem todos gostavam da escravidão. Sucedia ocasionalmente apanharem pancada, e nem todos gostavam de apanhar pancada. Grande parte era apenas repreendida; havia alguém de casa que servia de padrinho, e o mesmo dono não era mau; além disso, o sentimento da propriedade moderava a ação, porque dinheiro também dói. A fuga repetia-se, entretanto. Casos houve, ainda que raros, em que o escravo de contrabando, apenas comprado no Valongo, deitava a correr, sem conhecer as ruas da cidade.

Dos que seguiam para casa, não raro, apenas ladinos, pediam ao senhor que lhes marcasse aluguel, e iam ganhá-lo fora, quitandando.

Quem perdia um escravo por fuga dava algum dinheiro a quem lho levasse. Punha anúncios nas folhas públicas, com os sinais do fugido, o nome, a roupa, o defeito físico, se o tinha, o bairro por onde andava e a quantia de gratificação. Quando não vinha a quantia, vinha promessa: "gratificar-se-á generosamente" – ou "receberá uma boa gratificação". Muita vez o anúncio trazia em cima ou ao lado uma vinheta, figura de preto, descalço, correndo, vara ao ombro, e na ponta uma trouxa. Protestava-se com todo o rigor da lei contra quem o acoitasse.

Ora, pegar escravos fugidios era um ofício do tempo. Não seria nobre, mas por ser instrumento da força com que se mantêm a lei e a propriedade, trazia esta outra nobreza implícita das ações reivindicadoras. Ninguém se metia em tal ofício por desfastio ou estudo; a pobreza, a necessidade de uma achega, a inaptidão para outros trabalhos, o acaso, e alguma vez o gosto de servir também, ainda que por outra via, davam o impulso ao homem que se sentia bastante rijo para pôr ordem à desordem.

Cândido Neves – em família, Candinho – é a pessoa a quem se liga a história de uma fuga, cedeu à pobreza, quando adquiriu o ofício de pegar escravos fugidos. Tinha um defeito grave esse homem, não aguentava emprego nem ofício, carecia de estabilidade; é o que ele chamava caiporismo. Começou por querer aprender tipografia, mas viu cedo que era preciso algum tempo para compor bem, ainda assim talvez não ganhasse o bastante; foi o que ele disse a si mesmo. O comércio chamou-lhe a atenção, era carreira boa. Com algum esforço entrou de caixeiro para um armarinho. A obrigação, porém, de atender e servir a todos feria-o na corda do orgulho, e ao cabo de cinco ou seis semanas estava na rua por sua vontade. Fiel de cartório, contínuo de uma repartição anexa ao Ministério do Império, carteiro e outros empregos foram deixados pouco depois de obtidos.

Quando veio a paixão da moça Clara, não tinha ele mais que dívidas, ainda que poucas, porque morava com um primo, entalhador de ofício. Depois de várias tentativas para obter emprego, resolveu adotar o ofício do primo, de que aliás já tomara algumas lições. Não lhe custou apanhar outras, mas, querendo aprender depressa, aprendeu mal. Não fazia obras finas nem complicadas, apenas garras para sofás e relevos comuns para cadeiras. Queria ter em que trabalhar quando casasse, e o casamento não se demorou muito.

Contava trinta anos. Clara vinte e dois. Ela era órfã, morava com uma tia, Mônica, e cosia com ela. Não cosia tanto que não namorasse o seu pouco, mas os namorados apenas queriam matar o tempo; não tinham outro empenho. Passavam às tardes, olhavam muito para ela, ela para eles, até que a noite a fazia recolher para a costura. O que ela notava é que nenhum deles lhe deixava saudades nem lhe acendia desejos. Talvez nem soubesse o nome de muitos. Queria casar, naturalmente. Era, como lhe dizia a tia, um pescar de caniço, a ver se o peixe pegava, mas o peixe passava de longe; algum que parasse, era só para andar à roda da isca, mirá-la, cheirá-la, deixá-la e ir a outras.

O amor traz sobrescritos. Quando a moça viu Cândido Neves, sentiu que era este o possível marido, o marido verdadeiro e único. O encontro deu-se em um baile; tal foi – para lembrar o primeiro ofício do namorado – tal foi a página inicial daquele livro, que tinha de sair mal composto e pior brochado. O casamento fez-se onze meses depois, e foi a mais bela festa das relações dos noivos. Amigas de Clara, menos por amizade que por inveja, tentaram arredá-la do passo que ia dar. Não negavam a gentileza do noivo, nem o amor que lhe tinha, nem ainda algumas virtudes; diziam que era dado em demasia a patuscadas.

– Pois ainda bem, replicava a noiva; ao menos, não caso com defunto.

– Não, defunto não; mas é que...

Não diziam o que era. Tia Mônica, depois do casamento, na casa pobre onde eles se foram abrigar, falou-lhes uma vez nos filhos possíveis. Eles queriam um, um só, embora viesse agravar a necessidade.

– Vocês, se tiverem um filho, morrem de fome – disse a tia à sobrinha.

– Nossa Senhora nos dará de comer – acudiu Clara.

Tia Mônica devia ter-lhes feito a advertência, ou ameaça, quando ele lhe foi pedir a mão da moça; mas também ela era amiga de patuscadas, e o casamento seria uma festa, como foi.

A alegria era comum aos três. O casal ria a propósito de tudo. Os mesmos nomes eram objeto de trocados, Clara, Neves, Cândido; não davam que comer, mas davam que rir, e o riso digeria-se sem esforço. Ela cosia agora mais, ele saía a empreitadas de uma coisa e outra; não tinha emprego certo.

Nem por isso abriam mão do filho. O filho é que, não sabendo daquele desejo específico, deixava-se estar escondido na eternidade. Um dia, porém, deu sinal de si a criança; varão ou fêmea, era o fruto abençoado que viria trazer ao casal a suspirada ventura. Tia Mônica ficou desorientada, Cândido e Clara riram dos seus sustos.

– Deus nos há de ajudar, titia – insistia a futura mãe.

A notícia correu de vizinha a vizinha. Não houve mais que espreitar a aurora do dia grande. A esposa trabalhava agora com mais vontade, e assim era preciso, uma vez que, além das costuras pagas, tinha de ir fazendo com retalhos o enxoval da criança. À força de pensar nela, vivia já com ela, media-lhe fraldas, cosia-lhe camisas. A porção era escassa, os intervalos longos. Tia Mônica ajudava, é certo, ainda que de má vontade.

— Vocês verão a triste vida — suspirava ela.

— Mas as outras crianças não nascem também? — perguntou Clara.

— Nascem, e acham sempre alguma coisa certa que comer, ainda que pouco...

— Certa como?

— Certa, um emprego, um ofício, uma ocupação, mas em que é que o pai dessa infeliz criatura que aí vem gasta o tempo?

Cândido Neves, logo que soube daquela advertência, foi ter com a tia, não áspero, mas muito menos manso que de costume, e lhe perguntou se já algum dia deixara de comer.

— A senhora ainda não jejuou senão pela semana santa, e isso mesmo quando não quer jantar comigo. Nunca deixamos de ter o nosso bacalhau...

— Bem sei, mas somos três.

— Seremos quatro.

— Não é a mesma coisa.

— Que quer então que eu faça, além do que faço?

— Alguma coisa mais certa. Veja o marceneiro da esquina, o homem do armarinho, o tipógrafo que casou sábado, todos têm um emprego certo... Não fique zangado; não digo que você seja vadio, mas a ocupação que escolheu é vaga. Você passa semanas sem vintém.

— Sim, mas lá vem uma noite que compensa tudo, até de sobra. Deus não me abandona, e preto fugido sabe que comigo não brinca; quase nenhum resiste, muitos entregam-se logo.

Tinha glória nisto, falava da esperança como de capital seguro. Daí a pouco ria, e fazia rir à tia, que era naturalmente alegre, e previa uma patuscada no batizado.

Cândido Neves perdera já o ofício de entalhador, como abrira mão de outros muitos, melhores ou piores. Pegar escravos fugidos trouxe-lhe um encanto novo. Não obrigava a estar longas horas sentado. Só exigia força, olho vivo, paciência, coragem e um pedaço de corda. Cândido Neves lia os anúncios, copiava-os, metia-os no bolso e saía às pesquisas. Tinha boa memória. Fixados os sinais e os costumes de um escravo fugido, gastava pouco tempo em achá-lo, segurá-lo, amarrá-lo e levá-lo. A força era muita; a agilidade também. Mais de uma vez, a uma esquina, conversando de coisas remotas, via passar um escravo como os outros, e descobria logo que ia fugido, quem era, o nome, o dono, a casa deste e a gratificação; interrompia a conversa e ia atrás do vicioso. Não o apanhava logo, espreitava lugar azado, e de um salto tinha a gratificação nas mãos. Nem sempre saía sem sangue, as unhas e os dentes do outro trabalhavam, mas geralmente ele os vencia sem o menor arranhão.

Um dia os lucros entraram a escassear. Os escravos fugidos não vinham já, como dantes, meter-se nas mãos de Cândido Neves. Havia mãos novas e hábeis. Como o negócio crescesse, mais de um desempregado pegou em si e numa corda, foi aos jornais, copiou anúncios e deitou-se à caçada. No próprio bairro havia mais de um competidor. Quer dizer que as dívidas de Cândido Neves começaram de subir, sem aqueles pagamentos prontos ou quase prontos dos primeiros tempos. A vida fez-se difícil e dura. Comia-se fiado e mal; comia-se tarde. O senhorio mandava pelo aluguéis.

Clara não tinha sequer tempo de remendar a roupa ao marido, tanta era a necessidade de coser para fora. Tia Mônica ajudava a sobrinha, naturalmente. Quando ele chegava à tarde, via-se-lhe pela cara que não trazia vintém. Jantava e saía outra vez, à cata de algum fugido. Já lhe sucedia, ainda que raro, enganar-se de pessoa, e pegar em escravo fiel que ia a serviço de seu senhor; tal era a cegueira da necessidade. Certa vez capturou um preto livre; desfez-se em desculpas, mas recebeu grande soma de murros que lhe deram os parentes do homem.

– É o que lhe faltava! – exclamou a tia Mônica, ao vê-lo entrar, e depois de ouvir narrar o equívoco e suas consequências – Deixe-se disso, Candinho; procure outra vida, outro emprego.

Cândido quisera efetivamente fazer outra coisa, não pela razão do conselho, mas por simples gosto de trocar de ofício; seria um modo de mudar de pele ou de pessoa. O pior é que não achava à mão negócio que aprendesse depressa.

A natureza ia andando, o feto crescia, até fazer-se pesado à mãe, antes de nascer. Chegou o oitavo mês, mês de angústias e necessidades, menos ainda que o nono, cuja narração dispenso também. Melhor é dizer somente os seus efeitos. Não podiam ser mais amargos.

– Não, tia Mônica! – bradou Candinho, recusando um conselho que me custa escrever, quanto mais ao pai ouvi-lo – Isso nunca!

Foi na última semana do derradeiro mês que a tia Mônica deu ao casal o conselho de levar a criança que nascesse à roda dos enjeitados.

Em verdade, não podia haver palavra mais dura de tolerar a dois jovens pais que espreitavam a criança, para beijá-la, guardá-la, vê-la rir, crescer, engordar, pular... Enjeitar quê? enjeitar como? Candinho arregalou os olhos para a tia, e acabou dando um murro na mesa de jantar. A mesa, que era velha e desconjuntada, esteve quase a se desfazer inteiramente. Clara interveio.

– Titia não fala por mal, Candinho.

– Por mal? – replicou tia Mônica – Por mal ou por bem, seja o que for, digo que é o melhor que vocês podem fazer. Vocês devem tudo; a carne e o feijão vão faltando. Se não aparecer algum dinheiro, como é que a família há de aumentar? E depois, há tempo; mais tarde, quando o senhor tiver a vida mais segura, os filhos que vierem serão recebidos com o mesmo cuidado que este ou maior. Este será bem criado, sem lhe faltar nada. Pois então a roda é alguma praia ou monturo? Lá não se mata ninguém, ninguém morre à toa, enquanto que aqui é certo morrer, se viver à míngua. Enfim...

Tia Mônica terminou a frase com um gesto de ombros, deu as costas e foi meter-se na alcova. Tinha já insinuado aquela solução, mas era a primeira vez que o fazia com tal franqueza e calor – crueldade, se preferes. Clara estendeu a mão ao marido, como a amparar-lhe o ânimo; Cândido Neves fez uma careta, e chamou maluca à tia, em voz baixa. A ternura dos dois foi interrompida por alguém que batia à porta da rua.

– Quem é? – perguntou o marido.

– Sou eu.

Era o dono da casa, credor de três meses de aluguel, que vinha em pessoa ameaçar o inquilino. Este quis que ele entrasse.

– Não é preciso...

– Faça favor.

O credor entrou e recusou sentar-se; deitou os olhos à mobília para ver se daria algo à penhora; achou que pouco. Vinha receber os aluguéis vencidos, não podia esperar mais; se dentro de cinco dias não fosse pago, pô-lo-ia na rua. Não havia trabalhado para regalo dos outros. Ao vê-lo, ninguém diria que era proprietário; mas a palavra supria o que faltava ao gesto, e o pobre Cândido Neves preferiu calar a retorquir. Fez uma inclinação de promessa e súplica ao mesmo tempo. O dono da casa não cedeu mais.

– Cinco dias ou rua! – repetiu, metendo a mão no ferrolho da porta e saindo.

Candinho saiu por outro lado. Nesses lances não chegava nunca ao desespero, contava com algum empréstimo, não sabia como nem onde, mas contava. Demais, recorreu aos anúncios. Achou vários, alguns já velhos, mas em vão os buscava desde muito. Gastou algumas horas sem proveito, e tornou para casa. Ao fim de quatro dias, não achou recursos; lançou mão de empenhos, foi a pessoas amigas do proprietário, não alcançando mais que a ordem de mudança.

A situação era aguda. Não achavam casa, nem contavam com pessoa que lhes emprestasse alguma; era ir para a rua. Não contavam com a tia. Tia Mônica teve arte de alcançar aposento para os três em casa de uma senhora velha e rica, que lhe prometeu emprestar os quartos baixos da casa, ao fundo da cocheira, para os lados de um pátio. Teve ainda a arte maior de não dizer nada aos dois, para que Cândido Neves, no desespero da crise começasse por enjeitar o filho e acabasse alcançando algum meio seguro e regular de obter dinheiro; emendar a vida, em suma. Ouvia as queixas de Clara, sem as repetir, é certo, mas sem as consolar. No dia em que fossem obrigados a deixar a casa, fá-los-ia espantar com a notícia do obséquio e iriam dormir melhor do que cuidassem.

Assim sucedeu. Postos fora da casa, passaram ao aposento de favor, e dois dias depois nasceu a criança. A alegria do pai foi enorme, e a tristeza também. Tia Mônica insistiu em dar a criança à roda. "Se você não a quer levar, deixe isso comigo; eu vou à rua dos Barbonos." Cândido Neves pediu que não, que esperasse, que ele mesmo a levaria. Notai que era um menino, e que ambos os pais desejavam justamente este sexo. Mal lhe deram algum leite; mas, como chovesse à noite, assentou o pai levá-lo à roda na noite seguinte.

Naquela reviu todas as suas notas de escravos fugidos. As gratificações pela maior parte eram promessas; algumas traziam a soma escrita e escassa. Uma, porém, subia a cem mil-réis. Tratava-se de uma mulata; vinham indicações de gesto e de vestido. Cândido Neves andara a pesquisá-la sem melhor fortuna, e abrira mão do negócio; imaginou que algum amante da escrava a houvesse recolhido. Agora, porém, a vista nova da quantia e a necessidade dela animaram Cândido Neves a fazer um grande esforço derradeiro. Saiu de manhã a ver e indagar pela rua e largo da Carioca, rua do Parto e da Ajuda, onde ela parecia andar, segundo o anúncio. Não a achou; apenas um farmacêutico da rua da Ajuda se lembrava de ter vendido uma onça de qualquer droga, três dias antes, à pessoa que tinha os sinais indicados. Cândido Neves parecia falar como dono da escrava, e agradeceu cortesmente a notícia. Não foi mais feliz com outros fugidos de gratificação incerta ou barata.

Voltou para a triste casa que lhe haviam emprestado. Tia Mônica arranjara de si mesma a dieta para a recente mãe, e tinha já o menino para ser levado à roda. O pai, não obstante o acordo feito, mal pôde esconder a dor do espetáculo. Não quis comer o que tia Mônica lhe guardara; não tinha fome, disse, e era verdade. Cogitou mil modos de ficar com o filho; nenhum prestava. Não podia esquecer o próprio albergue em que vivia. Consultou a mulher, que se mostrou resignada. Tia Mônica pintara-lhe a criação do menino; seria maior a miséria, podendo suceder que o filho achasse a morte sem recurso. Cândido Neves foi obrigado a cumprir a promessa; pediu à mulher que desse ao filho o resto do leite que ele beberia da mãe. Assim se fez; o pequeno adormeceu, o pai pegou dele, e saiu na direção da rua dos Barbonos.

Que pensasse mais de uma vez em voltar para casa com ele, é certo; não menos certo é que o agasalhava muito, que o beijava, que lhe cobria o rosto para preservá-lo do sereno. Ao entrar na rua da Guarda Velha, Cândido Neves começou a afrouxar o passo.

– Hei de entregá-lo o mais tarde que puder – murmurou ele.

Mas não sendo a rua infinita ou sequer longa, viria a acabá-la; foi então que lhe ocorreu entrar por um dos becos que ligavam aquela à rua da Ajuda. Chegou ao fim do beco e, indo a dobrar à direita, na direção do largo da Ajuda, viu do lado oposto um vulto de mulher; era a mulata fugida. Não dou aqui a comoção de Cândido Neves por não podê-lo fazer com a intensidade real. Um adjetivo basta; digamos enorme. Descendo a mulher, desceu ele também; a poucos passos estava a farmácia onde obtivera a informação, que referi acima. Entrou, achou o farmacêutico, pediu-lhe a fineza de guardar a criança por um instante; viria buscá-la sem falta.

– Mas...

Cândido Neves não lhe deu tempo de dizer nada; saiu rápido, atravessou a rua, até ao ponto em que pudesse pegar a mulher sem dar alarma. No extremo da rua, quando ela ia a descer a de São José, Cândido Neves aproximou-se dela. Era a mesma, era a mulata fujona.

– Arminda! – bradou, conforme a nomeava o anúncio.

Arminda voltou-se sem cuidar malícia. Foi só quando ele, tendo tirado o pedaço de corda da algibeira, pegou dos braços da escrava, que ela compreendeu e quis fugir. Era já impossível. Cândido Neves, com as mãos robustas, atava-lhe os pulsos e dizia que andasse. A escrava quis gritar, parece que chegou a soltar alguma voz mais alta que de costume, mas entendeu logo que ninguém viria libertá-la, ao contrário. Pediu então que a soltasse pelo amor de Deus.

– Estou grávida, meu senhor! – exclamou – Se vossa senhoria tem algum filho, peço-lhe por amor dele que me solte; eu serei tua escrava, vou servi-lo pelo tempo que quiser. Me solte, meu senhor moço!

– Siga! – repetiu Cândido Neves.

– Me solte!

– Não quero demoras; siga!

Houve aqui luta, porque a escrava, gemendo, arrastava-se a si e ao filho. Quem passava ou estava à porta de uma loja, compreendia o que era e naturalmente não acudia. Arminda ia alegando que o senhor era muito mau, e provavelmente a castigaria com açoites – coisa que, no estado em que ela estava, seria pior de sentir. Com certeza, ele lhe mandaria dar açoites.

– Você é que tem culpa. Quem lhe manda fazer filhos e fugir depois? – perguntou Cândido Neves.

Não estava em maré de riso, por causa do filho que lá ficara na farmácia, à espera dele. Também é certo que não costumava dizer grandes coisas. Foi arrastando a escrava pela rua dos Ourives, em direção à da Alfândega, onde residia o senhor. Na esquina desta a luta cresceu; a escrava pôs os pés à parede, recuou com grande esforço, inutilmente. O que alcançou foi, apesar de ser a casa próxima, gastar mais tempo em lá chegar do que devera. Chegou, enfim, arrastada, desesperada, arquejando. Ainda ali ajoelhou-se, mas em vão. O senhor estava em casa, acudiu ao chamado e ao rumor.

– Aqui está a fujona – disse Cândido Neves.

– É ela mesma.

– Meu senhor!

– Anda, entra...

Arminda caiu no corredor. Ali mesmo o senhor da escrava abriu a carteira e tirou os cem mil-réis de gratificação. Cândido Neves guardou as duas notas de cinquenta mil-réis, enquanto o senhor novamente dizia à escrava que entrasse. No chão, onde jazia, levada do medo e da dor, e após algum tempo de luta a escrava abortou.

O fruto de algum tempo entrou sem vida neste mundo, entre os gemidos da mãe e os gestos de desespero do dono. Cândido Neves viu todo esse espetáculo. Não sabia que horas eram. Quaisquer que fossem, urgia correr à rua da Ajuda, e foi o que ele fez sem querer conhecer as consequências do desastre.

Quando lá chegou, viu o farmacêutico sozinho, sem o filho que lhe entregara. Quis esganá-lo. Felizmente, o farmacêutico explicou tudo a tempo; o menino estava lá dentro com a família, e ambos entraram. O pai recebeu o filho com a mesma fúria com que pegara a escrava fujona de há pouco, fúria diversa, naturalmente, fúria de amor. Agradeceu depressa e mal, e saiu às carreiras, não para a roda dos enjeitados, mas para a casa de empréstimo com o filho e os cem mil-réis de gratificação. Tia Mônica, ouvida a explicação, perdoou a volta do pequeno, uma vez que trazia os cem mil-réis. Disse, é verdade, algumas palavras duras contra a escrava, por causa do aborto, além da fuga. Cândido Neves, beijando o filho, entre lágrimas, verdadeiras, abençoava a fuga e não se lhe dava do aborto.

– Nem todas as crianças vingam – bateu-lhe o coração.

RELÍQUIAS DA CASA VELHA (1906)

UMAS FÉRIAS

Vieram dizer ao mestre-escola que alguém lhe queria falar.

– Quem é?

– Diz que meu senhor não o conhece – respondeu o preto.

– Que entre.

Houve um movimento geral de cabeças na direção da porta do corredor, por onde devia entrar a pessoa desconhecida. Éramos não sei quantos meninos na escola. Não tardou que aparecesse uma figura rude, tez queimada, cabelos compridos, sem sinal de pente, a roupa amarrotada, não me lembra bem a cor nem a fazenda, mas provavelmente era brim pardo. Todos ficaram esperando o que vinha dizer o homem, eu mais que ninguém, porque ele era meu tio, roceiro, morador em Guaratiba. Chamava-se tio Zeca.

Tio Zeca foi ao mestre e falou-lhe baixo. O mestre fê-lo sentar, olhou para mim, e creio que lhe perguntou alguma coisa, porque tio Zeca entrou a falar demorado, muito explicativo. O mestre insistiu, ele respondeu, até que o mestre, voltando-se para mim, disse alto:

– Senhor José Martins, pode sair.

A minha sensação de prazer foi tal que venceu a de espanto. Tinha dez anos apenas, gostava de folgar, não gostava de aprender. Um chamado de casa, o próprio tio, irmão de meu pai, que chegara na véspera de Guaratiba, era naturalmente alguma festa, passeio, qualquer coisa. Corri a buscar o chapéu, meti o livro de leitura no bolso e desci as escadas da escola, um sobradinho da rua do Senado. No corredor beijei a mão a tio Zeca. Na rua fui andando ao pé dele, amiudando os passos, e levantando a cara. Ele não me dizia nada, eu não me atrevia a nenhuma pergunta.

Pouco depois chegávamos ao colégio de minha irmã Felícia; disse-me que esperasse, entrou, subiu, desceram, e fomos os três caminho de casa. A minha alegria agora era maior. Certamente havia festa em casa, pois que íamos os dois, ela e eu; íamos na frente, trocando as nossas perguntas e conjecturas. Talvez anos de tio Zeca. Voltei a cara para ele; vinha com os olhos no chão, provavelmente para não cair.

Fomos andando. Felícia era mais velha que eu um ano. Calçava sapato raso, atado ao peito do pé por duas fitas cruzadas, vindo acabar acima do tornozelo com laço. Eu, botins de cordovão, já gastos. As calcinhas dela pegavam com a fita dos sapatos, as minhas calças, largas, caíam sobre o peito do pé; eram de chita. Uma ou outra vez parávamos, ela para admirar as bonecas à porta dos armarinhos, eu para ver, à porta das vendas, algum papagaio que descia e subia pela corrente de ferro atada ao pé. Geralmente, era meu conhecido, mas papagaio não cansa em tal idade. Tio Zeca é que nos tirava do espetáculo industrial ou natural. – Andem, dizia ele em voz sumida. E nós andávamos, até que outra curiosidade nos fazia deter o passo. Entretanto, o principal era a festa que nos esperava em casa.

– Não creio que sejam anos de tio Zeca – disse-me Felícia.

– Por quê?

– Parece meio triste.

– Triste, não, parece carrancudo.

– Ou carrancudo. Quem faz anos tem a cara alegre.

– Então serão anos de meu padrinho...

– Ou de minha madrinha...

– Mas por que é que mamãe nos mandou para a escola?

– Talvez não soubesse.

– Há de haver jantar grande...

– Com doce...

– Talvez dancemos.

Fizemos um acordo: podia ser festa, sem aniversário de ninguém. A sorte grande, por exemplo. Ocorreu-me também que podiam ser eleições. Meu padrinho era candidato a vereador; embora eu não soubesse bem o que era candidatura nem vereação, tanto ouvira falar em vitória próxima que a achei certa e ganha. Não sabia que a eleição era ao domingo, e o dia era sexta-feira. Imaginei bandas de música, vivas e palmas, e nós, meninos, pulando, rindo, comendo cocadas. Talvez houvesse espetáculo à noite; fiquei meio tonto. Tinha ido uma vez ao teatro, e voltei dormindo, mas no dia seguinte estava tão contente que morria por lá tornar, posto não houvesse entendido nada do que ouvira. Vira muita coisa, isto sim, cadeiras ricas, tronos, lanças compridas, cenas que mudavam à vista, passando de uma sala a um bosque, e do bosque a uma rua. Depois, os personagens, todos príncipes. Era assim que chamávamos aos que vestiam calção de seda, sapato de fivela ou botas, espada, capa de veludo, gorra com pluma. Também houve bailado. As bailarinas e os bailarinos falavam com os pés e as mãos, trocando de posição e um sorriso constante na boca. Depois os gritos do público e as palmas...

Já duas vezes escrevi palmas; é que as conhecia bem. Felícia, a quem comuniquei a possibilidade do espetáculo, não me pareceu gostar muito, mas também não recusou nada. Iria ao teatro. E quem sabe se não seria em casa, teatrinho de bonecos? Íamos nessas conjecturas, quando tio Zeca nos disse que esperássemos; tinha parado a conversar com um sujeito.

Paramos, à espera. A ideia da festa, qualquer que fosse, continuou a agitar-nos, mais a mim que a ela. Imaginei trinta mil coisas, sem acabar nenhuma, tão precipitadas vinham, e tão confusas que não as distinguia; pode ser até que se repetissem. Felícia chamou a minha atenção para dois moleques de carapuça encarnada, que passavam carregando canas – o que nos lembrou as noites de Santo Antônio e São João, já lá idas. Então falei-lhe das fogueiras do nosso quintal, das bichas que queimamos, das rodinhas, das pistolas e das danças, com outros meninos. Se houvesse agora a mesma coisa... Ah! lembrou-me que era ocasião de deitar à fogueira o livro da escola, e o dela também, com os pontos de costura que estava aprendendo.

– Isso não – acudiu Felícia.

– Eu queimava o meu livro.

– Papai comprava outro.

– Enquanto comprasse, eu ficava brincando em casa; aprender é muito aborrecido.

Nisto estávamos, quando vimos tio Zeca e o desconhecido ao pé de nós. O desconhecido pegou-nos nos queixos e levantou-nos a cara para ele, fitou-nos com seriedade, deixou-nos e despediu-se.

– Nove horas? Lá estarei, disse ele.

– Vamos – disse-nos tio Zeca.

Quis perguntar-lhe quem era aquele homem, e até me pareceu conhecê-lo vagamente. Felícia também. Nenhum de nós acertava com a pessoa; mas a promessa de lá estar às nove horas dominou o resto. Era festa, algum baile, conquanto às nove horas, costumássemos ir para a cama.

Naturalmente, por exceção, estaríamos acordados. Como chegássemos a um rego de lama, peguei da mão de Felícia, e transpusemo-lo de um salto, tão violento que quase me caiu o livro. Olhei para tio Zeca, a ver o efeito do gesto; vi-o abanar a cabeça com reprovação. Ri, ela sorriu, e fomos pela calçada adiante.

Era o dia dos desconhecidos. Desta vez estavam em burros, e um dos dois era mulher. Vinham da roça. Tio Zeca foi ter com eles ao meio da rua, depois de dizer que esperássemos. Os animais pararam, creio que de si mesmos, por também conhecerem a tio Zeca, ideia que Felícia reprovou com o gesto, e que eu defendi rindo. Teria apenas meia convicção; tudo era folgar. Fosse como fosse, esperamos os dois, examinando o casal de roceiros. Eram ambos magros, a mulher mais que o marido, e também mais moça; ele tinha os cabelos grisalhos. Não ouvimos o que disseram, ele e tio Zeca; vimo-lo, sim, o marido olhar para nós com ar de curiosidade, e falar à mulher, que também nos deitou os olhos, agora com pena ou coisa parecida. Enfim apartaram-se, tio Zeca veio ter conosco e enfiamos para casa.

A casa ficava na rua próxima, perto da esquina. Ao dobrarmos esta, vimos os portais da casa forrados de preto – o que nos encheu de espanto. Instintivamente paramos e voltamos a cabeça para tio Zeca. Este veio a nós, deu a mão a cada um e ia a dizer alguma palavra que lhe ficou na garganta; andou, levando-nos consigo. Quando chegamos, as portas estavam meio cerradas. Não sei se lhes disse que era um armarinho. Na rua, curiosos. Nas janelas fronteiras e laterais, cabeças aglomeradas. Houve certo rebuliço quando chegamos. É natural que eu tivesse a boca aberta, como Felícia. Tio Zeca empurrou uma das meias portas, entramos os três, ele tornou a cerrá-la, meteu-se pelo corredor e fomos à sala de jantar e à alcova.

Dentro, ao pé da cama, estava minha mãe com a cabeça entre as mãos. Sabendo da nossa chegada, ergueu-se de salto, veio abraçar-nos entre lágrimas, bradando:

– Meus filhos, vosso pai morreu!

A comoção foi grande, por mais que o confuso e o vago entorpecessem a consciência da notícia. Não tive forças para andar, e teria medo de o fazer. Morto como? morto por quê? Estas duas perguntas, se as meto aqui, é para dar seguimento à ação; naquele momento não perguntei nada a mim nem a ninguém. Ouvi as palavras de minha mãe, se repetiam em mim, e os seus soluços que eram grandes. Ela pegou em nós e arrastou-nos para a cama, onde jazia o cadáver do marido; e fez-nos beijar-lhe a mão.

Tão longe estava eu daquilo que, apesar de tudo, não entendera nada a princípio; a tristeza e o silêncio das pessoas que rodeavam a cama ajudaram a explicar que meu pai morrera deveras. Não se tratava de um dia santo, com a sua folga e recreio, não era festa, não eram as horas breves ou longas, para a gente desfiar em casa, arredada dos castigos da escola. Que essa queda de um sonho tão bonito fizesse crescer a minha dor de filho não é coisa que possa afirmar ou negar; melhor é calar. O pai ali estava defunto, sem pulos, nem danças, nem risadas, nem bandas de música, coisas todas também defuntas. Se me houvessem dito à saída da escola por que é que me iam lá buscar, é claro que a alegria não houvera penetrado o coração, donde era agora expelida a punhadas.

O enterro foi no dia seguinte às nove horas da manhã, e provavelmente lá estava aquele amigo de tio Zeca que se despediu na rua, com a promessa de ir às nove horas. Não vi as cerimônias; alguns vultos, poucos, vestidos de preto, lembra-me que vi. Meu padrinho, dono de um trapiche, lá estava, e a mulher também, que me levou a uma alcova dos fundos para me mostrar gravuras. Na ocasião da saída, ouvi os gritos de minha mãe, o rumor dos passos, algumas palavras abafadas de pessoas que pegavam nas alças do caixão, creio eu: – "vire de lado – mais à esquerda – assim – segure bem..." Depois, ao longe, o coche andando e as seges atrás dele...

Lá iam meu pai e as férias! Um dia de folga sem folguedo! Não, não foi um dia, mas oito, oito dias de nojo, durante os quais alguma vez me lembrei do colégio. Minha mãe chorava, cosendo o luto, entre duas visitas de pêsames. Eu também chorava; não via meu pai às horas do costume, não lhe ouvia as palavras à mesa ou ao balcão, nem as carícias que dizia aos pássaros. Que ele era muito amigo de pássaros, e tinha três ou quatro, em gaiolas. Minha mãe vivia calada. Quase que só falava às pessoas de fora. Foi assim que eu soube que meu pai morrera de apoplexia. Ouvi esta notícia muitas vezes; as visitas perguntavam pela causa da morte, e ela referia tudo, a hora, o gesto, a ocasião: tinha ido beber água, e enchia um copo, à janela da área. Tudo decorei, à força de ouvi-lo contar.

Nem por isso os meninos do colégio deixavam de vir espiar para dentro da minha memória. Um deles chegou a perguntar-me quando é que eu voltaria.

– Sábado, meu filho – disse minha mãe, quando lhe repeti a pergunta imaginada –; a missa é sexta-feira. Talvez seja melhor voltar na segunda.

– Antes sábado – emendei.

– Pois sim – concordou.

Não sorria; se pudesse, sorriria de gosto ao ver que eu queria voltar mais cedo à escola. Mas, sabendo que eu não gostava de aprender, como entenderia a emenda? Provavelmente, deu-lhe algum sentido superior, conselho do céu ou do marido. Em verdade, eu não folgava, se lerdes isto com o sentido de rir. Com o de descansar também não cabe, porque minha mãe fazia-me estudar, e, tanto como o estudo, aborrecia-me a atitude. Obrigado a estar sentado, com o livro nas mãos, a um canto ou à mesa, dava ao diabo o livro, a mesa e a cadeira. Usava um recurso que recomendo aos preguiçosos: deixava os olhos na página e abria a porta à imaginação. Corria a apanhar as flechas dos foguetes, a ouvir os realejos, a bailar com meninas, a cantar, a rir, a espancar de mentira ou de brincadeira, como for mais claro.

Uma vez, como desse por mim a andar na sala sem ler, minha mãe repreendeu-me, e eu respondi que estava pensando em meu pai. A explicação fê-la chorar, e, para dizer tudo, não era totalmente mentira; tinha-me lembrado o último presentinho que ele me dera, e entrei a vê-lo com o mimo na mão.

Felícia vivia tão triste como eu, mas confesso a minha verdade, a causa principal não era a mesma. Gostava de brincar, mas não sentia a ausência do brinco, não se lhe dava de acompanhar a mãe, coser com ela, e uma vez fui achá-la a enxugar-lhe os olhos. Meio vexado, pensei em imitá-la, e meti a mão no bolso para tirar o lenço. A mão entrou sem ternura, e, não achando o lenço, saiu sem pesar. Creio que ao gesto não faltava só originalidade, mas sinceridade também.

Não me censurem. Sincero fui longos dias calados e reclusos. Quis uma vez ir para o armarinho, que se abriu depois do enterro, onde o caixeiro continuou a servir. Conversaria com este, assistiria à venda de linhas e agulhas, à medição de fitas, iria à porta, à calçada, à esquina da rua... Minha mãe sufocou este sonho pouco depois dele nascer. Mal chegara ao balcão, mandou-me buscar pela escrava; lá fui para o interior da casa e para o estudo. Arrepelei-me, apertei os dedos à guisa de quem quer dar murro; não me lembra se chorei de raiva.

O livro lembrou-me a escola, e a imagem da escola consolou-me. Já então lhe tinha grandes saudades. Via de longe as caras dos meninos, os nossos gestos de troça nos bancos, e os saltos à saída. Senti cair-me na cara uma daquelas bolinhas de papel com que nos espertávamos uns aos outros, e fiz a minha e atirei-a ao meu suposto espertador. A bolinha, como acontecia às vezes, foi cair na cabeça de terceiro, que se desforrou depressa. Alguns, mais tímidos, limitavam-se a fazer caretas.

Não era folguedo franco, mas já me valia por ele. Aquele degredo que eu deixei tão alegremente com tio Zeca, parecia-me agora um céu remoto, e tinha medo de o perder. Nenhuma festa em casa, poucas palavras, raro movimento. Foi por esse tempo que eu desenhei a lápis maior número de gatos nas margens do livro de leitura; gatos e porcos. Não alegrava, mas distraía.

A missa do sétimo dia restituiu-me à rua; no sábado não fui à escola, fui à casa de meu padrinho, onde pude falar um pouco mais, e no domingo estive à porta da loja. Não era alegria completa. A total alegria foi segunda-feira, na escola. Entrei vestido de preto, fui mirado com curiosidade, mas tão outro ao pé dos meus condiscípulos, que me esqueceram as férias sem gosto, e achei uma grande alegria sem férias.

RELÍQUIAS DA CASA VELHA (1906)

TRÊS TESOUROS PERDIDOS

Uma tarde, eram quatro horas, o sr. X... voltava à sua casa para jantar. O apetite que levava não o fez reparar em um cabriolé que estava parado à sua porta. Entrou, subiu a escada, penetrou a sala e... dá com os olhos em um homem que passeava a largos passos como agitado por uma interna aflição.

Cumprimentou-o polidamente; mas o homem lançou-se sobre ele e com uma voz alterada, diz-lhe:

– Senhor, eu sou F..., marido da senhora dona E...

– Estimo muito conhecê-lo – responde o sr. X... –; mas não tenho a honra de conhecer a senhora dona E...

– Não a conhece! Não a conhece!... quer juntar a zombaria à infâmia?

– Senhor!...

E o sr. X... deu um passo para ele.

– Alto lá!

O sr. F..., tirando do bolso uma pistola, continuou:

– Ou o senhor há de deixar esta corte, ou vai morrer como um cão!

– Mas, senhor – disse o sr. X..., a quem a eloquência do sr. F... tinha produzido um certo efeito –, que motivo tem o senhor?...

– Que motivo! É boa! Pois não é um motivo andar o senhor fazendo corte à minha mulher?

– A corte à sua mulher! Não compreendo!

– Não compreende! oh! Não me faça perder a estribeira.

– Creio que se engana...

– Enganar-me! É boa!... mas eu o vi... sair duas vezes da minha casa...

– Sua casa!

– No Andaraí... por uma porta secreta... Vamos! ou...

– Mas, senhor, há de ser outro, que se pareça comigo...

– Não; não; é o senhor mesmo... como escapar-me este ar de tolo que ressalta de toda a sua cara? Vamos, ou deixar a corte, ou morrer... Escolha!

Era um dilema. O sr. X... compreendeu que estava metido entre um cavalo e uma pistola. Pois toda a sua paixão era ir a Minas, escolheu o cavalo.

Surgiu, porém, uma objeção.

– Mas, senhor, disse ele, os meus recursos...

– Os seus recursos! Ah! Tudo previ... descanse... eu sou um marido previdente.

E tirando da algibeira da casaca uma linda carteira de couro da Rússia, diz-lhe:

– Aqui tem dois contos de réis para os gastos da viagem; vamos, parta! Parta imediatamente. Para onde vai?

– Para Minas.

– Oh! a pátria de Tiradentes! Deus o leve a salvamento... Perdoo-lhe, mas não volte a esta corte... Boa viagem!

Dizendo isto, o sr. F... desceu precipitadamente a escada, e entrou no cabriolé, que desapareceu em uma nuvem de poeira.

O sr. X... ficou por alguns instantes pensativo. Não podia acreditar nos seus olhos e ouvidos; pensava sonhar. Um engano trazia-lhe dois contos de réis, e a realização de um dos seus mais caros sonhos. Jantou tranquilamente, e daí a uma hora partia para a terra de Gonzaga, deixando em sua casa apenas um moleque encarregado de instruir, pelo espaço de oito dias, aos seus amigos sobre o seu destino.

No dia seguinte, pelas onze horas da manhã, voltava o sr. F... para a sua chácara de Andaraí, pois tinha passado a noite fora.

Entrou, penetrou na sala, e indo deixar o chapéu sobre uma mesa, viu ali o seguinte bilhete:

"Meu caro esposo! Parto no paquete em companhia do teu amigo P... Vou para a Europa. Desculpa a má companhia, pois melhor não podia ser. – Tua E..."

Desesperado, fora de si, o sr. F... lança-se a um jornal que perto estava: o paquete tinha partido às oito horas.

– Era P... que eu acreditava meu amigo... Ah! maldição! Ao menos não percamos os dois contos! Tornou a meter-se no cabriolé e dirigiu-se à casa do sr. X..., subiu; apareceu o moleque.

– Teu senhor?

– Partiu para Minas.

O sr. F... desmaiou.

Quando deu acordo de si estava louco... louco varrido!

Hoje, quando alguém o visita, diz ele com um tom lastimoso:

– Perdi três tesouros a um só tempo: uma mulher sem igual, um amigo a toda prova, e uma linda carteira cheia de encantadoras notas... que bem podiam aquecer-me as algibeiras!...

Neste último ponto, o doido tem razão, e parece ser um doido com juízo.

CONTO AVULSO, PUBLICADO ORIGINALMENTE
NA REVISTA *A MARMOTA* (1858)

CURTA HISTÓRIA

A leitora ainda há de lembrar-se do Rossi, o ator Rossi, que aqui nos deu tantas obras-primas do teatro inglês, francês e italiano. Era um homenzarrão, que uma noite era terrível como Otelo, outra noite meigo como Romeu. Não havia duas opiniões, quaisquer que fossem as restrições; assim pensava a leitora, assim pensava uma d. Cecília, que está hoje casada e com filhos.

Naquele tempo esta Cecília tinha dezoito anos e um namorado. A desproporção era grande; mas explica-se pelo ardor com que ela amava aquele único namorado, Juvêncio de tal. Note-se que ele não era bonito, nem afável, era seco, andava com as pernas muito juntas, e com a cara no chão, procurando alguma coisa. A linguagem dele era tal qual a pessoa, também seca, e também andando com os olhos no chão, uma linguagem que, para ser de cozinheiro, só lhe faltava sal. Não tinha ideias, não apanhava mesmo as dos outros; abria a boca, dizia isto ou aquilo, tornava a fechá-la, para abrir e repetir a operação.

Muitas amigas de Cecília admiravam-se da paixão que este Juvêncio lhe inspirara; todas contavam que era um passatempo, e que o arcanjo que devia vir buscá-la para levá-la ao paraíso estava ainda pregando as asas; acabando de as pregar, descia, tomava-a nos braços e sumia-se pelo céu acima.

Apareceu Rossi, revolucionou toda a cidade. O pai de Cecília prometeu família que a levaria a ver o grande trágico. Cecília lia sempre os anúncios e o resumo das peças que alguns jornais davam. *Julieta e Romeu* encantou-a, já pela notícia vaga que tinha da peça, já pelo resumo que leu em uma folha, e que a deixou curiosa e ansiosa. Pediu ao pai que comprasse bilhete, ele comprou-o e foram.

Juvêncio, que já tinha ido a uma representação, e que a achou insuportável (era *Hamlet*) iria a esta outra por causa de estar ao pé de Cecília, a quem ele amava deveras; mas por desgraça apanhou uma constipação, e ficou em casa para tomar um suadouro, disse ele. E aqui se vê a singeleza deste homem, que podia dizer enfaticamente – um sudorífico; mas disse como a mãe lhe ensinou, como ele ouvia à gente de casa. Não sendo coisa de cuidado, não entristeceu muito a moça; mas sempre lhe ficou algum pesar de o não ver ao pé de si. Era melhor ouvir Romeu e olhar para ele...

Cecília era romanesca, e consolou-se depressa. Olhava para o pano, ansiosa de o ver erguer-se. Uma prima, que ia com ela, chamava-lhe a atenção para as toaletes elegantes, ou para as pessoas que iam entrando; mas Cecília dava a tudo isso um olhar distraído. Toda ela estava impaciente de ver subir o pano.

– Quando sobe o pano? – perguntava ela ao pai.

– Descansa, que não tarda.

Subiu afinal o pano, e começou a peça. Cecília não sabia inglês nem italiano. Lera uma tradução da peça cinco vezes, e, apesar disso, levou-a para o teatro. Assistiu às primeiras cenas ansiosa. Entrou Romeu, elegante e belo, e toda ela comoveu-se; viu depois entrar a divina Julieta, mas as cenas eram diferentes, os dois não se falavam logo; ouviu-os, porém, falar no baile de máscaras, adivinhou o que sabia, bebeu de longe as palavras eternamente belas, que iam cair dos lábios de ambos.

Foi o segundo ato que as trouxe; foi aquela cena imortal da janela que comoveu até as entranhas a pessoa de Cecília. Ela ouvia as de Julieta, como se ela própria as dissesse; ouvia as de Romeu, como se Romeu falasse a ela própria. Era Romeu que a amava. Ela era Cecília ou Julieta, ou qualquer outro nome, que aqui importava menos que na peça. "Que importa um nome?" perguntava Julieta no drama; e Cecília com os olhos em Romeu parecia perguntar- lhe a mesma coisa. "Que importa que eu não seja a tua Julieta? Sou a tua Cecília; seria a tua Amélia, a tua Mariana; tu é que serias sempre e serás o meu Romeu."

A comoção foi grande. No fim do ato, a mãe notou-lhe que ela estivera muito agitada durante algumas cenas.

– Mas os artistas são bons! – explicava ela.

– Isso é verdade – acudiu o pai –, são bons a valer. Eu, que não entendo nada, parece que estou entendendo tudo...

Toda a peça foi para Cecília um sonho. Ela viveu, amou, morreu com os namorados de Verona. E a figura de Romeu vinha com ela, viva e suspirando as mesmas palavras deliciosas. A prima, à saída, cuidava só da saída. Olhava para os moços. Cecília não olhava para ninguém, deixara os olhos no teatro, os olhos e o coração...

No carro, em casa, ao despir-se para dormir, era Romeu que estava com ela; era Romeu que deixou a eternidade para vir encher-lhe os sonhos. Com efeito, ela sonhou as mais lindas cenas do mundo, uma paisagem, uma baía, uma missa, um pedaço daqui, outro dali, tudo com Romeu, nenhuma vez com Juvêncio.

Nenhuma vez, pobre Juvêncio! Nenhuma vez. A manhã veio com as suas cores vivas; o prestígio da noite passara um pouco, mas a comoção ficara ainda, a comoção da palavra divina. Nem se lembrou de mandar saber de Juvêncio; a mãe é que mandou lá, como boa mãe, porque este Juvêncio tinha certo número de apólices, que... Mandou saber; o rapaz estava bom; lá iria logo.

E veio, veio à tarde, sem as palavras de Romeu, sem as ideias, ao menos de toda a gente, vulgar, casmurro, quase sem maneiras; veio, e Cecília, que almoçara e jantara com Romeu, lera a peça ainda uma vez durante o dia, para saborear a música da véspera. Cecília apertou-lhe a mão comovida, tão-somente porque o amava. Isto quer dizer que todo amado vale um Romeu. Casaram-se meses depois; têm agora dois filhos, parece que muito bonitos e inteligentes. Saem a ela.

CONTO AVULSO, PUBLICADO ORIGINALMENTE
NA REVISTA *A ESTAÇÃO* (1886)

QUEM CONTA UM CONTO

I

Eu compreendo que um homem goste de ver brigar galos ou de tomar rapé. O rapé dizem os tomistas que alivia o cérebro. A briga de galos é o Jockey Club dos pobres. O que eu não compreendo é o gosto de dar notícias.

E todavia quantas pessoas não conhecerá o leitor com essa singular vocação? O noveleiro não é tipo muito vulgar, mas também não é muito raro. Há família numerosa deles. Alguns são mais peritos e originais que outros. Não é noveleiro quem quer. É ofício que exige certas qualidades de bom cunho, quero dizer as mesmas que se exigem do homem de Estado. O noveleiro deve saber quando lhe convém dar uma notícia abruptamente, ou quando o efeito lhe pede certos preparativos: deve esperar a ocasião e adaptar-lhe os meios.

Não compreendo, como disse, o ofício de noveleiro. É coisa muito natural que um homem diga o que sabe a respeito de algum objeto; mas que tire satisfação disso, lá me custa a entender. Mais de uma vez tenho querido fazer indagações a este respeito; mas a certeza de que nenhum noveleiro confessa que o é tem impedido a realização deste meu desejo. Não é só desejo, é também necessidade; ganha-se sempre em conhecer os caprichos do espírito humano.

O caso de que vou falar aos leitores tem por origem um noveleiro. Lê-se depressa, porque não é grande.

II

Há coisa de sete anos vivia nesta boa cidade um homem de seus trinta anos, bem apessoado e bem falante, amigo de conversar, extremamente polido, mas extremamente amigo de espalhar novas.

Era um modelo do gênero.

Sabia como ninguém escolher o auditório, a ocasião e a maneira de dar a notícia. Não sacava a notícia da algibeira como quem tira uma moeda de vintém para dar a um mendigo.

Não, senhor.

Atendia mais que tudo às circunstâncias. Por exemplo: ouvira dizer, ou sabia positivamente que o ministério pedira a demissão ou ia pedi-la. Qualquer noveleiro diria simplesmente a coisa sem rodeios. Luís da Costa, ou dizia a coisa simplesmente, ou adicionava-lhe certo molho para torná-la mais picante.

Às vezes entrava, cumprimentava as pessoas presentes, e se entre elas alguma havia metida em política, aproveitava o silêncio causado pela sua entrada, para fazer-lhe uma pergunta deste gênero:

– Então, parece que os homens...

Os circunstantes perguntavam logo:

– Que é? que há?

Luís da Costa, sem perder o seu ar sério, dizia singelamente:

– É o ministério que pediu demissão.

– Ah! sim? quando?

– Hoje.

– Sabe quem foi chamado?

– Foi chamado o Zózimo.

– Mas por que caiu o ministério?

– Ora, estava podre.

Etc. etc.

Ou então:

– Morreram como viveram.

– Quem? quem? quem?

Luís da Costa puxava os punhos e dizia negligentemente:

– Os ministros.

Suponhamos agora que se tratava de uma pessoa qualificada que devia vir no paquete: Adolfo Thiers ou o príncipe de Bismarck.

Luís da Costa entrava, cumprimentava silenciosamente a todos, e em vez de dizer com simplicidade:

– Veio no paquete de hoje o príncipe de Bismarck.

Ou então:

– O Thiers chegou no paquete.

Voltava-se para um dos circunstantes:

– Chegaria o paquete?

– Chegou – dizia o circunstante.

– O Thiers veio?

Aqui entrava a admiração dos ouvintes, com que se deliciava Luís da Costa, razão principalmente do seu ofício.

III

Não se pode negar que este prazer era inocente e quando muito singular.

Infelizmente não há bonito sem senão, nem prazer sem amargura. Que mel não deixa um travo de veneno? perguntava o poeta da *Jovem cativa*, e eu creio que nenhum, nem sequer o de alvissareiro.

Luís da Costa experimentou um dia as asperezas do seu ofício.

Eram duas horas da tarde. Havia pouca gente na loja do Paula Brito, cinco pessoas apenas. Luís da Costa entrou com o rosto fechado como homem que vem pejado de alguma notícia.

Apertou a mão a quatro das pessoas presentes; a quinta apenas recebeu um cumprimento, porque não se conheciam. Houve um rápido instante de silêncio, que Luís da Costa aproveitou para tirar o lenço da algibeira e enxugar o rosto. Depois olhou para todos, e soltou secamente estas palavras:

– Então fugiu a sobrinha do Gouveia? – disse ele rindo.

– Que Gouveia? – disse um dos presentes.

– O major Gouveia – explicou Luís da Costa.

Os circunstantes ficaram muito calados e olharam de esguelha para o quinto personagem, que por sua parte olhava para Luís da Costa.

– O major Gouveia da Cidade Nova? – perguntou o desconhecido ao noveleiro.

– Sim, senhor.

Novo e mais profundo silêncio.

Luís da Costa, imaginando que o silêncio era efeito da bomba que acabava de queimar, entrou a referir os pormenores da fuga da moça em questão. Falou de um namoro com um alferes, da oposição do major ao casamento, do desespero dos pobres namorados, cujo coração, mais eloquente que a honra, adotara o alvitre de saltar por cima dos moinhos.

O silêncio era sepulcral.

O desconhecido ouvia atentamente a narração de Luís da Costa, meneando com muita placidez uma grossa bengala que tinha na mão.

Quando o alvissareiro acabou, perguntou-lhe o desconhecido:

— E quando foi esse rapto?

— Hoje de manhã.

— Oh!

— Das oito para as nove horas.

— Conhece o major Gouveia?

— De nome.

— Que ideia forma dele?

— Não formo ideia nenhuma. Menciono o fato por duas circunstâncias. A primeira é que a rapariga é muito bonita...

— Conhece-a?

— Ainda ontem a vi.

— Ah! A segunda circunstância...

— A segunda circunstância é a crueldade de certos homens em tolher os movimentos do coração da mocidade. O alferes de que se trata dizem-me que é um moço honesto, e o casamento seria, creio eu, excelente. Por que razão queria o major impedi-lo?

— O major tinha razões fortes — observou o desconhecido.

— Ah! conhece-o?

— Sou eu.

Luís da Costa ficou petrificado. A cara não se distinguia da de um defunto, tão imóvel e pálida ficou. As outras pessoas olhavam para os dois sem saber o que iria sair dali. Deste modo correram cinco minutos.

IV

No fim de cinco minutos, o major Gouveia continuou:

— Ouvi toda a sua narração e diverti-me com ela. Minha sobrinha não podia fugir hoje de minha casa, visto que há quinze dias se acha em Juiz de Fora.

Luís da Costa ficou amarelo.

— Por essa razão ouvi tranquilamente a história que o senhor acaba de contar com todas as suas peripécias. O fato, se fosse verdadeiro, devia causar naturalmente espanto, porque, além do mais, Lúcia é muito bonita, e o senhor o sabe porque a viu ontem...

Luís da Costa tornou-se verde.

– A notícia, entretanto, pode ter-se espalhado, continuou o major Gouveia, e eu desejo liquidar o negócio pedindo-lhe que me diga de quem a ouviu...

Luís da Costa ostentou todas as cores do íris.

– Então? – disse o major passados alguns instantes de silêncio.

– Senhor major – disse com voz trêmula Luís da Costa –, eu não podia inventar semelhante notícia. Nenhum interesse tenho nela. Evidentemente alguém ma contou.

– É justamente o que eu desejo saber.

– Não me lembro...

– Veja se se lembra – disse o major com doçura.

Luís da Costa consultou sua memória; mas tantas coisas ouvia e tantas repetia, que já não podia atinar com a pessoa que lhe contara a história do rapto.

As outras pessoas presentes, vendo o caminho desagradável que as coisas podiam ter, trataram de meter o caso à bulha; mas o major, que não era homem de graças, insistiu com o alvissareiro para que o esclarecesse a respeito do inventor da balela.

– Ah! agora me lembra – disse de repente Luís da Costa –, foi o Pires.

– Que Pires?

– Um Pires que eu conheço muito superficialmente.

– Bem, vamos ter com o Pires.

– Mas, senhor major...

O major já estava de pé, apoiado na grossa bengala, e com ar de quem estava pouco disposto a discussões. Esperou que Luís da Costa se levantasse também. O alvissareiro não teve remédio senão imitar o gesto do major, não sem tentar ainda um:

– Mas, senhor major...

– Não há mas, nem meio mas. Venha comigo; porque é necessário deslindar o negócio hoje mesmo. Sabe onde mora esse tal Pires?

– Mora na praia Grande, mas tem escritório na rua dos Pescadores.

– Vamos ao escritório.

Luís da Costa cortejou os outros e saiu ao lado do major Gouveia, a quem deu respeitosamente a calçada e ofereceu um charuto. O major recusou o charuto, dobrou o passo e os dois seguiram na direção da rua dos Pescadores.

V

– O senhor Pires?

– Foi à secretaria da Justiça.

– Demora-se?

– Não sei.

Luís da Costa olhou para o major ao ouvir estas palavras do criado do sr. Pires. O major disse fleumaticamente:

– Vamos à secretaria da Justiça.

E ambos foram a trote largo na direção da rua do Passeio. Iam-se aproximando as três horas, e Luís da Costa, que jantava cedo, começava a ouvir do estômago uma lastimosa petição. Era-lhe porém, impossível fugir às garras do major. Se o Pires tivesse embarcado para Santos, é provável que o major o levasse até lá antes de jantar.

Tudo estava perdido.

Chegaram enfim à secretaria, bufando como dois touros.

Os empregados vinham saindo, e um deles deu notícia certa do esquivo Pires; disse-lhes que saíra dali, dez minutos antes, num tílburi.

– Voltemos à rua dos Pescadores – disse pacificamente o major.

– Mas, senhor...

A única resposta do major foi dar-lhe o braço e arrastá-lo na direção da rua dos Pescadores.

Luís da Costa ia furioso. Começava a compreender a plausibilidade e até a legitimidade de um crime. O desejo de estrangular o major pareceu-lhe um sentimento natural. Lembrou-se de ter condenado, oito dias antes, como jurado, um criminoso de morte, e teve horror de si mesmo.

O major, porém, continuava a andar com aquele passo rápido dos majores que andam depressa. Luís da Costa ia rebocado. Era-lhe literalmente impossível apostar carreira com ele.

Eram três e cinco minutos quando chegaram defronte do escritório do sr. Pires. Tiveram o gosto de dar com o nariz na porta.

O major Gouveia mostrou-se aborrecido com o fato; como era homem resoluto, depressa se consolou do incidente.

– Não há dúvida – disse ele – iremos à praia Grande.

– Isso é impossível! – clamou Luís da Costa.

– Não é tal – respondeu tranquilamente o major – temos barca e custa-nos um cruzado a cada um: eu pago a sua passagem.

– Mas, senhor, a esta hora...

– Que tem?

– São horas de jantar – suspirou o estômago de Luís da Costa.

– Pois jantaremos antes.

Foram dali a um hotel e jantaram. A companhia do major era extremamente aborrecida para o desastrado alvissareiro. Era impossível livrar-se dela; Luís da Costa portou-se o melhor que pôde. Demais, a sopa e o primeiro prato foram começo da reconciliação. Quando veio o café e um bom charuto, Luís da Costa estava resolvido a satisfazer o seu anfitrião em tudo o que lhe aprouvesse.

O major pagou a conta e saíram ambos do hotel. Foram direitos à estação das barcas de Niterói; meteram-se na primeira que saiu e transportaram-se à imperial cidade.

No trajeto, o major Gouveia conservou-se tão taciturno como até então. Luís da Costa, que já estava mais alegre, cinco ou seis vezes tentou atar conversa com o major; mas foram esforços inúteis. Ardia entretanto por levá-lo até a casa do sr. Pires, que explicaria as coisas como as soubesse.

VI

O sr. Pires morava na rua da Praia. Foram direitinhos à casa dele. Mas se os viajantes haviam jantado, também o sr. Pires fizera o mesmo; e como tinha por costume ir jogar o voltarete em casa do dr. Oliveira, em São Domingos, para lá seguira vinte minutos antes.

O major ouviu esta notícia com a resignação filosófica de que estava dando provas desde as duas horas da tarde. Inclinou o chapéu mais à banda e olhando de esguelha para Luís da Costa, disse:

– Vamos a São Domingos.

– Vamos a São Domingos – suspirou Luís da Costa.

A viagem foi de carro, o que de algum modo consolou o noveleiro.

Na casa do dr. Oliveira passaram pelo dissabor de bater cinco vezes, antes que viessem abrir.

Enfim vieram.

– Está cá o senhor Pires?

– Está, sim, senhor – disse o moleque.

Os dois respiraram.

O moleque abriu-lhes a porta da sala, onde não tardou que aparecesse o famoso Pires, *l'introuvable*.

Era um sujeitinho baixinho e alegrinho. Entrou na ponta dos pés, apertou a mão a Luís da Costa e cumprimentou cerimoniosamente ao major Gouveia.

– Queiram sentar-se.

– Perdão – disse o major –, não é preciso que nos sentemos; desejamos pouca coisa.

O sr. Pires curvou a cabeça e esperou.

O major voltou-se então para Luís da Costa e disse:

– Fale.

Luís da Costa fez das tripas coração e exprimiu-se nestes termos:

– Estando eu hoje na loja do Paula Brito contei a história do rapto de uma sobrinha do senhor major Gouveia, que o senhor me referiu pouco antes do meio-dia. O major Gouveia é este cavalheiro que me acompanha, e declarou que o fato era uma calúnia, visto sua sobrinha estar em Juiz de Fora, há quinze dias. Intenta contudo chegar à fonte da notícia e perguntou-me quem me havia contado a história; não hesitei em dizer que fora o senhor. Resolveu então procurá-lo, e não temos feito outra coisa desde as duas horas e meia. Enfim, encontramo-lo.

Durante este discurso, o rosto do sr. Pires apresentou todas as modificações do espanto e do medo. Um ator, um pintor, ou um estatuário teria ali um livro inteiro para folhear e estudar. Acabado o discurso, era necessário responder-lhe, e o sr. Pires o faria de boa vontade, se se lembrasse do uso da língua. Mas não; ou não se lembrava, ou não sabia que uso faria dela. Assim correram uns três a quatro minutos.

– Espero as suas ordens – disse o major – vendo que o homem não falava.

– Mas, que quer o senhor? – balbuciou o sr. Pires.

– Quero que me diga de quem ouviu a notícia transmitida a este senhor. Foi o senhor quem lhe disse que minha sobrinha era bonita?

– Não lhe disse tal – acudiu o sr. Pires –; o que eu disse foi que me constava ser bonita.

– Vê? – disse o major voltando-se para Luís da Costa.

Luís da Costa começou a contar as tábuas do teto.

O major dirigiu-se depois ao sr. Pires:

– Mas vamos lá, disse; de quem ouviu a notícia?

– Foi de um empregado do Tesouro.

– Onde mora?

– Em Catumbi.

O major voltou-se para Luís da Costa, cujos olhos, tendo já contado as tábuas do teto, que eram vinte e duas, começavam a examinar detidamente os botões do punho da camisa.

– Pode retirar-se – disse o major –; não é mais preciso aqui.

Luís da Costa não esperou mais; apertou a mão do sr. Pires, balbuciou um pedido de desculpa, e saiu. Já estava a trinta passos, e ainda lhe parecia estar colado ao terrível major. Ia justamente a sair uma barca; Luís da Costa deitou a correr, e ainda a alcançou, perdendo apenas o chapéu, cujo herdeiro foi um cocheiro necessitado.

Estava livre.

VII

Ficaram sós o major e o sr. Pires.

– Agora – disse o primeiro –, há de ter a bondade de me acompanhar à casa desse empregado do Tesouro... Como se chama?

– O bacharel Plácido.

– Estou às suas ordens; tem passagem e carro pago.

O sr. Pires fez um gesto de aborrecimento, e murmurou:

– Mas eu não sei... se...

– Se?

– Não sei se me me é possível nesta ocasião...

– Há de ser. Penso que é um homem honrado. Não tem idade para ter filhas moças, mas pode vir a tê-las, e saberá se é agradável que tais invenções andem na rua.

– Confesso que as circunstâncias são melindrosas; mas não poderíamos...

– O quê?

– Adiar?

– Impossível.

O sr. Pires mordeu o lábio inferior; meditou alguns instantes, e afinal declarou que estava disposto a acompanhá-lo.

– Acredite, senhor major – disse ele concluindo –, que só as circunstâncias especiais deste caso me obrigariam a ir à cidade.

O major inclinou-se.

O sr. Pires foi despedir-se do dono da casa, e voltou para acompanhar o implacável major, em cujo rosto se lia a mais franca resolução.

A viagem foi tão silenciosa como a primeira. O major parecia uma estátua; não falava e raras vezes olhava para o seu companheiro.

A razão foi compreendida pelo sr. Pires, que matou as saudades do voltarete, fumando sete cigarros por hora.

Enfim chegaram a Catumbi.

Desta vez foi o major Gouveia mais feliz que da outra: achou o bacharel Plácido em casa.

O bacharel Plácido era o seu próprio nome feito homem. Nunca a pachorra tivera mais fervoroso culto. Era gordo, corado, lento e frio. Recebeu os dois visitantes com a benevolência de um Plácido verdadeiramente plácido.

O sr. Pires explicou o objeto da visita.

– É verdade que eu lhe falei de um rapto – disse o bacharel –, mas não foi nos termos em que o senhor o repetiu. O que eu disse foi que o namoro da sobrinha do major Gouveia com um alferes era tal que até já se sabia do projeto de rapto.

– E quem lhe disse isso, senhor bacharel? – perguntou o major.

– Foi o capitão de artilharia Soares.

– Onde mora?

– Ali em Mata-porcos.

– Bem, disse o major.

E voltando-se para o sr. Pires:

– Agradeço-lhe o incômodo – disse –; não lhe agradeço, porém, o acréscimo. Pode ir embora; o carro tem ordem de o acompanhar até à estação das barcas.

O sr. Pires não esperou novo discurso; despediu-se e saiu. Apenas entrou no carro deu dois ou três socos em si mesmo e fez um solilóquio extremamente desfavorável à sua pessoa.

– É bem feito – dizia o sr. Pires –; quem me manda ser abelhudo? Se só me ocupasse com o que me diz respeito, estaria a esta hora muito descansado e não passaria por semelhante dissabor. É bem feito!

VIII

O bacharel Plácido encarou o major, sem compreender a razão por que ficara ali, quando o outro fora embora. Não tardou que o major o esclarecesse. Logo que o sr. Pires saiu da sala, disse ele:

– Queira agora acompanhar-me à casa do capitão Soares.

– Acompanhá-lo! – exclamou o bacharel mais surpreendido do que se lhe caísse o nariz no lenço de tabaco.

– Sim, senhor.

– Que pretende fazer?

– Oh! nada que o deva assustar. Compreende que se trata de uma sobrinha, e que um tio tem necessidade de chegar à origem de semelhante boato. Não crimino os que o repetiram, mas quero haver-me com o que o inventou.

O bacharel recalcitrou: a sua pachorra dava mil razões para demonstrar que sair de casa às ave-marias para ir a Mata-porcos era um absurdo. A nada atendia o major Gouveia, e com o tom intimador que lhe era peculiar, antes intimava do que persuadia o gordo bacharel.

– Mas há de confessar que é longe – observou este.

– Não seja essa a dúvida – acudiu o outro –; mande chamar um carro que eu pago.

O bacharel Plácido coçou a orelha, deu três passos na sala, suspendeu a barriga e sentou-se.

– Então? – disse o major ao cabo de algum tempo de silêncio.

– Refleti – disse o bacharel –; é melhor irmos a pé; eu jantei há pouco e preciso digerir. Vamos a pé...

– Bem, estou às suas ordens.

O bacharel arrastou a sua pessoa até a alcova, enquanto o major, com as mãos nas costas, passeava na sala meditando e fazendo, a espaços, um gesto de impaciência.

Gastou o bacharel cerca de vinte e cinco minutos em preparar a sua pessoa, e saiu enfim à sala, quando o major ia já tocar a campainha para chamar alguém.

– Pronto?

– Pronto.

– Vamos!

– Deus vá conosco.

Saíram os dois na direção de Mata-porcos.

Se uma pipa andasse seria o bacharel Plácido; já porque a gordura não lho consentia, já porque desejara pregar uma peça ao importuno, o bacharel não ia sequer com passo de gente. Não andava: arrastava-se. De quando em quando parava, respirava e bufava; depois seguia vagarosamente o caminho.

Com este era impossível o major empregar o sistema de reboque que tão bom efeito teve com Luís da Costa. Ainda que o quisesse obrigar a andar era impossível, porque ninguém arrasta oito arrobas com a simples força do braço.

Tudo isto punha o major em apuros. Se visse passar um carro, tudo estava acabado, porque o bacharel não resistiria ao seu convite intimativo; mas os carros tinham-se apostado para não passar ali, ao menos vazios, e só de longe em longe um tílburi vago convidava, a passo lento, os fregueses.

O resultado de tudo isto foi que, só às oito horas, chegaram os dois à casa do capitão Soares. O bacharel respirou à larga, enquanto o major batia palmas na escada.

– Quem é? – perguntou uma voz açucarada.

– O senhor capitão? – disse o major Gouveia.

– Eu não sei se já saiu – respondeu a voz –; vou ver.

Foi ver, enquanto o major limpava a testa e se preparava para tudo o que pudesse sair de semelhante embrulhada. A voz não voltou senão dali a oito minutos, para perguntar com toda a gentileza:

– O senhor quem é?

– Diga que é o bacharel Plácido – acudiu o indivíduo deste nome, que ansiava por arrumar a católica pessoa em cima de algum sofá.

A voz foi dar a resposta e daí a dois minutos voltou a dizer que o bacharel Plácido podia subir.

Subiram os dois.

O capitão estava na sala e veio receber à porta o bacharel e o major. A este conhecia também, mas eram apenas cumprimentos de chapéu.

– Queiram sentar-se.

Sentaram-se.

IX

– Que mandam nesta sua casa? – perguntou o capitão Soares.

O bacharel usou da palavra:

– Capitão, eu tive a infelicidade de repetir aquilo que você me contou a respeito da sobrinha do senhor major Gouveia.

– Não me lembra; que foi? – disse o capitão com uma cara tão alegre como a de homem a quem estivessem torcendo um pé.

– Disse-me você – continuou o bacharel Plácido –, que o namoro da sobrinha do senhor major Gouveia era tão sabido que até já se falava de um projeto de rapto...

– Perdão! – interrompeu o capitão – Agora me lembro que alguma coisa lhe disse, mas não foi tanto como você acaba de repetir.

– Não foi?

– Não.

– Então que foi?

– O que eu disse foi que havia notícia vaga de um namoro da sobrinha de vossa senhoria com um alferes. Nada mais disse. Houve equívoco da parte do meu amigo Plácido.

– Sim, há alguma diferença – concordou o bacharel.

– Há – disse o major deitando-lhe os olhos por cima do ombro. Seguiu-se um silêncio.

Foi o major Gouveia o primeiro que falou.

– Enfim, senhores – disse ele –, ando desde as duas horas da tarde na indagação da fonte da notícia que me deram a respeito de minha sobrinha. A notícia tem diminuído muito, mas ainda há aí um namoro de alferes que incomoda. Quer o senhor capitão dizer-me a quem ouviu isso?

– Pois não – disse o capitão –; ouvi-o ao desembargador Lucas.

– É meu amigo!

– Tanto melhor.

– Acho impossível que ele dissesse isso – disse o major levantando-se.

– Senhor! – exclamou o capitão.

– Perdoe-me, capitão. – disse o major caindo em si – Há de concordar que ouvir a gente o seu nome assim maltratado por culpa de um amigo...

– Nem ele disse por mal. – observou o capitão Soares – Parecia até lamentar o fato, visto que sua sobrinha está para casar com outra pessoa...

– É verdade, concordou o major. O desembargador não era capaz de injuriar-me; naturalmente ouviu isso a alguém.

– É provável.

– Tenho interesse em saber a fonte de semelhante boato. Acompanhe-me à casa dele.

– Agora!

– É indispensável.

– Mas sabe que ele mora no Rio Comprido?

– Sei; iremos de carro.

O bacharel Plácido aprovou esta resolução e despediu-se dos dois militares.

– Não podíamos adiar isso para depois? – perguntou o capitão logo que o bacharel saiu.

– Não, senhor.

O capitão estava em sua casa; mas o major tinha tal império na voz ou no gesto quando exprimia a sua vontade, que era impossível resistir-lhe. O capitão não teve remédio senão ceder.

Preparou-se, meteram-se num carro e foram na direção do Rio Comprido, onde morava o desembargador.

O desembargador era um homem alto e magro, dotado de excelente coração, mas implacável contra quem quer que lhe interrompesse uma partida de gamão.

Ora, justamente na ocasião em que os dois lhe bateram à porta, jogava ele o gamão com o coadjutor da freguesia, cujo dado era tão feliz que em menos de uma hora lhe dera já cinco gangas. O desembargador fumava... figuradamente falando, e o coadjutor sorria, quando o moleque foi dar parte de que duas pessoas estavam na sala e queriam falar com o desembargador.

O digno sacerdote da justiça teve ímpetos de atirar o copo à cara do moleque; conteve-se, ou antes traduziu o seu furor num discurso furibundo contra os importunos e maçantes.

– Há de ver que é algum procurador à procura de autos, ou à cata de autos, ou à cata de informações. Que os leve o diabo a todos eles.

– Vamos, tenha paciência. – dizia-lhe o coadjutor – Vá, vá ver o que é, que eu o espero. Talvez que esta interrupção corrija a sorte dos dados.

– Tem razão, é possível – concordou o desembargador, levantando-se e dirigindo-se para a sala.

X

Na sala teve a surpresa de achar dois conhecidos.

O capitão levantou-se sorrindo e pediu-lhe desculpa do incômodo que lhe vinha dar. O major levantou-se também, mas não sorria.

Feitos os cumprimentos foi exposta a questão. O capitão Soares apelou para a memória do desembargador a quem dizia ter ouvido a notícia do namoro da sobrinha do major Gouveia.

– Recordo-me ter-lhe dito – respondeu o desembargador – que a sobrinha de meu amigo Gouveia piscara o olho a um alferes, o que lamentei do fundo da alma, visto estar para casar. Não lhe disse, porém, que havia namoro...

O major não pôde disfarçar um sorriso, vendo que o boato ia a diminuir à proporção que se aproximava da fonte. Estava disposto a não dormir sem dar com ela.

– Muito bem – disse ele –; a mim não basta esse dito; desejo saber a quem ouviu, a fim de chegar ao primeiro culpado de semelhante boato.

– A quem o ouvi?

– Sim.

– Foi ao senhor.

– A mim!

– Sim, senhor; sábado passado.

– Não é possível!

– Não se lembra que me disse na rua do Ouvidor, quando falávamos das proezas da...

– Ah! mas não foi isso! – exclamou o major – O que eu lhe disse foi outra coisa. Disse-lhe que era capaz de castigar a minha sobrinha se ela, estando agora para casar, deitasse os olhos a algum alferes que passasse.

– Nada mais? – perguntou o capitão.

– Mais nada.

– Realmente é curioso.

O major despediu-se do desembargador, levou o capitão até Mataporcos e foi direito para casa praguejando contra si e todo o mundo.

Ao entrar em casa estava já mais aplacado. O que o consolou foi a ideia de que o boato podia ser mais prejudicial do que fora. Na cama ainda pensou no acontecimento, mas já se ria da maçada que dera aos noveleiros. Suas últimas palavras antes de dormir foram:

– Quem conta um conto...

JORNAL DAS FAMÍLIAS,
FEVEREIRO-MARÇO DE 1873; J. J.

Este livro foi composto com tipografia Electra e
impresso em papel Off-White 70g/m2 na gráfica Formato Artes Gráficas